伊東　潤

中央公論新社

目次

「長尾景春の乱」関連城郭分布図

尻高《しったか》
柏原《かしわばら》
白井《しろい》
赤城《あかぎ》山
榛名《はるな》山
越後《えちご》へ
宇都宮《うつのみや》
上野国《こうずけ》
下野国《しもつけ》
広馬場《ひろばば》
塩売原《しょうじはら》
惣社《そうじゃ》
細井《ほそい》
箕輪《みのわ》
前橋《まえばし》
厩橋《まやばし》
片貝《かたかい》
桐生《きりゅう》
思川《おもい》
鬼怒川
足利《あしかが》
勧農《かんのう》（岩井山《いわいやま》）
島名《しまな》（高崎《たかさき》）
角淵《つのぶち》
金山《かなやま》
小山《おやま》
滝《たき》
茂呂《もろ》
世良田《せらた》
佐野《さの》
渡良瀬《わたらせ》川
結城《ゆうき》
本庄《ほんじょう》
館林《たてばやし》（大袋《おおぶくろ》）
平井《ひらい》
五十子《いかっこ》
深谷《ふかや》
舞木《まいぎ》
雉ヶ岡《きじがおか》
四方田《しほうでん》
長井《ながい》
古河《こが》
梅沢《うめざわ》
針ヶ谷原《はりがやはら》
成田《なりた》
荒《あら》川
用土原《ようどはら》
塚田《つかだ》
忍《おし》
水海《みずうみ》
飯塚《いいづか》
高見《たかみ》
須賀谷原《すがやはら》
鉢形《はちがた》
高見原《たかみがはら》
菖蒲《しょうぶ》
栗橋《くりはし》
松山《まつやま》
黒谷長尾《くろやながお》
高佐須《たかさす》（塩沢《しおざわ》）
菅谷《すがや》
青鳥《おおとり》
関宿《せきやど》
秩父《ちちぶ》
浅羽《あさば》
野田《のだ》
熊倉《くまくら》
武甲《ぶこう》山
毛呂《もろ》
岩付《いわつき》
河越《かわごえ》
入間《いるま》川
武蔵国《むさし》
蕨《わらび》
綾瀬《あやせ》川
馬橋《まばし》
大岳《おおたけ》山
小河《おがわ》
赤塚《あかつか》
境根《さかいね》
石神井《しゃくじい》
練馬《ねりま》
二宮《にのみや》
葛西《かさい》
市川《いちかわ》
江戸《えど》
立河原《たちかわはら》
武蔵国府《むさしこくふ》（府中《ふちゅう》）
世田谷《せたがや》
利根《とね》川
太日《ふとひ》川
甲斐国《かい》
高尾《たかお》山
関戸《せきど》
小沢原《おざわはら》
丸子《まるこ》
津久井《つくい》（奥三保《おくさんぼ》）
中沢原《なかさわはら》
小沢《おさわ》
小山田《おやまだ》
多摩《たま》川
小机《こづくえ》
丹沢《たんざわ》山
溝呂木《みぞろぎ》
江戸湾
権現山《ごんげんやま》
七沢《ななさわ》
実蒔原《さねまきはら》
糟屋《かすや》
玉縄《たまなわ》
相模川
相模国《さがみ》
実田要害《さなだようがい》
高麗寺《こうらいじ》
大庭《おおば》
伊豆国《いず》
河村《かわむら》
松田《まつだ》
平塚《ひらつか》
住吉《すみよし》
鶴岡八幡宮《つるがおかはちまんぐう》
小磯《こいそ》
江の島《えのしま》
鎌倉《かまくら》
小田原《おだわら》
箱根《はね》山
相模湾

主な登場人物

長尾景春（ながお・かげはる）
関東管領・山内上杉家の家宰である白井長尾家当主。妻に夏野、子に景英（烏坊丸）がいる。

上杉顕定（うえすぎ・あきさだ）
山内上杉家当主。越後上杉家から迎えられ関東管領に就いた。

長尾忠景（ながお・ただかげ）
景春の叔父で惣社長尾家当主。のちに山内上杉家家宰に登用される。

長尾景明（ながお・かげあき）
犬懸長尾家を継ぐ景春の叔父。

金子掃部助（かねこ・かもんのすけ）
景春の乳兄弟。

上杉政真（うえすぎ・まさざね）
扇谷上杉家当主。若くして家督を継ぐ。

上杉定正（うえすぎ・さだまさ）
政真の叔父。

太田道灌（おおた・どうかん）
扇谷上杉家家宰。景春が慕う存在であり、最大の敵となる。

足利成氏（あしかが・しげうじ）
関東管領および室町幕府と対立する古河公方。

足利政知（あしかが・まさとも）
堀越公方。八代将軍義政の弟。

細川政元（ほそかわ・まさもと）
幕府管領。細川勝元の嫡男。

伊勢宗瑞（いせ・そうずい）
後に後北条家の始祖となる僧。

叛鬼

第一章　腹悪《あ》しき男

一

その少年を初めて見た時、喩《たと》えようもない悪寒《おかん》が背筋に走った。

管領《かんれい》だけに許された網代輿《あじろごし》に乗り、同じくその象徴である朱柄《あかえ》の傘と梨地《なしじ》の持槍《もちやり》を掲げさせ、三国峠《みくにとうげ》を越えてきたその少年は、油断ない目つきで左右に居並ぶ山内上杉《やまのうちうえすぎ》家家臣たちを見回していた。

御主殿《ごしゅでん》前に控える宿老《おとな》や奉行《ぶぎょう》たちに気づくと、少年は貴種《きしゅ》であることを誇示《こじ》するように、傲然《ごうぜん》と胸を反《そ》らせた。

――好かぬ小僧だ。

父景信《かげのぶ》の傍《かたわ》らに拝跪《はいき》した景春《かげはる》は、反骨心に満ちた眼差《まなざ》しを、その少年に向けた。

その時、景春と少年の視線がぶつかった。

一瞬、たじろいだ後、少年は敵意をあらわにして、にらみ返してきた。

その瞬間、何かが弾《はじ》けるように生まれた。

「孫四郎《まごしろう》、いかがいたした」

拝跪したまま茫然《ぼうぜん》としていた景春に、頭上から声がかかった。

父の景信である。

気づくと周囲に居並んでいた者たちは、立ち上がり、裾《すそ》に付いた土埃《つちぼこり》を払っている。

「いや、何でもありませぬ」

景春が慌てて立ち上がると、叔父《おじ》の忠景《ただかげ》が、その梅干しのような皺顔《しわがお》を、いっそうくしゃくしゃにして皮肉な笑みを浮かべた。

「管領殿の行列は、とうに御主殿に入られた。それでも拝跪し続けるとは、孫四郎殿も無類の忠義者よの」

「いや、しばし考え事をしておりましたので」

「考え事か。若い者は羨《うらや》ましい。とくに坂東《ばんどう》に隠れなき美男と謳《うた》われた孫四郎殿だ。いろいろ思い悩むことも多かろう」

忠景が、その歯茎《はぐき》をせり出すようにして下卑《げび》た笑いを浮かべた。

「おやめ下さい。それがしには室《しつ》も子もおります」

「まあ、それはそれであろうに」

周囲に笑いを促《うなが》すかのように、忠景が大声で言ったので、背後に控える者たちが、どっと沸《わ》いた。

常日頃から人をからかうのが好きな忠景に、景春はうんざりしていたが、致し方なく笑みを浮かべた。

「あのお年では心許《こころもと》ないが、おらぬよりましだ」

二人のやりとりが聞こえていないかのように、新管領一行の去った後を睨《ね》めつけていた景信が呟《つぶや》いた。

その目尻に刻《きざ》まれた苦労人特有の皺が、この日は、いつになく際立って見える。

――父上も不安なのだ。

これから関東全土を統《す》べることになる新管領に、漠然《ばくぜん》とした不安を抱いているのが己《おのれ》だけでないことを、景春は知った。

「兄者、童子《わっぱ》だろうが、愚物《ぐぶつ》だろうが、皆で守《も》り立てていけば何とかなる」

真顔《まがお》になった忠景が、景信の肩を叩かんばかりに強く言った。

「それは尤《もっと》もだが――」と言いつつも、景信の顔には不安の色が浮かんでいた。

――われらは、これからどうなるのか。

景春が唇を嚙み締めた時、土埃を巻き上げて小さな竜巻《たつまき》がわき上がった。人の背丈《せたけ》くらいのその竜巻は、新管領が上っていった御主殿の階《きざはし》の前で、手巾《しゅきん》を絞るように細くなり、やがて消えていった。

――われらの行く先に、待つのは何なのだ。

景春は、己の内奥《ないおう》に起こった竜巻が決して消えないことを、この時、予感した。

山内上杉家の家督《かとく》を継承し、第二十四代関東管領の座に就《つ》くべく、越後《えちご》上杉家から養子入りしてきた少年の名は上杉顕定《あきさだ》といった。

時は応仁《おうにん》元年（一四六七）三月、場所は武蔵《むさし》国の五十子《いかっこ》陣である。


丹波《たんば》国上杉荘の下級公家に過ぎなかった上杉一族は、建長《けんちょう》四年（一二五二）、家祖《かそ》とされる重房《しげふさ》が、傀儡《かいらい》将軍として鎌倉《かまくら》幕府に招聘《しょうへい》された宗尊《むねたか》親王に従い、鎌倉に下向《げこう》した時から歴史の表舞台に登場する。

重房の跡を継いだ頼重《よりしげ》は、鎌倉幕府の有力御家人《ごけにん》・足利《あしかが》氏に接近し、息女を足利貞氏《さだうじ》に輿入《こしい》れさせた。その息女こそ、後に尊氏《たかうじ》・直義《ただよし》兄弟を生むことになる清子《きよこ》である。

頼重には、重顕《しげあき》・頼成《よりなり》・憲房《のりふさ》ら尊氏と同世代の男子がいた。彼らは、甥《おい》にあたる尊氏を助けて功があり、室町《むろまち》幕府草創《そうそう》期の重鎮《じゅうちん》となっていく。

とくに、東国に根を下ろした三男憲房の家系は、宅間《たくま》・犬懸《いぬがけ》・山内・深谷《ふかや》・越後等の関東上杉諸家として繁栄した。

ちなみに、後に山内上杉家と関東の覇を競う扇谷《おうぎがやつ》上杉家は、頼重嫡男《ちゃくなん》・重顕の系統になる。

その後、関東上杉諸家の中では、山内が勢力を伸張させ、関東公方《くぼう》を輔弼《ほひつ》する役割を担《にな》う関東管領職を独占することになっていく。

山内家はその最盛期、武蔵、上野《こうずけ》、下野《しもつけ》、上総《かずさ》、安房《あわ》、伊豆《いず》の守護職を兼ねる関東随一《ずいいち》の権門《けんもん》となり、この頃、その動員兵力は五千から八千に達していた。

顕定の新管領就任式は、本来であれば山内家の本拠・平井《ひらい》城で行われる予定だったが、古河《こが》公方との対立が緊迫《きんぱく》の度合いを深めており、上杉方諸将が防備を固める最前線の五十子陣で挙行《きょこう》された。

というのも、室町幕府の東国統治を担う関東公方と、その政務執行機関である関東管領とは反目し合い、幾多の政治的軋轢《あつれき》と武力衝突の結果、関東公方は古河に移り、利根川《とねがわ》を隔て、上杉方勢力と対峙するようになっていたからである。

そのため上杉方は、防衛拠点として武蔵国の本庄《ほんじょう》台地に五十子陣を築き、古河公方勢力の侵攻を阻《はば》んできた。

この地は鎌倉街道上道《かみのみち》とその分岐線に近い上、利根川の渡河地点を押さえる役割を果たしており、攻撃と防御双方の面で理想的な位置にあった。

五十子陣は陣と呼ばれることから分かる通り、複雑な縄張りを持つ城や要害の類《たぐい》ではなく、単郭《たんかく》の上、その広さも南北二百メートル、東西百五十メートルで、外周に幅十メートルの空堀と、高さ三メートルの土塁が一重《ひとえ》めぐっているだけである。

本陣代わりの主殿や櫓《やぐら》などの建造物も質素な上に、必要最小限のものが建てられているだけで、前線の駐屯地《ちゅうとんち》と呼ぶにふさわしかった。

その五十子陣に、関東各地から国人《こくじん》や一揆《いっき》の祝賀使が引きも切らずやってきていた。

国人とは大規模領主、一揆とは中小規模領主のことで、この二つの階層は、正月や祝い事の際に行われる公方との対面の儀において、公方と「御座《ござ》」で対面できるのが国人、「御縁《ごえん》（縁側）」に控えて対面するのが一揆という形で区別されていた。

彼らは総称して国衆《くにしゅう》と呼ばれる。

海に面した国衆は氷と笹《ささ》で覆われた海産物を、山国に住む国衆は武具・馬具などの手工芸品を献上した。顕定の眼前には、これら祝賀の品が山のように積み上げられていった。

しかし上段の間に座す顕定は、彼らの祝いの口上を、いかにも退屈そうに聞いていた。

国衆の挨拶が終わり、いよいよ山内上杉家四家老が御前に参上した。

四家老とは白井《しろい》・惣社《そうじゃ》両長尾《ながお》氏に、西武蔵の国人領主・藤田《ふじた》氏と、東武蔵の国人領主・葛西大石《かさいおおいし》氏である。

藤田能登守宗員《のとのかみむねかず》は秩父《ちちぶ》山中で捕獲した番《つがい》の大鷹《おおたか》を、葛西大石石見守憲儀《いわみのかみのりよし》は上方《かみがた》から取り寄せた茶釜《ちゃがま》と茶器《ちゃき》を、惣社長尾忠景は先祖伝来の相州《そうしゅう》無銘《むめい》一振りを献上した。

「修理亮《しゅりのすけ》（忠景）め、養子に入ったのをいいことに、惣社長尾家伝来の重宝《じゅうほう》を惜しげもなく出しよったわ」

忠景と同じく、景春の叔父にあたる犬懸長尾出雲守景明《いずものかみかげあき》が傍らで呟いた。景明は景信の末弟《まってい》で、犬懸長尾房清《ふさきよ》の許《もと》に養子入りし、足利長尾の分家である犬懸長尾家を継ぐ予定になっている。景春とは年も近く、戦場《いくさば》を共に疾駆《しっく》してきた仲である。

「修理亮の欲深さは、われらもよう知っておるが、彼奴《あやつ》は惣社城に入るやいなや、宝物蔵に直行し、目録を作らせたとのことだ。真《まこと》に浅ましいと惣社の衆が噂しとるのを、わが家臣が聞いたという」

景明は遠慮なく兄のことを罵倒《ばとう》した。むろん二人は別腹兄弟である。

祖父の景仲《かげなか》が死去した折、その遺産相続で忠景が不平を申し立て、父景信が嫌な思いをしたことは、景春も聞いていた。

「山内上杉家筆頭家老・長尾左衛門尉《さえもんのじょう》景信にございます」

三人の家老に続いて父景信が御前に伺候《しこう》し、祝辞《しゅくじ》を述べた。

その時、顕定の顔が少し強張《こわば》るのを、景春は見逃さなかった。そこには、景信に対する警戒心が垣間《かいま》見られた。おそらく側近から、四家老の中でも最有力者である景信には油断せぬよう、言い含められているに違いない。

祝辞が終わると、景信の引出物《ひきでもの》が運ばれてきた。京に使いを出し、念入りに造らせた螺《ら》鈿《でん》細工の見事な鞍《くら》と鐙《あぶみ》である。

「これは伊勢《いせ》家の〝つくりの鞍〟にござります」

鞍に埋め込まれた青貝《あおがい》が薄日に反射し、壁や天井を這い回ると、その美しさに周囲から

きます」

「むろん引出物は、これだけではありませぬ。この馬具に見合った馬も献上させていただきます」

その言葉に居並ぶ国衆は啞然《あぜん》とした。鞍と鐙だけでも、これまでのどの引出物より豪奢《ごうしゃ》であるのに、景信は馬まで献上するという。

関東管領に献上する馬となれば、生半可《なまはんか》なものでは済まされない。まさに、白井長尾家の豊かな財力を見せつけるかのような献上品である。

「して馬は、いずこにおるのか」

この時、初めて顕定が口を開いた。少年らしさを多分に残す甲高《かんだか》い声である。

「馬は厩《うまや》におります」

景信がすかさず答えた。しかし生真面目《きまじめ》な景信の受け答えが、逆に人を食ったように聞こえ、居並ぶ国衆から失笑が漏れた。

隣にいる景明も派手に噴《ふ》き出している。

景春は小声で叱《しか》ろうとしたが、逆に景明から肩を叩かれ、口元を緩《ゆる》めた。

一方、しばし赤面していた顕定は、威厳を取り繕《つくろ》うように胸を張ると再び言った。

「みどもは馬が見たい」

「それは後ほどになされよ」

傍らに控えていた付家老《つけがろう》の大熊伊賀守資徳《おおくまいがのかみすけのり》が、すかさず顕定をたしなめたが、顕定は頑《かたく》なに繰り返す。

「みどもは今、馬が見たいのだ」

そう言うと顕定は立ち上がり、景信の脇をすり抜けると広縁《ひろえん》まで進んだ。

これを見た景信が「誰ぞ馬を引いてこい」と背後に控える家臣に命じると、これを聞き咎《とが》めた顕定は、「待て」と言って周囲を見回した。

その少年らしからぬ陰険《いんけん》な眼差しは、景春の前で止まった。

「みどもを笑った者に馬を引いてこさせたい」

「笑った者と仰《おお》せになられましても――」

座したまま広縁の方に体をねじった景信が、困ったように苦笑した。

「その者が笑ったのを、みどもはしかと見届けた」

顕定の右手がゆっくりと上がると、その指先が景春を指した。

――なぜ、わしだけが。

景春は内心、舌打ちしたが、儀礼上、うつむき加減のまま黙しているしかない。

「ご無礼の段、平にご容赦下され。とは申しましても、孫四郎はわが嫡男ゆえ――」

媚《こ》びるような笑みを浮かべて弁明しようとする景信を、顕定がぴしゃりと制した。

「何か、まずいことでもあるのか」

関東公方に馬を献ずる「献馬《けんば》の儀」における馬の引立役《ひきたてやく》は、武蔵守護代の子か孫が務める習わしとなっていた。しかし関東管領における習わしはなく、常識的には、さらに一段下がった家臣を引立役とするのが妥当である。

「そなたの息子でも、当家の家臣に変わりあるまい」

顕定が昂然《こうぜん》と胸を反《そ》らせた。

「それとも違うと申すか」

「いえ」

やや禿《は》げ上がった額に汗を浮かべつつ、景信が景春に目配せした。

鎌倉幕府創設時、源　頼朝《みなもとのよりとも》は弟の義経《よしつね》に対し、弟ではなく家臣として扱うことを周囲に示すべく、厩から馬を引いてこさせた。顕定はその故事に倣《なら》ったのだ。

——家宰《かさい》の嫡男であるわしに、馬を引いてこさせるつもりか。

景春は屈辱に打ち震えつつ立ち上がると、厩に向かった。


顕定が山内家に養子入りしたのには、いくつかの偶然が積み重なっていた。

寛正《かんしょう》七年（一四六六）、第二十三代関東管領・山内上杉房顕《ふさあき》が五十子陣中で病死した。

房顕には子も弟もおらず、いずこかの血縁から養子を迎えることになった。

折しも上杉家は、古河公方との武力衝突の最中《さなか》であり、景信たち四家老は、早急に後継者を決める必要に迫られた。

当時、山内上杉家と越後上杉家は、それぞれの後嗣《こうし》に妥当な者がいない場合、養子をやりとりする習慣があった。その慣例に従い、景信が越後守護職・上杉房定《ふさきだ》に相談を持ちかけると、房定はこの話に飛びついてきた。

関東への勢力伸張は房定の念願でもあり、自らの子を山内家に養子入りさせられれば、越後から関東へと勢力圏を広げられる。

房定は困ったふりをしつつ、「次男の龍若丸《たつわかまる》（顕定）ならば」と返答してきた。

景信らは、顕定の年が十三であることに一抹《いちまつ》の不安を抱いたが、背に腹は替えられず、その申し出をのむことにした。

二

三月になっても上州《じょうしゅう》の寒さは格別だ。西に見える榛名山《はるなさん》、東に見える赤城山《あかぎさん》には、薄く地肌が見えてきているものの、白布《しらぬの》をかぶせたように雪が残り、雪片《せっぺん》交じりの北風を容赦なく吹き降ろしてくる。

しかし気づかぬうちに、雪解け水で溢《あふ》れた河川は気忙《きぜわ》しげな音を奏《かな》で、路傍には菜の花が咲き、桜は蕾《つぼみ》を膨《ふく》らませている。

春の上野国には、冬と寸分違《たが》わぬ寒気と新たな命の萌芽《ほうが》が共存していた。

景信から託された約半数の手勢を率い、景春が白井荘に戻ってきた。春と秋には農事のために兵を郷《さと》に戻さねばならないからだ。

五十子陣には、景信と半数の兵が残され、引き続き兵役に就いているため、郷に戻った兵たちは、彼らの農事も行うことになる。


白井荘の南端にあたる鎮守《ちんじゅ》の森が見えてくると、隊列に明るい雰囲気が漂ってきた。

景春が右手を上げて隊列を停めると、「帰心《きしん》矢の如《ごと》し」といった風情《ふぜい》の従卒《じゅうそつ》たちは、不可解な面持《おもも》ちで景春を仰《あお》ぎ見る。

景春は堰堤《えんてい》から吾妻川《あがつまがわ》河畔《かはん》に下りると、膝《ひざ》まで水に浸かって顔を洗った。

吾妻川の雪解け水は、顔が凍るかと思われるほど冷たかったが、景春の胸腔《きょうこう》に爽快《そうかい》な気分が満ちた。

——嫌な思いを絶ち切るのだ。

吾妻川で顔を洗うことで、景春は五十子陣で味わった屈辱を洗い流そうとした。

「父上！」

その時、遠方から甲高い童子《どうじ》の声が聞こえた。

景春が目を細めて声のした方角を見やると、小さな影が駆け寄ってくる。そのすぐ背後には、打掛《うちかけ》を翻《ひるがえ》した女性《にょしょう》の姿も見える。さらにその後ろから、多くの人々がこちらに向かってきていた。

小さな影は、けたたましい音をたてて木橋を渡ると、転がるように河畔まで下りてきた。

「烏坊丸《うぼうまる》！」

河畔に上がった景春は、烏坊丸と呼んだ幼児を抱き上げた。

「元気でおったか」

「はい！」

景春が四つになる息子を天高く放り投げると、息子は蒼天《そうてん》に舞い上がり、景春の腕の中に落ちてきた。

「会いたかったぞ」

烏坊丸を片方の肩に乗せると、景春は木橋で待つ女性《にょしょう》の方に向かった。

「ご無事でのご帰還、何よりにございます」

腰巻姿に被衣《かつぎ》を掛けて追いついてきた妻の夏野《なつの》が、満面に笑みを浮かべた。

「烏坊丸が早く父上に会いたいとせがむので、ここまで迎えに参りました」

「留守が長くなり、苦労をかけたな」

「わたくしの苦労など、何ほどのこともありませぬ」

夏野が景春をいたわるように寄り添った。

――わしは帰ってきたのだ。

彼方《かなた》にそびえる上州の山々を眺めつつ、景春は帰郷の喜びを噛み締めた。

その夜、白井城内にある景春の館には、留守居《るすい》の家臣や寄子《よりこ》国衆が自家製の濁酒《どぶろく》や猪肉《ししにく》などを携《たずさ》え、次々と押しかけてきた。留守居の衆は老いた者ばかりだが、そろって意気軒昂《いきけんこう》で、「古河公方、討つべし」と、気勢《きせい》を上げては盃《さかずき》を干した。

夜も更《ふ》けた頃、最後の一人が、ふらつく足取りでようやく帰っていった。それを玄関口まで見送った景春は宴席の間に戻ると、一人、盃に濁酒を注《つ》ぎ、ゆっくりと飲み干した。

そこに控えめな衣擦《きぬず》れの音をさせ、夏野が入ってきた。

「お疲れのところを、とんだ災難でございましたね」

音をたてずに襖《ふすま》を閉めつつ、夏野が口辺《こうへん》に笑みを浮かべた。

「いつものことよ」

「片付けは下男に申しつけます。殿は早く床《とこ》にお就き下さい」

細い腰を曲げて景春の傍らに座した夏野は、濁酒の入った盃を持つ景春の手を押さえ、盆に載せて持ってきた諸口《もろくち》を傾け、清酒《すみざけ》を注いだ。

「皆に飲まれてしまうので、清酒を隠しておいたのですよ」

「さすが夏野は、よう気が利く」

一口飲んだだけで、清酒の苦みが胃の腑《ふ》にしみわたった。

「うまい」

「よかった」

「今更、下男を起こしてはかわいそうだ。片付けは明日でよい」

そう言いつつ盃を干した景春は、夏野の手を握った。

「それとも、わしが寝入ってしまってもよいのか」

「まあ」

夏野が頰を赤らめ、恥ずかしげにうつむいた。


「新管領様というのは、いかなるお方でしょうか」

行灯《あんどん》の薄明かりから身を避けるようにして襟《えり》をかき合わせつつ、夏野が問うてきた。

現実に引き戻された景春は、五十子陣での屈辱を思い出した。

「そのことか」

「申し訳ありませぬ。思い出したくなかったのですね」

勘のいい夏野は、すぐに景春の心中を察する。

「いや、いいのだ」と言いつつ、景春は今回の一件を語った。

「さぞや、お辛うございましたね」

「いや、致し方なきことだ」

景春は本心と裏腹なことを言った。

「果たして、その越後から来たお子に、管領の職が務まるのでございましょうか」

「わしと父上も、それを案じておる。おそらく新管領は越後から来た付家老らに指南され、われらを頭から抑えようとするはずだ。そんなことをすれば、われら家老はともかく在地の国衆はついてこぬ。管領は管領の分を守り、すべての差配《さはい》を、われらに任せてくれればよいのだが」

「越後の方々は、いかなるご支配をなさろうとしておるのでしょう」

上野国衆・沼田憲義《ぬまたのりよし》の妹である夏野は、その実家の地が北上野の沼田であることから、とくに越後との関係には敏感である。

上州沼田は越後へと続く街道沿いにあり、そこを本拠とする沼田氏は、双方の情勢に機敏に対応して生き残ってきた。その血が夏野にも流れているのだ。

「おそらく越後の衆は、いつまでも古河公方との戦いに決着がつけられぬのは、われらが国衆をうまく統御《とうぎょ》できぬからだと思うておる。彼奴らは関東管領による専制を布《し》くことで、国衆に対する統制を強め、古河公方への決戦に駆りたてようとするはずだ」

「かようなことをすれば、また多くの国衆の血が流れ、中には公方様に与《くみ》する国衆も出てきましょう」

「彼奴らが尊ぶのは管領だけだ。家宰の白井長尾家でさえ、家臣としか見ておらぬ」

家宰とは別名「管領の代官」と呼ばれ、管領の職務をこなすために組織された奉行人の頭《かしら》のことである。本来、関東管領は鎌倉に在府して関東公方を補佐し、関東全域の政務を見ているため、その守護国の国衙《こくが》機能を掌握《しょうあく》し、在地支配を行うために代理人が必要となる。その役割を担うのが家宰なり守護代なのだ。

家宰は、守護代職を兼ねることが多く、主に在地領主の所領や諸職の充行《あてがい》と安堵《あんど》、訴訟の裁決、軍事指揮権、検断《けんだん》権（警察機能）、段銭《たんせん》・賦役《ぶえき》の徴収と免除など、絶大な権限を有していた。

自然、在地国衆との結び付きが強くなり、人格的主従関係が築かれていく。

となれば当然、家宰の力が強まる。

公方と管領同様、管領と家宰の関係は本来、確執《かくしつ》をはらむ宿命にあった。

「夏野の言う通り、越後から来た衆が実権を握れば、国衆の離反《りはん》を招くやも知れぬ」

夏野と話しているうちに、景春の胸内に不安が広がっていった。

「そうならねばよろしいのですが」

「いずれにしても、悪い方にばかり考えてはいかぬな」

景春が笑みを浮かべると、夏野もそれに応えた。

その時、赤城山の吹き降ろしが隙間風となって屋内に吹き込んできた。

「寒い」

襟をかき合わせて震える夏野を抱き寄せた景春は、漆黒《しっこく》の髪に顔を埋《うず》めた。

この後、二月《ふたつき》ばかりを家族と過ごした景春は、初春の農事を済ませた家臣たちを引き連れ、父景信の待つ五十子陣に戻っていった。

三

この頃の関東は、台風の目に入ったような静謐《せいひつ》に包まれていた。

公方と管領の対立という図式に変わりはないものの、長禄《ちょうろく》から寛正年間にかけて行われた上杉方による城郭群の構築が、公方勢力の利根川右岸への侵入を阻《はば》んでいたからだ。

居館《いやかた》の時代が終わり、城郭の時代が始まったのだ。

山内上杉氏が五十子陣を、深谷上杉氏が深谷城を、足利長尾氏が勧農城《かんのう》（岩井山城《いわいやま》）を、扇谷上杉氏の宿老・上田《うえだ》氏が松山《まつやま》城を、同じく太田氏が河越《かわごえ》・岩付《いわつき》・江戸《えど》の三城を構築することにより、利根川を境とした対公方防衛線ができ上がった。

その完成を見た応仁元年九月、相模《さがみ》国守護職・扇谷上杉持朝《もちとも》が五十歳で世を去った。

持朝は、永享《えいきょう》の乱や結城《ゆうき》合戦の実質的指揮官として、公方勢との戦いの陣頭に立ってきた上杉陣営の柱石《ちゅうせき》である。

康正《こうしょう》元年（一四五五）に持朝の跡を継いでいた顕房《あきふさ》が戦死したため、持朝は法体《ほったい》のまま当主に返り咲いていたが、その持朝も死去したことで、扇谷家の家督は、持朝の孫で顕房の嫡男にあたる政真《まさざね》に継承された。この時、政真はわずか十七だった。

かくして両上杉家共に、十代の当主が立つことになった。

顕定ら山内家一同は、持朝の法要への参列と政真の家督継承祝いのため、武州《ぶしゅう》河越城に出向くことになった。むろんこの機に、上杉方の重鎮を集めた大軍議を開く目的もある。たまたまこの時、古河公方の処置をめぐって幕府との折衝《せっしょう》に当たっていた東下野守常縁《とうしもつけのかみつねより》が、関東に戻っていたのも好都合だった。

九月末、顕定、景信、景春ら山内家一同は五十子陣から河越に向かった。五十子陣の留守は、顕定の実家である越後上杉家から派遣された越後守護代・長尾能景《よしかげ》に託された。

河越は鎌倉幕府の有力御家人・河越氏の本領として栄えた地である。その地名が「河肥」から来たと伝えられるほど、河越には多くの河川が集まり、それらの堆積物《たいせきぶつ》が肥沃《ひよく》な土壌《どじょう》を形成していた。

河越城は、それらの河川に囲まれた武蔵野台地の北東端、比高十メートルの舌状《ぜつじょう》台地上に築かれていた。

兄とも仰ぐ太田源六《げんろく》に久方ぶりに会えるということで、景春の心は弾《はず》んでいた。太田源六とは後の道灌《どうかん》のことである。

景春と源六の関係は少年時代にさかのぼる。

宝徳《ほうとく》二年（一四五〇）に勃発《ぼっぱつ》した江《え》の島《しま》合戦の後、公方成氏《しげうじ》と上杉方の和睦《わぼく》が成り、鎌倉が一時《いっとき》の平穏に包まれていた頃、景春の祖父景仲と父景信は、景春を鎌倉建長寺《けんちょうじ》に入山《にゅうざん》させた。

当時の禅寺《ぜんでら》は学問の中心であり、種々雑多の渡来《とらい》学問が禅門をくぐっていた。それゆえ有力武家の子弟は皆、少年時代を禅寺で過ごすのが常だった。

建長寺に入山した八歳の景春は、そこで十一も年上の太田源六と出会うことになる。源六は永享《えいきょう》四年（一四三二）、扇谷上杉家の家宰・太田資清《すけきよ》（法名《ほうみょう》・道真《どうしん》）の嫡男として生まれ、九つの時、建長寺に預けられて十一歳まで寄宿し、その後も十代後半まで建長寺に出入りしていた。その頃より傑出《けっしゅつ》した才を示し、「五山無双《ござんむそう》」（『永享記』）と謳われるほどだった。

河越に着いた顕定一行は、河越城外西御門にある宿館に案内された。そこは山内家当主の常宿《じょうやど》だが、城を目前にして入城させないことに、顕定は不満を示した。

顕定は「なぜ主君を城に入れぬ。無礼ではないか！」と激しく憤《いきどお》り、しまいには「帰る」とまで言い出した。しかし景信が「管領家に忠勤《ちゅうきん》を尽くした道朝殿《どうちょう》（持朝）の法要ゆえ、何卒《なにとぞ》、ご辛抱《しんぼう》下され」と頼み込み、何とか怒りを鎮《しず》めた。

翌日の大法要と、翌々日の政真の家督相続の儀は滞《とどこお》りなく行われた。

顕定は終始、憮然《ぶぜん》としていたが、景信が事前に顕定の気難しさを政真に伝えておいたので、政真は何くれとなく気を使い、顕定の機嫌を取ってくれた。

政真はいまだ若年《じゃくねん》ながら、驕《おご》ったところの微塵《みじん》もない申し分ない人物である。

景春は政真に好感を持ち、このような主《あるじ》を持つ道灌を羨《うらや》ましく思った。

一連の儀が終了した後に開かれた軍評定《いくさひょうじょう》は、東常縁の報告により始まった。

東氏は下総千葉《ちば》氏一門だが、美濃《みの》国に所領を持つ幕臣でもある。幕府の許しを得、享《きょう》徳《とく》の頃、関東に下向して以来、双方の連絡係のようなことをしていた。

常縁の話は、この年の五月に京洛《きょうらく》の地を火元として始まった大乱についてである。

管領・畠山政長《はたけやままさなが》と義弟の義就《よしなり》の間で起こった家督争いに端を発したこの争乱は、実力者である細川勝元《ほそかわかつもと》と山名宗全《やまなそうぜん》の武力衝突に発展、京洛の地を地獄の業火《ごうか》で焼き尽くした。

数奇者《すきもの》として知られる将軍義政《よしまさ》は、これを抑えるでもなく、相も変わらず猿楽《さるがく》や築庭《ちくてい》にうつつを抜かしていた。そのため火の手は瞬く間に広がり、義政の弟・義視《よしみ》と義政嫡男・義尚《よしひさ》の将軍の座をめぐる争いにまで発展した。

一連の話を聞いた景春は、いよいよ幕府の屋台骨が軋《きし》み始めていることに気付いた。

——幕府の権威は失墜《しっつい》し、実力だけを拠《よ》り所《どころ》とする時代が来たのだ。

景春は胸の高鳴りを感じた。しかし、これまで上杉陣営の後ろ盾となってきた幕府の力が弱まり、その威令《いれい》が行き届かなくなれば、関東の抗争は断然、公方有利となる。

——すなわち、われらも肚《はら》をくくらねばならぬのだ。

とは言っても、山内・扇谷両上杉家の宿老や奉行たちが、時代の転換点をどこまで感じ取っているかは疑問である。常縁から京洛の話を聞いても、対岸の火事としか思えないのか、「関東にかかわりはない」と断じる者、危機感のかけらもないような顔をして、「この乱は家督争いにすぎぬ。すぐに終息する」と、分かったような口をきく者ばかりである。

常縁は困った顔で、それらの意見を否定するのだが、誰も聞く耳を持たない。

一方、景春と同じく体制崩壊の予兆を感じているはずの太田道灌は、瞑目《めいもく》して何も語らなかった。唯一《ゆいいつ》、意見を問われた時にだけ、ただ一言、「夏も終わりに近づくと、蟬《せみ》の声は激しくなります」とだけ言って、再び口をつぐんだ。

道灌の言葉は、たちまち侃々諤々《かんかんがくがく》の喧騒《けんそう》に掻《か》き消された。その言葉の意味を、居並ぶ諸将の何人が理解したかは分からない。

結局、軍評定は従来の専守防衛路線を堅持《けんじ》していくことで合意を見た。すなわち「上方の混乱が収まった後、将軍に幕府軍を派遣してもらい、古河公方をひれ伏させる」という時代錯誤《さくご》の意見が大半を占めたのだ。

幕府に叛旗《はんき》を翻《ひるがえ》した古河公方を討伐することは、上杉方の喫緊《きっきん》の課題だが、与党の総力を結集しても、それは容易なことではなく、幕府軍の派遣待ちという他力本願的な方策に落ち着くしかなかったのである。

河越滞在の最後の夜、何の前触れもなく、道灌が景春の宿館を訪ねてきた。そろそろ寝床に入ろうとしていた景春は、慌てて身支度《みじたく》を調《ととの》えると、道灌を迎え入れた。

道灌は茶人頭巾《ずきん》に麻《あさ》の道服《どうふく》をまとった軽装である。しかし、そのさりげない姿にも、唐《とう》の高僧もかくあらんと思わせる威厳が漂っていた。

この時、道灌は三十六である。

――人とは、かくも大きくなるものか。

会う度に一回り大きくなったかのように見える道灌に、景春は圧倒された。

建長寺にいた頃、多くの巻物を抱えて寺内《じない》を行き来する道灌の姿をよく見かけた。道灌は明《みん》帰りの僧を見つけては、巻物の一部を指し示し、その意味することを、しつこいくらい問うていた。

景春たち少年僧が挨拶をしても、まるで眼中にないかのごとく、道灌はそ知らぬふりで通り過ぎていった。その瞳は一途《いちず》に何かを求める求道者《ぐどうしゃ》のものだった。

景春にとって、道灌は眼前にそびえ立つ高峰《こうほう》だった。それゆえ景春は道灌に憧《あこが》れ、懸命にその背を追いかけた。

「孫四郎、久しく見ぬ間に随分《ずいぶん》と立派になったな」

「道灌殿こそ」

「わしは変わらぬ」

「それがしとて、何も変わりませぬ」

二人の顔が笑み崩れた。それは、互いのことを知り尽くした者だけに通じる笑いだった。

「新たに来られた管領殿は、いかがかな」

早速、道灌が探りを入れてきた。

「見ての通りでござる」

「見ての通りか」と繰り返しつつ、道灌のふくよかな頰に浮かんだ笑みが、苦いものに変わった。

「あの管領では、この難局を切り抜けられぬとお思いではありませぬか」

景春の問いに、「まあ、聞け」と答えるや、道灌の瞳が真剣な光を帯びた。

「われらと公方の間の静謐は一時《いっとき》のものだ。必ずや機を捉え、公方は挑んでくる」

「やはり――」

「すでに双方には、積もり積もった怨恨《えんこん》の連鎖《れんさ》ができておる」

道灌の柔和《にゅうわ》な面《おもて》は一変し、不動明王《ふどうみょうおう》のような憤怒《ふんぬ》の色が表れた。

「その連鎖には、わしも入っておる」

一呼吸置いた道灌は、己を恥じるように言った。

「公方殿は、かつて関東公方であられた父上（持氏《もちうじ》）と、兄三人を討たれた私怨《しえん》から、新管領を殺し、わが主を討ち、われらの根を絶とうとしている。わしは、それをどうしても許せぬのだ」

公方持氏と関東管領・山内上杉憲実《のりざね》の間で勃発した永享の乱と、持氏の次男と三男が、結城氏朝《うじとも》ら北関東国衆に擁立《ようりつ》されて蜂起《ほうき》した結城合戦が終息した後の文安《ぶんあん》四年（一四四七）、憲実は幕府に働きかけ、持氏四男の成氏を公方の座に据えた。

憲実としては、持氏とその遺児たちを殺した罪滅ぼしのようなものだったが、両陣営はすぐに手切れとなり、宝徳二年に江の島合戦が勃発した。

その後、いったんは手打ちをしたものの、享徳三年（一四五四）、公方成氏は、憲実の嫡男で管領の座に就いたばかりの憲忠《のりただ》を謀殺《ぼうさつ》した。

これにより享徳の乱が勃発し、関東は再び戦雲に覆われる。

その乱の最中、道灌の主である扇谷上杉家当主の顕房も討ち死にし、双方の怨恨は増すばかりだった。

「孫四郎、僻陬《へきすう》の国衆らと徒党《ととう》を組み、無用な兵乱を起こして民を困窮《こんきゅう》させる、あの公方を倒さぬ限り、関東に静謐は訪れぬ。貴殿の父上とて同じ思いであろう」

「いかにも、仰せの通り」

父景信から、この戦の大義を聞かされて育った景春には、道灌の気持ちがよく分かる。

「しかし、そうした怨恨こそ、この世で最も忌《い》むべきものだ」

「と申されると」

公方の非道を語り始めると思っていた道灌の口から出た意外な言葉に、景春は驚いた。

「いかに公方が悪逆《あくぎゃく》であっても、私怨により戦う者は、いつか私怨により滅ぼされる。それが天理《てんり》というものだ」

「天理と」

構わず道灌は続けた。

「わしは天理に逆らわず、私怨で戦わぬよう、常に己に言い聞かせておる。しかし、われらの敵は違う」

私怨に突き動かされた成氏が憲忠を殺したことで、私怨はさらに降り積もり、双方は引くに引けないところまで来てしまっていた。

「私怨ほど恐ろしいものはない。そして、そこに私欲を持つ者どうしが手を組めば、これほど厄介《やっかい》なことはない」

「ということは、何か雑説《ぞうせつ》でもお聞きになられたか」

「これは、京に放った諜者《ちょうじゃ》からの報告だが」と言って、おもむろに懐《ふところ》に手を入れると、道灌は書状を取り出した。

「これは――」

それを黙読した景春は愕然《がくぜん》とした。

「越後上杉房定・定昌父子《さだまさふし》は顕定を使い、われらと古河公方との間に戦端を開かせようとしている。彼奴らは大手を振って関東に関与すべく、われらをけしかけ、小康《しょうこう》状態にある関東を再び戦乱の巷《ちまた》に戻そうとしておるのだ。たとえわれらが公方を降《くだ》したとしても、その後、房定は越後勢を率いて越山し、実力をもって、われらの上に君臨《くんりん》するつもりだ」

「それでは、越後の殿は関東の主となられるおつもりか」

「おそらくな。すでに彼奴らは幕閣《ばっかく》に根回しし、古河公方討伐の御教書《みぎょうしょ》を発行させようとしておるとのことだ」

「まさか」と言いつつ、景春が膝を浮かしかけた。

「それゆえわしは、此度《こたび》の評定において、一切、語らなかった。こうした危機を煽《あお》ったところで、分かるような輩《やから》はおらぬからな」

越後上杉房定・定昌父子が、関東の諸将よりもいち早く秋の蟬の声を聞いていることに、景春は驚かされた。

彼らは東国にも飛び火するであろう動乱の予兆《よちょう》を感じ、いち早く自らの勢力圏を広げ、その立場を堅固《けんご》なものにしようとしているのだ。

「新管領を越後から迎えたのは山内の者どもだ。扇谷家中であるわしは、とやかく言える立場にはない。越後にひれ伏すもよし、小童《こわっぱ》を追い返すもよし。いずれにしろ、このことは山内家中で片付けられよ」

道灌が冷たく突き放した。

「その件、すでにわが父にはお伝えか」

「いや、お耳に入れても無駄だ。そなたの父上には、己が迎えた新管領を擁護《ようご》するほかに道はない。人は過《あやま》ちを容易に認められぬものだ」

「とは申しても、このままでは――」

「お父上は小童の命に従い、古河公方討伐の陣頭に立たされるであろう」

道灌が政局を冷静に分析した。

そうなれば、上杉方が公方方に勝とうが負けようが、景信の立場はなくなる。すなわち公方を屈服させることができても、足利一門を上杉家の陪臣《またもの》にすぎない長尾家が討つという、前代未聞の下剋上《げこくじょう》の責任は、景信一己《いっこ》が背負い込むことになる。

「越後から養子を迎え入れた時、すべては決したのだ」

道灌は口惜《くや》しげに呟くと、にやりと笑った。

「しかし孫四郎、そなたは違う」

「違うと申されると」

「私怨やしがらみの虜《とりこ》とならず、民のために静謐な世を築くことが、そなたにはできる」

道灌が懐かしそうな顔をした。建長寺の頃に思いを馳《は》せているに違いない。

「わしの目を節穴《ふしあな》と思うな。そなたは大局に立てる男だ。小童の意のままにならぬよう父上を説き、こちらから仕掛けぬようにするのだ」

「ということは幕府軍の後詰を待てと」

「それは分からぬ。東殿の話にあったように、幕府の屋台骨は揺らいでおり、関東へ派兵する余裕など未来永劫ないやもしれぬ」

「つまり守り戦に徹し、われらに大義があることを、まず民に知らしめるのですな」

「それが大人《たいじん》たる者の戦だ」

そこまで言うと道灌は盃に酒を注ぎ、話題を転じていった。

道灌が帰った後、景春は床に就いたが、熱に浮かされたようになり、なかなか寝つけなかった。

——かの小童を迎え入れた責の大半は父上にある。それゆえ父上は、頑なに小童を守ろうとするだろう。

景春は床を出て広縁に出た。冷気が胸腔《きょうこう》に満ち、さらに眠気は吹き飛んだ。

——父上を助け、小童を守り立てていくのが、わしの仕事だ。しかしそれでは、越後の思うつぼではないか。

北方から吹き降ろしてくる寒風が、景春の胸内を探るように、懐を吹き抜けていった。

——顕定を追放、ないしは権力の座から遠ざけることで、越後衆の野望を未然に防がねばならぬ。たとえそれが、父上の意に反することだとしても。

景春は正義と孝心の相克《そうこく》に苦悶《くもん》した。

応仁二年（一四六八）正月、新春の諸行事が済むや、顕定は、山内上杉家の本拠・平井城の大規模な修築《しゅうちく》を表明した。

この大普請《おおぶしん》は、白井長尾家をはじめとした家臣団及び国衆に対し、何の根回しもなく告知されたため、諸方面から苦情が相次いだ。

山内家の領国支配体制は、室町幕府の統治体制に倣い、在地衆との緩やかな寄親寄子《よりおやよりこ》関係に依存するものである。そのため、国衆から人や財を供出《きょうしゅつ》させて普請を行うとなると、その平等性を保つのは容易でない。

奉行人たちは、それぞれの裁量や思惑で在地衆に賦役を課した。そうなれば当然、圭幣《けいへい》（賄賂《わいろ》）がはびこる。そこから生まれるのは嫉妬《しっと》や疑心暗鬼《ぎしんあんき》による内部分裂だ。

また、こうした国衆の負担は、末端に押し付けられるのが常である。これにより農村は疲弊《ひへい》し、怨嗟《えんさ》の声が広がった。

こうした不満を未然に摘《つ》み取り、その怒りの矛先を古河公方に向けさせるのが、家宰の仕事である。

景信は各地の国衆に使者を送り、この普請役の重要性を説いて回った。その結果、徐々に合意が形成されてきた。貧窮《ひんきゅう》する零細《れいさい》一揆には景信自ら私財を供出し、体面を整えさせることまでした。

こうした景信の地道な努力により、平井城大普請を開始することができた。しかも皮肉なことに、景信の真摯《しんし》な姿勢は国衆の心を捉え、景信の人望をさらに押し上げることにつながった。

一方、その強圧《きょうあつ》的な態度から、国衆や農民の心は顕定から離れていった。

こうした火種を生じさせつつも、平井城は、関東管領の本拠と呼ぶにふさわしい堅城となっていく。


同年夏、公方勢が探りを入れてきた。

幕府が落ち着きを取り戻す前に、上杉一族とその与党を倒し、関東に覇権《はけん》を確立し、否応《いやおう》なく自らの存在を幕府に認めさせることが、公方成氏の狙いである。

一千余の先手《さきて》部隊を率いるのは高師久《こうもろひさ》である。師久は利根川左岸を北西に進み、五十子陣の北方二里の茂呂《もろ》まで進出してきた。

利根川左岸とはいえ、山内家の勢力圏を通り、古河から十二里もの距離を高勢が進めたのは、岩松《いわまつ》氏ら利根川左岸を守る上杉方国衆の警戒が緩んでいたからである。一方、上杉方としては、敵の任務が偵察であっても、勢力圏内で勝手な行動を取らせるわけにはいかない。

早速、上杉方は岩松家純《いえずみ》を主将に、景春を副将に据えた追撃部隊を編制、茂呂方面に向かわせた。

これを知った高師久は利根川沿いに古河方面へ逃れようとしたが、景春勢は単独で先回りし、玉村から広瀬川《ひろせがわ》（利根川支流）河畔に進出、そこで敵と激突した。

『松陰私語《しょういんしご》』には「夕手《ゆうて》（夕方）の合戦、長尾左衛門尉父子、大利」とある。ここでは「父子」とあり、景信も出張っているように書かれているが、実際は景春だけで摑んだ勝利だった。

この勝利は、持朝亡き後の上杉方の結束が崩れていないことを公方方に知らしめ、以後二年間、公方方は軍事行動を差し控えることになる。

四

文明《ぶんめい》三年（一四七一）早々、公方成氏が公称八千の大軍を率いて利根川を渡ってきた。鎌倉街道中道《なかのみち》を南下し、長駆して伊豆堀越《ほりごえ》の公方府を突こうというのだ。

長禄二年（一四五八）、幕府から新公方に任命された足利政知《まさとも》は、成氏を恐れて鎌倉に入れず、伊豆堀越にとどまっていた。成氏は堀越公方府を瓦解《がかい》させ、関東に公方は一人であることを、実力をもって証明するつもりでいた。

一方、この突然の侵攻に上杉方は動揺した。折悪しく、顕定が頼りとする越後勢は、在番衆の交代で帰郷している。越後勢不在により、心許なくなった顕定とその側近は五十子陣に籠《こも》り、何の抵抗もせずに敵勢を利根川右岸に入れてしまった。

景信・景春父子は顕定に追撃を迫ったが、顕定側近は決断を下せず、徒《いたずら》に時間ばかりが過ぎていった。

一方、扇谷上杉政真と太田道灌は、それぞれ江戸と岩付で迎撃態勢を整えていた。

そんな折、道灌の書状が景春の許に届いた。

道灌の策は、道灌が岩付の線で敵を抑えている隙に景春が古河に攻め入り、それに動揺した公方勢が反転するのを待ち、金山《かなやま》城から出撃した岩松家純が迎撃《げいげき》するというものだ。

景春は道灌の策を顕定に言上《ごんじょう》したが、付家老の大熊資徳、寺尾若狭入道《てらおわかさ》（憲明《のりあき》）、海野《うんの》佐渡守《さどのかみ》といった山内家の宿老《おとな》たちは「越後から後詰勢が着く前に動くことはなりませぬ」の一点張りである。

しかし上杉方勢力圏で勝手なことをさせてしまえば、上杉方を見限り、離反する国衆も出てくる。ここは断固たる態度を内外に示すべきだった。

景春は父景信と話し合い、顕定に無断で兵を出すことにした。むろん、私兵を使っての私闘となるのは覚悟の上である。

正月末、道灌次弟の図書助《ずしょのすけ》資忠《すけただ》と共に景信・景春父子は、下野国足利荘の勧農城に入った。

足利荘は渡良瀬川《わたらせがわ》左岸にあり、利根川と渡良瀬川という二大河川の渡河《とか》なくして古河城に攻め寄せられる上杉方の最前線にあたる。

二月初旬、景春は単独で敵の勢力圏に攻め入り、赤見《あかみ》・樺崎《かばさき》両城を攻略した。

同じ頃、父景信と太田資忠も、公方直臣《じきしん》・一色《いっしき》氏の守る高野《たかの》・幸手《さって》両城の攻略に成功、一色氏を古河に追った。これにより、古河城防衛の第一線が崩れただけでなく、佐野・小《お》山《やま》・小田《おだ》の三氏が上杉方に降った。

この知らせを聞き、岩付を目前にしていた成氏は動揺した。

成氏とその側近は、越後勢不在の上杉方が積極的な軍事行動を起こせないと予想していたからだ。事実はその通りなのだが、まさか家宰の長尾や太田が、独断で兵を動かすとまでは思っていなかった。しかし小山・結城・千葉の先手衆は、すでに伊豆堀越に向かって進軍中なのだ。

成氏は伊豆攻めを先手衆に任せ、自らは上杉方の五十子陣を突くべく自軍を反転させた。古河城をうかがう上杉方に対する、差し違え覚悟の逆牽制《ぎゃくけんせい》作戦である。しかし側近や与党国衆の間では、古河城に帰還すべしとする意見が大半を占めた。

岩付城を前にして老臣や寄子国衆の意見が対立し、成氏は立ち往生する。

そこを岩松家純と、その重臣の横瀬《よこせ》（由良《ゆら》）国繁《くにしげ》・成繁《なりしげ》父子が襲った。

岩松勢は公方勢に比べて寡兵《かへい》である。その短所を補うべく、夜陰《やいん》に紛《まぎ》れて敵陣を軽く叩き、小荷駄《こにだ》を奪い、潮のごとく兵を引くことを繰り返した。

これにより公方勢の兵糧《ひょうろう》が枯渇《こかつ》し、厭戦《えんせん》気分が蔓延《まんえん》した。

兵糧がなくなれば、公方といえども、勝手に陣払いする国衆を押しとどめる術《すべ》はない。国衆が次々と利根川を渡って自領に戻っていったため、致し方なく、成氏も古河に戻ることにする。

三月に入り、景信、忠景、道灌らと合流した景春は先手を担い、八椚《やつくぬぎ》城を落とし、さらに東進し、大袋《おおぶくろ》城（後の館林《たてばやし》城）と舞木《まいぎ》城も立て続けに攻略した。

大袋城攻防戦は七十日余に及んだが、五月、兵糧攻めにより降伏させた。

敵勢力圏の切り崩しを、ほぼ単独で成し遂げることにより、景春の武略と、その率いる軍団の強さが関東一円に鳴り響いた。

これにより、古河公方府と五十子陣を隔てる緩衝《かんしょう》地帯の大半が上杉方に帰した。

大袋城から古河城までは、わずか四里である。

波に乗る景春は古河城攻撃に向かった。

一方、成氏は古河城で籠城準備に入っていた。

そんな折、伊豆に攻め入った先手衆が三島《みしま》で合戦に及び、堀越公方勢の前に惨敗を喫したという報が飛び込んできた。

この勝報に、さすがの顕定も重い腰を上げた。

六月初旬、顕定をはじめとして、長尾景信、同忠景、扇谷上杉政真、太田道真・道灌父子、岩松家純ら六千の大軍が、古河城を包囲した。

しかし諸勢に先駆け、公方勢力圏に押し入り、ほぼ独力で五城まで落とした景春に対し、顕定は何の言葉もかけず、恩賞も下さなかった。

六月二十四日、上杉方の惣懸《そうがか》りが始まった。

比高わずか四メートルの半島状台地を利用した平城にすぎない古河城である。五千を超える上杉方に攻め込まれては、手も足も出ない。

戦いは一方的なものとなり、落城寸前、成氏は辛くも城を脱出し、南方五里の高野渡しで待つ千葉新助孝胤《しんすけのりたね》の軍勢に収容された。

成氏は、孝胤の本拠である下総国の本佐倉《もとさくら》城に落ちていった。

敵の攻勢を逆手に取った上杉方は、公方を古河から追い落とすことに成功した。これにより佐野、小山、小田ら公方方有力国衆は、あらためて幕府に忠誠を誓い、正式に上杉方に属することになった。

成氏の古河退去の吉報《きっぽう》は幕府にも届き、「関東静謐時節到来」とまで喜ばせた。

しかし、この静謐は長く続かなかった。

本佐倉城に入った成氏は、早速、巻き返しを図ってきた。最大の後援者である千葉氏はもちろん、原《はら》、高城《たかぎ》、上総武田《かずさたけだ》、里見《さとみ》、結城、那須《なす》ら公方与党の有力国衆も健在である。

一方、大勝利を収めた上杉陣営の足並は一転して乱れ始めていた。この機に千葉孝胤討伐を主張する道灌と、まずは堀越公方政知を鎌倉に移そうという顕定の間で、意見が対立したのだ。

景信・景春父子は双方の間に立って意見調整を図ったが思うようにいかず、貴重な時間を無駄にした。こうした度重なる心労から景信は病を得、しばしば床に就くようになる。

文明四年（一四七二）五月、公方勢の反攻が始まった。結城、祇園《ぎおん》、烏山《からすやま》諸城で蜂起した公方与党国衆は、本佐倉城を出陣した成氏と千葉孝胤に呼応して古河城に迫った。

いったんは上杉方となった佐野、小山、小田氏も、早々に公方陣営に帰参《きさん》する。

これを聞いた景信は景春を伴い、病を押して古河城に急行した。

景信には勝算があった。たとえ古河城が包囲されようと、顕定の後詰と扇谷勢の後方攪《かく》乱《らん》があれば、公方は必ず兵を引くと見ていたからだ。しかしこの時、不運が重なった。成氏の古河城包囲が始まった頃より、関東は雨季に入り、河川が増水して西方から後詰する山内勢、南から迫る扇谷勢の行軍が停滞し始めたのだ。

一方、すでに古河付近に来ていた成氏は、この機を逃さず城攻めを開始した。成氏にとって勝手知ったる自分の城である。攻城数日にして外曲輪《そとぐるわ》を落とした公方勢は、さらに攻勢を強めてきた。

本曲輪を守る景信の指揮の下、景春は破られそうになった防衛線に加勢し、その都度、敵を追い落とした。しかし衆寡敵せず《しゅうかてき》、新手《あらて》を次々と繰り出す敵の前に、いよいよ落城の時が迫った。

景信と景春は、遂に古河城を放棄する決断を下さざるを得なくなる。

大手門を打って出た長尾勢は、敵の追撃を何とか振り切り、利根川右岸に逃れたが、古河城は成氏に奪回され、双方の勢力圏は従前の線に戻された。

——虎が雨か。

五月二十八日に降る雨は虎が雨と呼ばれる。この日は曽我《そが》兄弟が処刑された日で、この日に降る雨は、兄十郎《じゅうろう》の妾《めかけ》・虎御前《とらごぜん》が流す涙という言い伝えがあった。

地雨はやがて驟雨《しゅうう》となり、激しく地に叩きつけられた。

その音を聞きつつ、景信・景春父子は平井城会所前の庭に控えさせられていた。

緑が色づき始めた庭には、紫陽花《あじさい》の花も咲き始めていたが、景春に、そんな季節の移ろいを楽しむゆとりはない。

屈辱に打ち震えつつも微動だにせず拝跪する景春の耳に、景信の咳き込む音が聞こえた。

「父上、ご加減が悪いようでしたら、この場はそれがしに任せ、お引き取り下さい」

「そういうわけにはまいらぬ。古河城失陥《しっかん》の責は、わしにある。わしが殿の叱責《しっせき》を受けねばならぬ」

景春の斜め前に拝跪する景信が肩越しに言った。

「何を仰せです。後詰なくして城を保てぬは必定《ひつじょう》。詫びることなどありませぬ」

「孫四郎、言葉を慎め」

そこまで言うと、景信は再び咳き込んだ。

古河城にいる頃から景信は体のだるさを訴え、しばしば床に就いていた。そんな折、敵の攻撃を受け、さらに脱出行による無理がたたり、ここ数日、ひどく消耗していた。

雨脚はさらにひどくなり、初夏とはいえ、景春の体もすっかり冷え切っていた。

——おのれ小童。力戦奮闘し、多くの配下を失ったわれらに何たる仕打ちか。

会所の軒先から垂れる雨を眺めつつ、さらに小半刻《こはんとき》ほど待たされると、慌しく近習《きんじゅ》や同《どう》朋《ぼう》が行き来し、やがて顕定が現れた。

無言で奥の座に着いた顕定は、呆れたように嘲笑《ちょうしょう》すると言った。

「よくぞ、おめおめと帰ってこられたものよ」

——何と無礼な。

何らの感情も表さず、景信が落ち着いた声音《こわね》で言った。

「此度の事、お詫びの申し上げようもありませぬ」

「それなら、いかに責を負う」

顕定の目が冷たい光を放った。

「腹を切れと仰せなら——」

「それで城が取り戻せるわけではあるまい！」

青年とは思えない顕定の怒声が轟《とどろ》いた。

顕定とて、景信に詰め腹を切らせるわけにはいかない。そんなことをすれば、与党国衆の信望を失い、上杉陣営は一気に崩壊の危機を迎える。

上杉方が公方方に対抗し得るのも、景信との間に人格的主従関係を結んでいる国衆がいるからである。その点、公方の権威と血筋の重みによって構築された公方家と、景信や道灌の衆望に支えられた上杉家とは、その成り立ちからして、全く異なる体質の軍団だった。

「恐れながら——」

景春が膝を進めた。

「孫四郎、慎め」

肩越しに景信が押しとどめようとしたが、景春は引くつもりはなかった。

「敵中に孤立した城を守るは、容易なことではございませぬ。しかも佐野、小山、小田も離反し、頼みの綱は殿の後詰だけ」

「古河城の失陥は、わしに責があると申すか」

顕定の顔色が変わった。その眉間《みけん》には、憎悪に歪んだ縦皺がはっきりと刻まれている。

それに恐れ入ることもなく、景春は威儀を正すと言った。

「御意」

「おのれ」

怒りに顔を紅潮《こうちょう》させた顕定が、脇息《きょうそく》を蹴倒して立ち上がった。

「お待ち下され」と言いつつ、景信がすかさず間に入る。

「わが息子の言葉が過ぎました。後で厳重に叱責しますので、この場はご容赦下さい」

「長尾孫四郎」

口端《くちは》を震わせつつ顕定が言った。

「このことを忘れはせぬぞ」

顕定の憎悪に燃える眼差しを、景春は正面から受け止めた。

その時、景春の脳裏に一瞬、ある予感がよぎった。

――この男とは、敵味方に分かれるのではないか。

二人の男はにらみ合ったまま、篠突《しのつ》く雨の音を聞いていた。

五

文明五年（一四七三）六月二十三日、五十子陣に戻ってから、ずっと病臥《びょうが》していた景信が死去した。

景信は死に臨み、どんな仕打ちを受けようとも顕定に忠節を尽くすよう、景春に言い残した。言うまでもなく、これは顕定と景春の仲違《なかたが》いを恐れてのことだった。古河公方という大敵を抱えている限り、二人の仲違いは上杉方の崩壊に直結するからだ。

父の死によって、景春は晴れて白井長尾家の家督を継ぐことになった。

父景信が就いていた山内上杉家家宰と武蔵・上野両国の守護代職の座は、何の支障もなく景春に引き継がれるものと、周囲はもとより景春自身も思っていた。

ところが七月に入っても、顕定からは何の沙汰《さた》もなかった。家宰職が空席だと様々な障《さわ》りが出てしまうので、本来であれば、内意だけでもすぐに下されるはずである。しかし、顕定の奉行衆に催促しても、いっこうに返事がない。

このままでは、領国の行政と司法が麻痺《まひ》してしまうため、景春は家宰と守護代職を僭《せん》称《しょう》し、国衆間の境目相論《さかいめそうろん》から郷村の水争いに至るまで、次々と裁定を下していった。

ところが八月のある夜、軍勢を率いて現れた顕定の使者が、五十子陣近くの景春の館を取り囲んだ。

何事かと景春が門前に出ると、「上意である！」という叫びと同時に、たちまち捕方《とりかた》に組み伏せられ、高手小手《たかてこて》に縛り上げられた。あまりに突然のことに、家臣団を呼び寄せる暇もない。

捕縛《ほばく》された景春は、その場に引き据えられた。

「長尾孫四郎、度重なる越権《えっけん》行為の数々、目に余るものあり。よって取り調べのため連行する」

「何を言うか！」

景春が立ち上がろうとしたので、捕方との間でもみ合いになった。それを見た家人が景春に加勢したので、たちまち混乱が起こった。

慌てた使者は、景春の傍らに近寄って耳打ちした。

「この場は堪《こら》えて下され。これも管領殿の一時の気の迷いにすぎませぬ。すでに道灌殿には使者を派しておりますゆえ、ほどなく誤解は解けまする」

これに納得した景春は家人に向かって言った。

「皆、静まれ。これは何かの間違いだ。すぐ戻るゆえ、何があっても事を構えてはならぬぞ」

大人しく縛に就いた景春は、家人が心配そうに見守る中、顕定の許に引っ立てられていった。

後ろ手に縛られたまま、主殿の中庭に敷かれた荒蓆《あらむしろ》の上に座らされた景春は、この屈辱的仕打ちに憤慨《ふんがい》していた。

——わしを何だと思っておるのだ。

抑え難い怒りが込み上げてきたが、景春は、それをねじ伏せて顕定を待った。

周囲が闇に包まれる頃、ようやく眼前の一室に灯《あかり》がともり、中で人の動く気配がした。

「殿、おいでになられるのなら、姿をお見せ下され！」

景春の喚《わめ》き声が御主殿の中庭に響きわたると、中庭に面した障子が開き、顕定がその瓜《うり》実顔《ざねがお》をのぞかせた。

「どこぞで、犬でも吠《ほ》えておるのか」

「殿、この仕打ちは何のおつもりか！」

「おう、犬かと思うたが孫四郎であったか」

たった今、気づいたかのごとく、さも驚いた顔をすると、顕定は袖《そで》を口に当てて笑った。

その笑いに同調する者がいま一人、障子の陰に隠れている。

「殿、この孫四郎、関東静謐のために奔走《ほんそう》してきたつもり。それを——」

「馬鹿め、それがいかんのだ」

顕定の顔が醜《みにく》く歪んだその時、景春はすべてを察した。

――この男は、わしに嫉妬しておるのか。

「殿、ここはじっくり語り合い、互いの誤解を解くべきではありませぬか」

景春は怒りを抑え、年長者らしく冷静に諭《さと》そうとした。

「何を申すか、この罪人づれが！」

その一言で、顕定が歩み寄る気など毛頭ないのは、明らかとなった。

「この孫四郎を罪人と申されるか」

「そうだ。孫四郎、誰がそなたに家宰職や守護代職を任せたのか」

「それは――」

景春は唇を嚙んで押し黙った。

確かに景春は、正式に家宰職や守護代職に補任《ぶにん》されていないにもかかわらず、種々の沙汰を下してきた。しかも、それを僭称したことに間違いはない。

「よいか孫四郎、父祖の功に驕り、政治を私《わたくし》した罪は重い。本来なら死罪に処するところだが、父祖の格別の働きに免じ、それは許そう。しかし知行《ちぎょう》をすべて取り上げ、白井長尾家は断絶、そなたと息子は出家得度《とくど》せよ」

「何と――」

景春は絶句した。

「これで、そなたの憎体《にくてい》な顔を見なくて済む」

——まさか此奴《こやつ》は、私怨からわしを陥《おとしい》れたのか。

「虫が好かない」といった個人的な好悪《こうお》もあるのだろうが、山内家家宰として絶大な勢威を誇る白井長尾家を、この機に廃絶しようという動きが水面下で進行していたのだ。

「孫四郎、さらばだ」

障子を閉めようとする顕定を景春が制した。

「あいや待たれよ。それでは、守護領国の統治はいかがなされます。国衆の訴訟には、父祖の代からの複雑な事情が絡んでおります。それらに精通した者でないと、家宰など務まりませぬ。それがしを措《お》いて、ほかの誰に家宰が務まりましょうか」

顕定の瞳に冷酷な光が宿った。

「教えてやろう」

顕定が障子を開け放つと、庭に背を向けて座す人影が見えた。

「まさか」

「その、まさかだ」

顕定の甲高い笑い声が夜空に響く。

「孫四郎殿、向後《こうご》は俗世《ぞくせ》のことを忘れ、仏道に精進《しょうじん》なされよ」

梅干しのような皺顔が、こちらを向いた。

——何と、忠景か。

「わしと修理亮は、妙にうまが合《お》うてな。そなたら親子が戦場を駆け回っておる間も、忠景はわが傍らを離れず、ひたすら忠勤に励んでくれたわ」

父景信は忠景に留守を託し、古河城の守りに就いていた。「留守は修理亮に任せたので、心配は要らぬ」という言葉を、景春は幾度も聞いていた。

——そんな父上を、この叔父は裏切ったのだ。

衝撃が収まると、内奥から怒りの焰《ほむら》がわき上がってきた。

一方、座に戻った顕定は脇息《きょうそく》にもたれかかり、うまそうに盃を干している。二十歳《はたち》そこその若者とはとても思えない、ふてぶてしい態度であった。

「おのれ——」

景春は怒りに身悶《みもだ》えし、縄掛けを外そうともがいた。それを見た忠景が、その痩《や》せぎすな体を軋ませるようにして失笑した。

「それほど怒っては、お体に障りますぞ。孫四郎殿は、これから仏に仕える大事な身ではありませぬか」

悪口雑言《あっこうぞうごん》を浴びせようと思った景春だが、すんでのところで思いとどまった。囚《とら》われの身の今となっては、顕定の気分次第で殺されることもあり得るからである。

――ここは隠忍自重《いんにんじちょう》するほかない。それは、わし一己《いっこ》のためでなく上杉方のためなのだ。

景春は血が滲《にじ》むほど唇を嚙み、この土と血の匂いを終生、忘れまいと誓った。

その翌日、山内上杉家家宰職と武蔵・上野両国の守護代職に忠景が補任された。

一方の景春は、五十子陣近郊の禅刹《ぜんさつ》・長松寺《ちょうしょうじ》に幽閉《ゆうへい》された。

この知らせを河越城で聞いた道灌は、天を仰いで嘆息《たんそく》すると、「豎子《じゅし》、国を治めるに能《あた》わず」と一言、言い捨てた。

古河公方との戦いが熾烈《しれつ》を極めるこの時期、陣営内の仲違いだけは避けねばならない。にもかかわらず、それを最も心がけねばならない立場の顕定が、自らの手で内部分裂の種を蒔《ま》いたのだ。

顕定と景春の決裂を知れば、公方成氏が飛び上がるほど喜ぶに違いない。先年の古河城奪取も、景信・景春父子と精強な白井長尾衆あってのものであることを、成氏ほど知る者はいないからである。

道灌は、忠景の軍事的手腕が景春の足元にも及ばないことを知っていた。しかも、長尾一族を牽引《けんいん》する白井長尾の惣領《そうりょう》が立たずして、山内家傘下《さんか》国衆が結束しないことは明らかである。

九月、道灌は主君の政真を伴って河越城を後にし、五十子陣に向かった。収穫の季節が半月ほど早く訪れる南関東勢が、北関東勢と五十子陣の在番を代わるためである。さすがの道灌も、他家の内訌《ないこう》に介入するとなると慎重にならざるを得ない。それゆえ在番交代のこの機を捉え、顕定を諭し、うまく事態を収めるつもりでいた。

一方、いち早く景春を殺し、自らの地位を不動のものとしたい忠景は、さかんに顕定に景春暗殺を指嗾《しそう》していた。しかし顕定には、その決断が下せない。

というのも、今回の事件に対する白井長尾氏の傍輩《ほうばい》（与党国衆）や被官（家臣）の反発が思いのほか強く、守護領国の行政・徴税機能が麻痺《まひ》しつつあったからである。

財源がなければ兵は養えない。それを成氏に知られれば、さらなる危機が訪れる。

景春を支持する国衆は忠景を表裏者《ひょうりもの》と呼び、その命に服する者は極めて少ない。

顕定は、「それがしにお任せ下され」という忠景の言に騙《だま》されたことに、ようやく気づいたが、いったん下した決定を覆《くつがえ》すわけにもいかない。

顕定は忠景を解任することもできず、また、さらなる国衆の反発を恐れ、景春を殺すこともできないでいた。

そんな折、政真と道灌が五十子陣にやってきた。

先の関東管領・房顕は、扇谷勢がやってきたと聞けば、陣幕を城門前に広げ、そこに当主と家宰を招き入れ、一献を傾けて語らいつつ、二人の肩を抱くように城内に迎え入れてくれた。

しかし顕定の代となってからは、そうしたことは一度としてなく、扇谷家は家臣同然に扱われていた。

誇り高い道灌は、それだけでも不快でならなかったのに、家臣用の下馬所《げばしょ》で馬を下りるよう指示され、怒りを爆発させた。

しかし、日に日に英明《えいめい》を謳われるようになっていた政真は、しばしば感情的になりがちな道灌をたしなめ、山内家の指示に唯々諾々《いいだくだく》と従った。

政真になだめられた道灌は冷静さを取り戻したが、道灌の申し入れた面談の願いを、顕定がにべもなく断ってきたことで、再び険悪な空気が漂い始めた。

双方の使者が行き来し、結局、顕定は「修理大夫《しゅりのだいぶ》（政真）となら会う」となった。

道灌は怒りを抑え、政真に景春の一件を委《ゆだ》ねた。しかし面談の場で、政真が景春幽閉を諫《いさ》めようとすると、顕定側近から、「他家のことに口を挟まないでいただきたい」と釘を刺され、政真も口をつぐまざるを得なかった。

この面談の結果を聞いた道灌は、景春の身を守るべく手勢を長松寺に派した。

一方、この報を受けた顕定は激怒し、早速、政真に兵を引くよう伝えたが、「道灌に、直《じか》に申したらいかがか」と逆に切り返された。

さすがに温厚な政真も、顕定の態度を腹に据えかねていたのである。

道灌が私兵を動かして景春を守ったことで、山内・扇谷両家間に隙間風が吹くことは避け難くなった。しかし景春が殺されれば、ここまで歩《ほ》を一《いっ》にしてきた上杉方は崩壊する。背に腹は替えられず、道灌は景春の身を守ることにしたのだ。

一方、長松寺に幽閉された景春は、道灌の使者から身の安全が図られたと聞き、ひとまず安堵した。しかし、こうした上杉方の混乱が、公方成氏の耳に届かぬはずはない。

六

同年十月、道灌と宿怨《しゅくえん》の戦いを続ける千葉孝胤が、江戸城の北東三里にある葛西城まで兵を進めてきた。

この時、道灌と太田勢主力は五十子陣にあり、千葉勢に惣懸りでも掛けられれば、留守居の兵だけでは防ぎようがない。道灌は急ぎ江戸に戻ることにした。

しかし道灌が五十子陣を後にすれば、景春の命が再び危機に瀕《ひん》する。道灌は思案の末、景春に使者を送り、白井城への出奔《しゅっぽん》を勧めた。

景春の本拠・白井城は忠景に明け渡されることになっていたが、景春の被官が武装して籠っており、いまだ忠景の手に渡っていない。

後事《こうじ》を政真に託した道灌が五十子陣を後にした夜、道灌の配下の手引きにより、景春は幽閉されていた長松寺を脱出した。

この知らせを聞いた顕定は怒り狂い、政真が止めるのも聞かず、白井城攻撃を命じた。公方方との軍事的緊張から、顕定が白井城を攻めることはないと踏んでいた道灌は、顕定とその取り巻きの大局観のなさに呆《あき》れ果てた。しかしこの時、道灌が景春を逃したことが、後々、関東を大乱に陥れることになるとは、さすがの道灌とて思いもよらなかった。


景春が白井城に帰ってきた。

しかし再会の喜びも束《つか》の間《ま》、忠景が三千もの兵を率い、こちらに迫っているとの報が届いた。白井城にいる景春の手勢は二百に満たず、このままでは、落城は火を見るより明らかである。しかも出奔したことにより、顕定に攻撃の大義まで与えてしまっている。城攻めで城下が焼き尽くされ、殺戮《さつりく》の嵐が吹き荒れるのは明白だった。

――おのれ修理亮。

景春は憎悪に身悶えした。

己が、これほど人を憎めるとは思ってもみなかった。

――道灌殿、わしは大人などにはなれませぬ。私怨に駆られた負け犬にすぎぬのです。

景春はいっそ城に火をかけ、家族もろとも死のうかと思った。いくら考えてもこの苦境を脱する手はなく、劫火《ごうか》に身を焼くのが、武士たる者の仕末の付け方だと思ったからだ。

――しかしそれをすれば、わしの焼け焦げた首は小童と修理亮の前に晒《さら》され、嘲笑を浴びることになる。わしだけならまだしも、夏野と烏坊丸の首まで――。

景春は、それだけは受け入れられなかった。

――それでは城を捨てるか。しかし城を捨て、どこに逃れるというのか。

道灌は江戸にあり、その途次《とじ》には、顕定の軍勢がひしめいている。北方は顕定の母国・越後なので論外である。西方の甲斐《かい》国を支配する武田信昌《のぶまさ》も、顕定と気脈《きみゃく》を通じている。逃走するとしたら東の下野方面だけである。しかし東に逃げたところで、景春には頼るべき者などいない。

その時、景春を受け入れてくれる可能性のある大勢力が、東に一つだけあることに気づいた。

――そんなことをすれば、わしは前代未聞の逆臣となってしまう。

しかし、それを考えている暇はない。白井城から古河へは直線にして十八里余。むろん平坦《へいたん》な道ばかりではないが、それを差し引いても、一日に六里進めば三日で着く。

忠景勢の進撃速度を勘案《かんあん》すると、明日には白井城を出ねばならない。

景春が考え込んでいると、誰かが長廊《ちょうろう》をやってくる気配がした。その忍ぶような足音を聞けば、それが誰であるかは明らかである。

静かに障子を開け、夏野が身を入れてきた。

「こんな夜更けにどうした」

「夫婦《めおと》に夜更けもありますまい」

「尤《もっと》もだ」

景春は夏野の華奢《きゃしゃ》な手を取り、強く抱きしめた。懐かしい匂いが鼻腔《びこう》に満ちる。

「われらは、これからどうなるのでしょう」

景春の胸に顔を埋め、夏野が不安げに身をよじった。

「心配するな。明日までに落ち行く先を決める」

「ということは、やはりこの城を捨てるのですね」

「致し方ない。城攻めとなれば、根小屋《ねごや》（城下町）の民にも多大な迷惑がかかる。下手をすると敵は根小屋を焼くかもしれぬ」

それを思えば、景春には、降伏か脱出かのいずれかしか残されていなかった。

「しかし、何処《いずこ》に逃れるというのです。家臣たちが申しておりました。もはや、われらの落ち行く先はないと」

「知っておるなら嘘は申すまい。残念だが、われらの行き場はない」

「ああ」

夏野の眉間に皺が寄り、その白い指先が景春の胸を這った。

「家臣の中には、あなた様が、公方様を頼るのではないかと申す者がおります」

「馬鹿を申すな、そんなことをすれば、わしは主家を裏切ることになる」

しかし夏野は、景春の面をよぎった一瞬の迷いを見逃さなかった。

「わたくしは、この地で朽《く》ち果てることに何の悔いもございませぬ。しかし、あまりの叔父上の仕打ち。惣社長尾に一矢《いっし》報いずして、いかにこの世を去れましょう」

夏野の真摯な眼差しが景春を射る。

「孫四郎様だけでも何方《いずかた》へか落ち、いつの日か、われらの恨《うら》みを晴らして下さい」

「何を申す。そなたを置いて逃げることなどできぬ。逃げるも一緒、死ぬるも一緒だ」

夏野の紅色《べにいろ》の頬に涙の滴《しずく》が伝った。

「孫四郎様、夏野はうれしゅうございます。どこぞの地でも逃げ延び、共に生きましょう。生きてこそ、またよきこともございます」

夏野の言葉に景春の心は動いた。

――公方の懐に飛び込めば、わしは逆臣として、幕府からも追捕《ついぶ》を受ける身になる。道灌殿をも裏切ることになる。むろん生涯にわたって、安穏《あんのん》な日々など望むべくもない。

夏野の細い肩を抱く手に力が籠った。

「夏野、わしを庇護《ひご》し、管領の大軍を引き受けられるところは一つしかない」

「やはり――」

「生きてこそ、逆臣の汚名《おめい》を雪《すす》ぐ機会もあろうというものだ」

景春の心が決まった。

燭台《しょくだい》にともる一穂《いっすい》の焔《ほのお》が、一途な眼差しを向ける夏野の瞳の中で揺れていた。

景春は、その焔に吸い込まれるように顔を近づけていった。

文明五年十一月初旬、古河城大手門前に女子供を伴う一団が現れた。

訪問者の名を聞いた成氏は手を打って喜び、その一団を城内に引き入れた。

「そなたが、名にし負う長尾孫四郎か」

上段の間に掛けられた御簾《みす》の中から甲高い声が聞こえた。

「はっ、長尾孫四郎でござる」

中庭に拝跪した景春は、御簾の中にいる成氏を儀礼上、直視できず、眼前の縁の下を見つめていた。

「そなたほどの武将が、逃げ込んでくるとは思わなんだ」

「よんどころない事情があり、公方様におすがりするほか手がなかったのです」

「つい先年、この城を奪った者がよくぞ申した」

三十代半《なか》ばにもかかわらず、青年のように屈託《くったく》のない成氏の笑いが邸内に響いた。

「その折は真に申し訳なく――」

「そうよの。そなたのおかげで、わが手の者がどれほど命を落としたか。それを思えば、その素首《そっくび》、いくつ落としても飽き足らぬわ」

　どのような罵詈《ばり》雑言《ぞうごん》を浴びせられようと、成氏の懐に飛び込むからには耐えるしかないことを、景春は肝《きも》に銘じてきた。

「しかし今更、そなたを殺しても、わが方に利はない。わしの宛所《あてどころ》は、あくまで上杉家の誅滅《ちゅうめつ》にあり、そこに至る道が短くできるならば、仇《かたき》であるそなたでさえ受け入れよう」

「ありがたきお言葉」

　景春は屈辱に耐えて平伏した。

　成氏は景春一行の保護を約束したものの、その代償として、上杉方の軍事機密を洗いざらい語るよう命じてきた。

　景春には、もとよりその覚悟ができていたが、自らが父と手を携《たずさ》えて作り上げてきた上杉方諸城の縄張りや、有事の際の防御態勢を語ることは断腸《だんちょう》の思いである。

　しかし景春には、それを語らぬ限り救われる道はない。

　景春の話を聞いた成氏は、その場で五十子陣攻撃を決定、景春にその嚮導《きょうどう》役を命じた。むろん景春には、その命を拒絶することなどできない。

　十一月二十一日、古河公方率いる五千の大軍が、夜陰に紛れて上杉方勢力圏への侵入を開始した。

すでに大袋・舞木両城を取り戻していた公方陣営は、利根川左岸を北西に進むと、世良《せら》田《た》南方の平塚《ひらつか》の渡しから利根川を渡った。この辺りは岩松氏の勢力圏だが、この頃の岩松氏は、公方陣営にも気脈を通じつつあるため、渡河地点の監視態勢は、なきに等しいものだった。

二十四日、公方勢が五十子陣付近に現れた。

突然の公方勢の出現に上杉方は慌てふためき、防戦に大わらわとなった。

——父上とわしが、あれだけ綿密に立てた防戦の手順はどうなったのだ。ここまで〝たが〟が緩んでおったか。

景春は、上杉方の混乱を複雑な思いで見つめていた。

「先手衆、懸《かか》れ！」

輿《こし》に乗った成氏が軍配《ぐんばい》を振り下ろすと、法螺《ほら》が吹かれ、懸り太鼓《だいこ》の音《ね》が高らかにこだました。

先手を務める小山勢が、鬨《とき》の声を上げて前進を開始する。

弓衆の放つ火矢が、いまだ朝靄《あさもや》の立ち込める陣の周辺に驟雨《しゅうう》のごとく降りしきると、瞬《また》く間《た》に黒煙が上がり始めた。

土塁の上に築かれた築地塀《ついじべい》や櫓《やぐら》には、いまだわずかの兵しか見えず、城方の応射は散発的である。

「二の先衆、進め！」

　成氏の軍配が再び振り下ろされると、鉦鼓《しょうこ》がけたたましく叩かれ、今や遅しと出撃の機会を待っていた結城勢が押し出していく。

「孫四郎殿、われらの陣立てはいかがかな」

　貴族風に眉《まゆ》を剃り、額に白粉《おしろい》を塗《ぬ》った成氏が、いかにも得意げに問うてきた。

「申し分なきものかと」

「そうであろう。そうであろう」

　景春の苦々《にがにが》しい顔を見て、成氏は上機嫌になった。

　やがて城の一角が崩れたらしく、公方勢の喊声《かんせい》が高まった。

　三の手を担う千葉勢も、そちらの方に殺到していく。

　父と共に懸命に造り、守ってきた五十子陣が、いままさに落城しようとしていた。

　風に乗って流れてくる音だけで、景春には、城内の様子が手に取るように分かった。かつて味方だった者たちの顔も、次々と浮かんでは消えた。

　——わしは間違っているのか。

　自らと一族を守るため、景春は傍輩を危機に陥れた。

　——白井長尾こそ上杉家の柱石のはずだ。その当主であるわしが、なぜに上杉家の城を攻めておるのだ。

景春は苦悶した。

――わしは上杉家を守るために生まれてきたはずだ。しかし天は、わしに別の何かをさせようとしている。それが天命なのか。

景春の胸内に、電光のような何かが閃《ひらめ》いた。

――まさか天は、わしに旧《ふる》き体制を破壊せよと命じておるのか。

景春は愕然とした。

――わしは破壊者なのか！

日が中天《ちゅうてん》に懸かる頃、使番《つかいばん》の行き来が激しくなり、遂に勝利を告げる使者が本陣に入ってきた。

「敵はもう逃げ散ったか。何と逃げ足の速いことよ」

成氏は黒く塗られた歯を見せ、扇子《せんす》で膝を打って喜んでいる。

「城に入るぞ。孫四郎、そなたが先に立て」

傍らの景春に声をかけた成氏は、輿から馬に乗り替えた。自然、景春は口取りのごとく、その前を歩く格好になった。

小山川に架けられた舟橋を渡り、城に近づくにつれ、降伏者や戸板に乗せられた負傷者が、公方一行に逆流するように連行されてきた。

景春を見つけると、彼らは遠慮なく罵声を浴びせてきた。

「表裏者！」

「犬め！」

その中には、景春失脚を聞いて顕定に強く抗議してくれた者もいる。

景春は、刺すような視線と憎悪に満ちた非難の声を無視した。しかしその胸内は、張り裂けんばかりに乱れていた。

城内には陣幕《じんまく》が張りめぐらされ、首実検の場が設けられていた。そこには、大将格とおぼしきいくつかの首が、脚付きの折敷《おしき》に載せられている。

その首のどれもが、断末魔《だんまつま》の苦悶をそのまま面に刻み、青白く硬直していた。

景春は顕定の首を探したが、その中にはなかった。

——あっ！

景春の視線が一つの首に吸い寄せられた。

その首だけは、すべてを悟ったかのごとく、薄く開いた瞳をやや下に向け、笑みを浮かべたかのように、口端《くちは》をわずかに歪めていた。

扇谷上杉政真の首である。

よろよろとその首に近づいた景春は、その前にひざまずくと、地にひれ伏した。

「申し訳ありませぬ」

景春は、政真が己の助命に奔走してくれたことを道灌の使者から聞いていた。親しく口をきくことはなかったが、何度か挨拶を交わしたことはあった。

色白で小柄ながら聡明そうなその面影は、扇谷家の安泰《あんたい》を約束しているはずだった。

——その修理大夫様を、わしは討ったのだ。

政真は二十三の若さで首となった。その無念を思うと言葉もない。

「この首、修理大夫に相違ないな」

馬上の成氏から声がかかった。

「いかにも相違なし」

肺腑《はいふ》を抉《えぐ》るようなかすれ声で景春が答えると、成氏が歓喜の雄叫《おたけ》びを発した。

「上杉修理大夫、討ち取ったり！」

「応《おう》！」

周囲から歓声がわき上がった。

傍らでは政真の首を獲った武者が、成氏手ずから恩賞の陣羽織《じんばおり》を着せてもらっている。

そんな光景を尻目に、景春は泥土《でいど》に額を擦り付け、政真に謝罪した。

首となった政真は半眼《はんがん》を開き、生前と変わらぬ慈愛《じあい》に満ちた眼差しを向けていた。

公方勢の五十子陣攻撃は大成功を収めた。越後勢不在の隙を突いたことはもちろんだが、忠景率いる山内勢主力が白井城攻撃に向かったまま、戻っていなかったことも幸いした。

しかし、これまで上杉方の軍事作戦の中心を成してきた白井長尾勢が、景春失脚と同時に雲散霧消《うんさんむしょう》してしまったことが、何にも増して大きかった。

この時の五十子陣は、顕定と政真が、一千余の馬廻衆《うままわりしゅう》や旗本《はたもと》を従えて守備していたにすぎず、軍事に精通した家宰とその手勢なくして、両上杉家当主が無力に等しいことを証明した。

——なぜに、お逃げにならなかったか。

政真は身を挺《てい》して時を稼《かせ》ぎ、顕定を逃がしたのだ。

それが本宗家《ほんそうけ》を助ける分家の務めと、道灌に教えられていたに違いない。

——これでわしは、道灌殿の仇敵《きゅうてき》になったのだ。

今後、己の行く手に、最も敵にしたくない男が立ちはだかるであろうことを、景春は覚悟した。

——果たしてわしが、道灌殿に伍《ご》していけるのか。

道灌は、万物の法則から人の心の襞《ひだ》まで知る巨人である。あらゆる学問に精通しているのはもちろん、その知識を実戦で使うことにも長《た》けている。

——何としても道灌殿と敵対してはならぬ。

景春は心に誓った。

に転じる国衆が多く出るのは必定である。

「五十子陣崩壊」

その一報は野火《のび》のごとく関東一円に広まった。これにより両勢力の均衡は崩れ、公方方に転じる国衆が多く出るのは必定である。

景春の裏切りから政真の討ち死にまで、一連の事情を聞いた道灌は、すぐさま陣触《じんぶ》れを発するや、烈火のごとき猛攻で千葉勢を市川《いちかわ》方面に追い散らした。

千葉勢が反転逆襲してこないと確認した道灌は、間髪《かんはつ》を入れず北上を開始すると、岩松や深谷《ふかや》上杉といった上杉方与党国衆に五十子陣に向かうよう要請した。

また景春逃亡により、戦わずして白井城を接収し、五十子陣に戻りつつあった忠景は、五十子陣の西方二里半にある平井城に入った。

一方、この頃、ひたひたと迫る道灌ら上杉勢と、五十子陣を舞台に一戦交えるか否かで、公方とその側近は議論を重ねていた。

簗田《やなだ》や一色ら公方家の宿老たちは五十子陣を放棄し、ひとまず古河に引くことを主張した。

確かに、そこかしこの築地塀が崩れ、堀も埋もれかかっている五十子陣で、道灌らの攻撃を防ぐのは容易でない。

しかし小山、結城、千葉ら公方与党国衆は、これだけの戦果を挙げたにもかかわらず、何も得るものなく兵を引くことに難色《なんしょく》を示した。彼らにとって、ただ働きほど厭《いと》うべきことはなかったからである。

景春も無二の一戦を主張した。

上杉方を二度と立ち直れないようにするには、この機を措いてほかにないと、景春は思っていた。確かに道灌は強敵だが、勢いに乗った今なら倒せるかもしれない。しかも敵は、十分な周旋《しゅうせん》がなされた上での進軍でないため、各個撃破も可能である。

最も警戒すべき道灌とて、しょせんは扇谷家の家宰にすぎない。本陣に当主がいてこそ、家臣や寄子国衆は道灌の指揮に従い、死力を尽くして戦うのである。政真亡き今、道灌の傍輩に過ぎない上田、三戸《みと》、難波田《なんばだ》ら扇谷家の宿老たちが、道灌の手足のように動くとは思えなかった。

――切所《せっしょ》（勝負所）は今なのだ。

景春は言葉を尽くして説得を試みたが、結局、成氏は老臣の言に従うことにした。

この決定に景春は深く落胆したが、成氏と共に古河に帰ろうとはしなかった。

――このまま古河に戻ってしまえば、本領を取り戻せず、わしは客将のままだ。

古河で待つ家族を成氏に託した景春は、家臣を従えて西に向かった。

七

文明六年（一四七四）元旦、鎌倉街道上道を北上していた道灌は、公方勢が五十子陣から去ったと聞き、行軍速度を緩め、上田上野介正忠《こうずけのすけまさただ》の居館がある武蔵国比企《ひき》郡の小河《おがわ》に入った。

真夜中過ぎに軍議が終わり、ようやく寝所に引き取った道灌が諸方面への書状をしためている時である。庭に人の気配がした。

筆を擱《お》いた道灌は、身を捻《ね》じると背後の刀架けにゆっくりと手を伸ばした。

「ご心配は要りませぬ。孫四郎にござります」

その時、障子を隔てて聞き覚えのある声がした。

「入室させていただきますゆえ、話を聞かずに斬り捨てることだけは、ご勘弁下さい」

一瞬、逡巡《しゅんじゅん》した後、道灌は刀から手を放した。

「入れ」

音もなく襖が開くと、景春が入ってきた。

「道灌殿、申し訳ありませぬ」

平伏《へいふく》する景春は丸腰である。

「よくぞ――」と言ったところで、怒りと悲しみのあまり、道灌の声が詰まった。

「お待ち下さい。此度のことは致し方なかったのです」

弁明しようとする景春を、道灌が制した。

「申し開きなど聞きたくない。すでにそなたは敵だ！」

「いかにも今更、何も申し開きはできませぬ。何の運命《さだめ》か、大恩ある修理大夫様を討つことになったのは、この孫四郎一代の不覚にございます」

「そんなことは分かっておる。それより、すでに敵方となったそなたが、わしに何用か」

「実は――」

景春が敵方に転じたのは、顕定を越後に追い返して忠景を討つためであり、扇谷家に対して敵対する意思のないことを、景春は懸命に弁じた。

「顕定追討が成れば、公方様は鎌倉に公方府を戻し、扇谷家の新当主を関東管領職に補任するとのお考えです。山内家には関東のしかるべき連枝《れんし》から養子を取り、それがしを家宰に据えて存続させると仰せでございます」

景春の語る成氏の関東統治構想を黙って聞いていた道灌は、吐き捨てるように言った。

「つまりそなたは、わしを公方方に引き込もうというのだな」

「はい」

「何と愚かな」

膝に置かれた道灌の拳《こぶし》は震えていた。

「よいか孫四郎、下が上を倒す。すなわち下剋上を行うということは、鎌倉幕府以来の武家の掟を破ることになる。そのような天魔の企《くわだ》てに、わしが加担すると思うておるのか」

「それが関東を静謐に導くものであるなら、必ずやご同心いただけると——」

「笑止《しょうし》!」

道灌がその分厚い手の平で脇息を打つと、その残響《ざんきょう》が空気を震わせた。

「主に弓を引いた者の末路は知れている。そんな企てに、わしは与するつもりはない」

「いかにも仰せの通り。しかし大局に立ち、私怨や〝しがらみ〟に囚われぬことこそ、大切だとお説きになったのは、道灌殿ではありませぬか」

「詭弁《きべん》を弄《ろう》するつもりだな」

道灌の面《おもて》が怒りに震えた。

「いいえ、いかなる恨みがあろうとも、それを肚《はら》に収め、民のために静謐をもたらす者こそ、大人なのではありませぬか」

「黙れ」

ぴしゃりとそう言うと、道灌は憤怒に満ちた眼差しを景春に向けた。

「孫四郎、わしは、うまくことを収めようとした。しかしそなたは、そんなわしの気持ちも分からず、敵方に身を投じた」

「あのまま白井城におれば、修理亮の追討を受け、一族被官もろとも滅びていたでしょう」

「それでも城に籠り、わしの仲裁を待てば、すぐに殺されぬよう、いかようにも手を打てた。しかしこうなってしまえば、そなたを討つしか、わしに残された道はない」

「やはり、そうするしかないのですね」

景春が悄然《しょうぜん》と肩を落とした。

「孫四郎、覚えておるか」

道灌が唐突に話を転じた。

「何を、でござるか」

「建長寺にいた頃、そなたはわしの後を追いかけ、懸命に勉学に励んでいた」

道灌が、過去を懐かしむように目を細めた。

「そんなこともありましたな」

「ある時、唐から帰ったばかりの高僧が、偉そうに四書五経を講じていた」

「ああ、あの時のことですな」

景春が苦い笑みを浮かべた。

「間違いばかりで聞くに堪《た》えん講義だった。わしは、これほど無能な者を唐に送った座主《ざす》様に文句を言おうと思っていた。しかしそこに――」

「それがし が、解釈の間違いを指摘したのですね」

僧の間違いを指摘した少年景春は、周囲に向かって得意げな笑みを浮かべた。

景春の指摘は正しく、高僧は面目《めんぼく》を失って赤面した。

その時である。

おもむろに発言を求めた道灌が、高僧の解釈が成り立つことをとうとうと弁じ立てた。誰も名の知らぬ古書から自在に事例を引用し、道灌は高僧の解釈を肯定した上で、景春の解釈を徹底的にやり込めた。

無能な僧は、干天《かんてん》で慈雨《じう》に遭《あ》ったようにほっとしていた。

「あの時はまいりました」

味方であると思っていた道灌にやり込められた景春は、何も言い返せず、口惜しさに涙した。

「わしもあの時、そなたの解釈が正しいと思った。しかし世の中には、序というものがある。あのまま、そなたが正しいとされれば、かの僧の話を聞く者はいなくなる。僧を唐に送った座主様の面目もつぶれる。一方、そなたも、かの僧の仲間から疎《うと》まれ、その後の勉学を妨《さまた》げられる」

「そうでしたな」

「あのままでは、誰も得する者はいない。そう思ったわしは序を重んじ、そなたをやり込めた。それが勉学の道に反するとは思いながらも、わしは立たざるを得なかった」

　口端に笑みを浮かべると、景春が言った。

「つまり今も、同じだと仰せなのですね」

「そうだ。いかに間違っていようが、主君は主君だ。弓を引くなどもってのほか」

「民にとり、百害あって一利なしという者でも、主君であれば重んじるべしと仰せなのですね」

「言うまでもない」

「それは違う」

「何だと」

　道灌の眉間に怒りの皺が寄ったが、景春は引くつもりはない。

「民と国衆の意を汲んだ政道を行う者こそ、人の上に立つべきであり、そうでない者を斃《たお》すことは、天道に反することではありませぬ」

「何ということを――」

　道灌が、さも恐ろしげに身震いした。

「そなたは、己の言ったことが分かっておるのか」

「申すまでもなきこと。それがしは下剋上を恐れませぬ」

「ああ、何という不忠者か」

天を仰ぐと、道灌は大きなため息を漏らした。

「道灌殿、何卒、公方様のお言葉をお聞き入れ下さい。それが、関東を静謐に導く唯一の道なのです」

景春が威儀《いぎ》を正して平伏すると、道灌が遠い目をした。

「われら武家は序を重んじ、序のために死んできた。たとえ未熟な主君であろうと、序を乱すことをすれば、われら武家の支配は崩壊する」

「それは承知の上、しかし――」

道灌が分厚い手の平を前に突き出し、景春の反論を封じた。

「わしとて、越後から来たあの小僧は好かぬ。しかし、わしはそなたと違う。序を守ることこそ、わが使命であり、忠義を超えた大義なのだ」

道灌の瞳に、相手を射殺さんばかりの光が宿る。

「孫四郎、修理大夫様の死を聞いた時、わしは戦場だろうが座敷だろうが、そなたを斬るつもりでいた。しかし、此度ばかりは見逃すことにする」

「それは、なぜでございますか」

「よいか孫四郎――」

道灌の声が震えた。

「わしはそなたを許さぬ。決して許さぬ。しかし怒りに任せ、この場でそなたを殺せば、それは主君を殺された私怨から発したものと、人は思うだろう。つまりわしは、それだけの男でしかないということになる」

道灌は深くため息をつくと続けた。

「孫四郎、今日この時を境にして、われらは仇敵となる。いつの日か、わしはそなたを殺す。しかし、わしにはわしの存念《ぞんねん》があるように、そなたにはそなたの存念もあろう。それを世に問え。それに賛同する者が多い時、そなたが正しかったことになる。その時こそ、わしが討たれるのだ。わしが討たれた後は、多くの者から支持されたそなたが、新しき世を築くのだ」

「新しき世と仰せか」

「そうだ。天命は正しき者に下る。天命の下った者には、万民が幸せに暮らせる楽土を築く義務がある」

道灌は、必ずしも旧体制を守ることだけを考えているわけではない。旧体制の護持と新しき世の構築という相克に、道灌も苦しんでいるのだ。

「道灌殿、やはり、われらは戦う運命《さだめ》にあるというのですね」

「そうだ、孫四郎。次は戦場《いくさば》であい見《まみ》えようぞ」

道灌が瞑目した。これ以上、何も話さないし聞かないという態度である。

「用が済んだら去れ」

それが最後の言葉だった。景春は身を翻し、障子を開け放った。

「道灌殿、お世話になりました」

そう言い残すと、景春は闇に溶けるように姿を消した。


道灌の説得に失敗した景春は、白井長尾家の所領がある秩父近郊の飯塚《いいづか》に向かった。

飯塚には、秩父方面の所領を管理するために設けた長尾家の代官所がある。

この周辺を治める国人領主・藤田氏は、景春に与同《よどう》しないまでも同情的であり、見て見ぬふりをしてくれた。

景春は飯塚の代官所に普請作事を施し、そこに拠《よ》って兵馬を養い、来たるべき反撃の機会に備えることにした。しかし微高地《びこうち》に堀をうがち、土塁《どるい》を築いただけの代官所では、防御が心許ない。危機に陥《おちい》った際も想定し、要害の地に堅固な城を築く必要性を、強く感じていた。

一方、扇谷勢と共に平井城に入った道灌は、早速、顕定と面談した。

道灌は、景春のことを「天性腹悪敷《あしき》男（生まれついて腹黒い男）」「景春元より器用（才覚）なきため」などと言って顕定の機嫌を取りつつ、「武蔵国守護代職だけでも景春に渡すべし」と主張した。

それ以外に上杉方が結束を取り戻す手はないと、道灌は思っていたからである。

主君を殺されたとはいえ、手を下したのは公方勢であり、景春は嚮導役《きょうどう》にすぎないと、己に言い聞かせた道灌は、怒りをねじ伏せ、景春との融和を懇々《こんこん》と説いた。

しかし顕定は、断固としてこれを拒絶した。

道灌は、「その覚悟があるなら、すぐにでも孫四郎を追討すべし」と迫ったが、前回の轍《てつ》を踏むことを恐れた顕定は、対公方防衛線の再構築を優先させる。

呆れた道灌は「勝手になされよ」とばかりに河越に戻り、山内家との連絡を絶った。

ただし道灌には、急ぎ河越に戻る理由もあった。政真の後継者選びの主導権を握るためである。

扇谷家中において、すでに道灌は絶大な権力を有していたが、次代を担う当主を自らの推挙《すいきょ》で擁立することにより、さらに強固な権力基盤を築こうと思っていた。

道灌は扇谷家七代当主に、今は亡き持朝三男の定正《さだまさ》を迎えることにした。

定正は武術と馬術に卓越し、一通りの軍略も身に付けていたため、まさに適任だと思われた。

第二章　叛鬼《はんき》起つ

一

文明八年（一四七六）三月、三百余の兵を率いて江戸城を発った道灌は、駿河国に向かった。

この頃、駿河では、今川家の後継者問題が深刻な事態に発展していた。

後に文明の内訌と呼ばれるこの家督争いは、この年二月、駿河守護・今川義忠《よしただ》が、遠江国《とおとうみ》の塩買坂《しょうかいざか》で不慮《ふりょ》の死を遂げたことに端を発する。

この義忠の跡目をめぐり、今川家中は、義忠の嫡男でわずか六歳の龍王丸《たつおうまる》を支持する一派と、義忠の甥にあたる小鹿新五郎範満《おしかしんごろうのりみつ》を支持する一派に分裂した。

今川家直臣団や大半の国衆を支持基盤とする小鹿派の力は強く、龍王丸とその母の北川殿《きたがわ》は、志太郡小川《しだぐんこがわ》の商人土豪・長谷川正宣《はせがわまさのぶ》の許に身を寄せていた。

この時、甥である龍王丸を庇護《ひご》すべく、一人の男が東下してきた。

男の名は伊勢新九郎盛時《いせしんくろうもりとき》といった。後の北条早雲《ほうじょうそううん》である。

一方、この内紛《ないふん》に目を付けたのが扇谷家当主となって間もない定正である。小鹿範満支持を早々に表明した定正は早速、駿河に兵を進駐させることにした。さらに出兵の大義を得るべく、堀越公方の足利政知にも駿河への共同出兵を促した。

定正は古河公方を廃し、堀越公方を擁立するという政治的立場にあるが、その領国である相模国と堀越公方の領国である伊豆国の安定を図るには、後背地《こうはいち》となる駿河今川家の協力が不可欠である。それゆえこの内訌に介入し、今川家への影響力を強めようとしていた。

一方の範満も、扇谷家の軍事力を頼り、有無を言わさず今川家の家督と駿河守護職を継承するつもりでいた。

こうした経緯《いきさつ》により、いまだ雪の残る春富士を望みつつ、道灌は駿河に入った。

六月、道灌の駿河進駐を聞いた景春は迷わず挙兵した。

「国衆の声を取り入れた統治を行う」という景春の唱える大義が受け入れられ、この挙兵に呼応する国衆の数は日増しに増えていった。

公方や管領に搾取《さくしゅ》されてきた東国の中小一揆層には、積もり積もった憤懣《ふんまん》が蓄積されていた。彼らは先祖代々、地にはいつくばって耕作し、唯々諾々と支配者の言いなりになってきた。しかし農業生産性の向上に伴い、次第に搾取される立場から脱しようとしていた。

室町幕府支配体制からの完全な脱却とまではいかずとも、上層階級による一方的な富の収奪から脱しようという景春の呼びかけは、彼らの思いと一致し、景春に味方する者は関東一円に広がっていった。

すでに前年より、荒川河畔の要害の地・鉢形《はちがた》に新たな城を築き始めていた景春は、この城に拠れば、上杉方の大軍を引き受けても相当の戦いができると思っていた。

鉢形の地は秩父地方への入口にあたり、山内家の本拠・平井城と扇谷家の本拠・河越城のほぼ中間に位置している。すなわち両城の連絡を遮断《しゃだん》すると同時に、よしんば戦局が不利に転じても、秩父山中へと逃亡できるという立地にある。

創築成ったばかりの鉢形城に九曜巴《くようどもえ》の旗が翻った。

景春の檄《げき》に応じて鉢形城に集まった国衆は三千余。各地に散らばる与党国衆を加えれば、総兵力は優に五千を上回った。


鉢形城に結集した景春与党の意気は、天を衝くばかりになっていた。この勢いで、五十子陣に攻め入るべしという意見も大半を占めた。

こうした声に押され、六月末、景春は二千五百の精兵を率い、五十子陣攻撃に向かった。

景春の出陣と時を同じくし、各地で与党の蜂起が相次いだ。

この時の戦いを『松陰私語』では、「或いは路次（街道）で戦い、或いは村で争い、家々門々にらみ合う事、その際限を知らず」と記している。

つまり関東が真っ二つに割れ、村と村が戦い、一族内の惣領と庶家《しょけ》が争うといった現象が、各地で頻発《ひんぱつ》したのだ。

これは応仁の乱と同様の現象で、上位の戦いに触発され、下位の者たちも、くすぶっていた自らの権益争いを激化させるという、この時代特有のものである。

関東全土に争乱の火種を蒔くという当初の目標は、十分に達せられた。

形ばかり五十子陣に一当たりした景春は、早々に鉢形城に引き上げた。

一方、景春の攻撃を凌《しの》いだ顕定と定正だが、手をこまねいて事態を静観していたわけではない。

上杉陣営の崩壊を危惧した定正は、自らが顕定と景春の間に立ち、和睦を取り持とうとした。

扇谷家当主の座に就いて間もない定正としては、両者に貸しを作り、今後の発言権を強めておきたいという思惑《おもわく》もある。

この和談に応じた景春だが、「忠景の追放」と「自らの家宰職への就任」という条件だけは、頑《がん》として取り下げなかった。むろん、この条件を顕定がのむはずもなく、たちまち和談は暗礁に乗り上げた。

面目をつぶされた定正は、力ずくで景春を屈服させねばならない立場に追いこまれた。そのために必要なのは道灌の武略である。

駿府にいる道灌に、定正は帰国を命じた。

一方、駿府で景春挙兵を聞いた道灌は激怒していた。しかし、今川家の内紛を片付けてからでないと、関東に帰るわけにはいかない。

こうした苦しい内情を龍王丸名代の伊勢新九郎に察知された道灌は、新九郎が提案する「龍王丸元服《げんぷく》まで、小鹿範満が駿河守護職に就く」という妥協案に同意せざるを得なかった。

堀越公方勢三百を加えた総勢六百の軍勢により、龍王丸陣営に無言の圧力をかけ、一気に範満に跡目を取らせようとしていた道灌だったが、景春の挙兵により、その思惑は吹き飛んだ。

――おのれ孫四郎。

景春と雌雄《しゆう》を決すべく、道灌は東下の道を進んだ。

文明八年十月、江戸城に帰還した道灌は、「事態を収束させるには、忠景を隠居させるほかない」と記した書状を、顕定と定正あてにしたためた。

むろん喧嘩《けんか》両成敗《りょうせいばい》なので、景春を家宰職に就かせることはせずともよいが、忠景を隠居させることで景春を説得し、上杉方に帰参させる以外に再び結束を取り戻す手はないと、道灌は主張した。

しかし、二十三になったばかりの顕定は道灌の言葉を無視し、定正を通じて、景春討伐を一方的に命じてきた。

元来、自負心の強い道灌である。頭ごなしの命などに従うはずがない。

顕定の返書を読んだ道灌は、それを破り捨て江戸城に引き籠った。

ところが顕定は、今度は景春と道灌の内通を疑い、「道灌に逆意《ぎゃくい》あり」と定正に耳打ちしたので、これに驚いた定正は、すぐに道灌に真意を質《ただ》した。

定正の書状により、顕定の指嗾《しそう》を知った道灌の怒りは頂点に達した。

顕定の命を無視した道灌は、禅僧の万里集九《ばんりしゅうく》、連歌師《れんがし》の宗祇《そうぎ》、蹴鞠《けまり》の師の飛鳥井雅親《あすかいまさちか》らを東下していた文化人を江戸城に招き、連歌に興じた。

とは言っても、そこは道灌だ。連歌に興じつつも、情報の収集に余念はない。

景春が越後勢を恐れるのと同様、道灌が最も恐れるのは公方勢の参戦である。狡猾《こうかつ》な公方成氏は、戦況が景春優位に傾けば、即座に利根川を越えてくるはずだ。

それでも顕定が頭を下げてこない限り、道灌は頑として動くつもりはなかった。

主の定正から連日のように出兵催促があっても、道灌は「管領の詫状なくして立たぬ」の一点張りで、中に立つ定正を困らせた。

一方、顕定は顕定で、この存亡の危機にあっても詫状など書くつもりはない。逆に「道灌に逆意あり」という指嗾を、道灌本人に伝えた定正を非難した。

上杉方はすでに内部分裂を起こしており、それぞれの間には、もはや修復できぬほどの亀裂《きれつ》が入り始めていた。

二

文明九年（一四七七）正月三日、鉢形城で傍輩被官が一堂に会した大軍議を催した景春は、予想以上に早い道灌の帰還を理由に、「小戦《こいくさ》を繰り返し、敵の厭戦気分を煽る」という方針を改め、道灌に無二の一戦を挑むことにした。

十八日、景春率いる二千五百の軍勢が五十子陣を急襲した。

「勇猛比類なし」と謳われた上州一揆を先手に押し立てた景春勢は、夜明けとともに突撃を開始し、瞬く間に外曲輪を突破した。

外曲輪とは、単郭の五十子陣の防御に不安を抱いた顕定が、新たに設けた外郭のことだ。

虚を突かれた上杉方は防戦一方となったが、前年の景春の襲撃以来、堀を深くうがち、土塁を嵩《かさ》上げしていたので、本城の構えも以前より堅固なものとなっていた。

上州一揆苦戦の報を受けた景春は、自らの陣を前進させて将兵を叱咤する。これが奏功し、午後になって擁壁《ようへき》の一部が崩され、寄手《よせて》が城内に侵入したとの報が届いた。

「惣懸り！」

景春が軍配を振り下ろすと、ここを先途《せんど》と全軍が平寄《ひらよ》せを開始した。

一方、九曜巴の旗が見えると、顕定はとたんに動揺し、五十子陣退去を即座に決定する。

これを聞いた定正は顕定に翻意《ほんい》を促したが、顕定とその幕僚は聞く耳を持たない。

尤《もっと》も定正にしても、道灌不在では陣を守り切る自信などない。ましてや政真の二の舞は真平《まっぴら》である。結局、二人は競うように五十子陣を後にし、白井城に向かった。

わずか一日の攻防で、上杉方の最重要拠点・五十子陣は景春方の手に帰した。


五十子陣の本曲輪で唯一、焼け残った物見櫓の上に登った景春は、この勝利を誰よりも道灌にたたえてほしかった。

少年の頃より道灌の背を追ってきた景春にとって、師とも仰ぐ道灌だけが、この勝利を分かち合える相手だからである。

「孫四郎、やったな」

われに返った景春が振り向くと、挙兵以来、景春と歩を一にしてきた叔父の犬懸長尾景明が立っていた。激戦の跡も生々しく、その兜の前立《まえだて》はなくなり、三段錣《さんだんじころ》も外れかかっている。

「これも、そなたたちのおかげだ」

景春と共にその場に座した景明は、無言で竹筒を差し出してきた。

昔のように、二人は一つの竹筒の水を分け合った。

すでに夕日は西の山嶺《さんれい》の背後に隠れ、真紅の残光を空に残すばかりとなっている。

「しかし、勝負はこれからだな」

「うむ、道灌殿が、このまま江戸城に引き籠っておるとは思えぬ」

「越後勢もやってくる」

「分かっておる。それゆえ、豊島《としま》兄弟が道灌殿の動きを掣肘《せいちゅう》しているうちに、われらは両上杉と越後勢を討たねばならぬ」

豊島兄弟とは、武蔵国の中央部を地盤とする有力国衆である。兄の勘解由左衛門尉泰《かげゆさえもんのじょうやす》経《つね》は石神井《しゃくじい》城に、弟の平右衛門尉泰明《へいえもんのじょうやすあき》は練馬《ねりま》城に拠っていた。

兄の泰経は景春の妹を室としており、景春とは義兄弟の間柄である。

しばし逡巡する様子を見せた後、景明が思い切るように言った。

「そなたの思惑通りに、事が運べばよいのだがな」

「何が言いたい」

景春が景明に向き直った。

「分かっておろう」

「公方に助けを求めよと申すか」

「いかにも」と言いつつ、景明が強い眼差しを向けてきた。

「よいか孫四郎、こうして五十子陣を落としたとて、南から道灌殿、北から越後勢が寄せてくれば、われらはひとたまりもない。われらは、意を同じくする者が集まっただけの烏《う》合《ごう》の衆であることを忘れるな。見方を変えれば、幕府に叛旗を翻した賊徒に過ぎぬ。賊徒とされた軍勢は勝ち続けるほかに道はなく、いったん敗れれば四散するだけだ」

「われらには大義がある。大義ある限り、四散などせぬ！」

「大義だけでは戦に勝てぬ！」

二人は、兜の眉庇《まびさし》をぶつけ合うように顔を近づけた。

「六郎《ろくろう》、公方に助けを求めれば、戦勝の果実はすべて公方に持っていかれ、自立したいという一揆らの望みは絶たれる。つまり上に立つ者が替わるだけだ」

「そんなことは分かっておる。しかし戦は勝ってこそのものだ。このままでは、いつかは負ける」

景明が景春の肩を摑むと、負けじと景春もその肩を摑んだ。

「いや負けぬ。わしは道灌殿に勝ってみせる！」

「そなたは、本気で道灌殿に勝つつもりなのか」

「それは――」

一瞬、言葉に詰まったが、景春は胸を張って答えた。

「それは、わしとて分からぬ。しかし勝たねばならぬのだ」

「そうか」

景春の肩から手を放した景明は踵《きびす》を返すと、その場から立ち去ろうとした。

「六郎」

景春の声に景明の足が止まった。

「わしを信じてくれ」

景明は振り向かずにうなずくと、櫓から下りていった。

気づくとすでに夜の帳《とばり》は落ち、城内の諸所に篝火《かがりび》が焚かれていた。勝利を祝う寄合酒《よりあいざけ》（酒宴）の喧騒も聞こえてくる。

――わしは道灌殿に勝てるのか。

景春は自問した。しかし、それは誰にも分からなかった。


景春が五十子陣を攻略し、顕定、定正、忠景、太田道真らを上野国那波《なわ》荘へと敗走させたという報が江戸城に届くと、道灌は「致し方なし」と呟き、陣触れを発した。

さすがの道灌も、意地のために上杉家を崩壊させるわけにはいかなかった。

しかし、この窮《きゅう》地《ち》から脱するのは容易でない。道灌が豊島兄弟を破り上野国に赴く前に、顕定らが討ち取られることも考えられる。

景春の追撃を止めるには、道灌が景春に味方すると臭わせ、景春の行き足を止める必要があった。

不本意ながら、道灌は謀《ぼう》を打つことにした。

道灌は、五十子陣の景春の許に使者として禅僧・統訓《とうくん》を送った。

まずは、景春を慰撫《いぶ》することが目的である。

この期待に応えた統訓は、道灌の寝返りをちらつかせつつ、弁舌巧《べんぜつたく》みに景春を説得した。

この道灌の申し出に景春は狂喜した。むろん山内家を滅ぼそうとまでは、景春も考えておらず、道灌が味方となれば、二人の意にかなった新管領に顕定の首をすげ代えることができる。

景春自身は管領家宰となり、上杉家と公方との間も取り持てるのだ。

それこそは関東を静謐に導く唯一の道であると、景春は信じた。

しかし、これを聞いた景明や上州一揆旗頭《はたがしら》の長野左衛門尉為業《ながのさえもんのじょうためなり》らは強く反対した。

「道灌は謀を打っているに違いない。われらの矛先を鈍らせ、時を稼ごうとしておるのだ。すぐに白井城に攻め寄せるべし」

景明が強硬策を主張すれば、為業も「戦というのは勢いが大切。この機を逃してはなりませぬ」と言って景春に白井城への進撃を勧めた。

しかし軍師的立場にある葛西大石憲儀が「まずは道灌殿の真意を確かめるべし」と主張し、自ら使者に立つと言い出した。

景春はそれに同意し、憲儀を使者に立てることに決めた。

旗揚げ当初より景春に与していた大石憲儀であったが、個人的には道灌と親しく、使者にはうってつけである。

大石憲儀の本拠・葛西城は道灌の本拠・江戸城から三里北東の距離にあり、道灌を抑える最前線に位置している。葛西城の帰属は、この戦いを左右すると言っても過言ではなかった。それゆえ景春旗揚げ当初、両陣営からは、さかんに誘いの手が伸びていた。

葛西大石一族は激論の末、隠居の憲儀は景春に与し、当主の源左衛門房重《げんざえもんふさしげ》は上杉方に味方することに決した。言うまでもなく、どちらかが生き残り、家を残すための苦渋の決断である。

かくして葛西城そのものは上杉方となったが、戦慣れした大石憲儀が味方となったのは大きかった。

ところが憲儀を派遣したものの、江戸城に赴《おもむ》いた憲儀と道灌の交渉は遅々として進まなかった。憲儀が同盟締結の意思を道灌に確認しても、道灌は話題をそらし、決して核心に近づかないのだ。

結局、憲儀は道灌の真意を確かめられず、江戸城を後にした。

一月末、五十子陣でこの報告を受けた景春は疑心を抱いた。

――道灌殿は、時を稼いでおるのではないか。

景春は、すぐに作戦の第二段階を始動させた。

景春の立てた策は、後年、「通路切り」と呼ばれる兵站《へいたん》破壊及び後詰妨害作戦であった。

第一段階として、景春率いる主力勢が白井城攻略に向かう。続いて景春腹心の金子《かねこ》掃部《かもんの》助《すけ》が愛川《あいかわ》の小沢《おさわ》城で、被官の溝呂木《みぞろぎ》氏が厚木《あつぎ》の溝呂木要害で、越後《えちご》五郎四郎《ごろうしろう》が大磯《おおいそ》の小磯《こいそ》要害で同時に旗揚げし、扇谷家の本拠・糟屋《かすや》館《やかた》を三方から包囲する。

さらに第三段階として、豊島兄弟の兄泰経は石神井城、弟の泰明は練馬城に拠り、江戸城から出撃してくる道灌を食い止め、その間に小机《こづくえ》城主・矢野《やの》兵庫助《ひょうごのすけ》憲信《のりのぶ》が、南武蔵の軍勢を率いて河越城を攻略するという、広域にわたる遮断・拘束・制圧の三段階作戦であった。

この作戦の要諦《ようてい》は、関東を中央で南北に分断して上杉方の兵力移動を妨害するところにある。さらに、上杉方の兵站線を複数箇所で断ち切ることにより、多摩川や鎌倉街道を使い、南関東から上州に運ばれる物資を略奪するという狙いもあった。

こうして道灌の動きを封じた上で、景春は、顕定らがいる上州北西部に攻め入ろうとしていた。

二月に入り、相模国では景春方の小沢・溝呂木・小磯三城と、扇谷家の本拠・糟屋館のにらみ合いが続いていた。

まず道灌は、これらの障害を取り除き、相模国の扇谷勢との合流を図ることにした。

三月十八日、道灌は鎌倉街道下道《しものみち》を使い、溝呂木城に襲い掛かった。景春から和談停戦中と伝えられていた溝呂木城は油断しており、瞬く間に落城した。

休む暇もなく相模川西岸を南下した道灌は、翌日には小磯城に攻め寄せた。

小磯城を守る景春被官の越後五郎四郎は、突如として攻め寄せてきた太田勢の前に、一戦もせず降伏した。

これらの報を受けた景春は愕然とし、側近の吉里宮内少輔《よしざとくないのしょうゆう》と宝相寺《ほうしょうじ》の衆徒《しゅと》を武蔵府中に送り、唯一残った小沢城の後詰に当たらせた。

これに応えた吉里らは、小沢城の東方半里ほどにある小山田《おやまだ》要害を落として道灌を牽制したので、小沢城の失陥《しっかん》は何とか食い止められた。

道灌の遅滞《ちたい》戦法にまんまと乗せられ、景春は貴重な日々を空費し、相模国の拠点である溝呂木・小磯両城を失った。それだけならまだしも、この間に、顕定と定正に反攻態勢を固められてしまった。

すなわち、越後から来援した顕定の兄・上杉定昌が白井城に、顕定は前橋《まえばし》の阿内《あうち》城に、定正はさらに東方の細井《ほそい》へと進出してきた。

景春は時を移さず攻撃を開始した。相模の二拠点を失っても、武蔵国の豊島一族が健在な限り、道灌は北上できないと確信していたからである。

四月上旬、景春の与党国衆・矢野憲信が小机衆を率い、河越城目指して進軍を開始した。

河越城には、道灌の次弟・図書助資忠や上田正忠らが籠っている。

道灌はいったん江戸城に帰還しており、河越城救援に赴くには、河越と江戸の間を遮断する豊島兄弟を破らねばならない。

そのため道灌は、早馬で資忠に策を授けた。

一方、景春は、小机城から北上してくる矢野憲信と共に河越城を包囲するため、五十子陣から先手衆を出陣させた。景春自ら赴きたかったが、顕定と定正の動きを牽制するためには、景春自身は当面、五十子陣を動くわけにはいかない。

景春は河越城攻略に命運を託していた。河越城が落ちれば、道灌の動きは著しく制限される。それこそは、上杉方崩壊の第一歩となるに違いないと確信していた。

景春は祈るように吉報を待った。

四月十日、矢野憲信は鎌倉街道上道を順調に北上、苦林《にがばやし》で休息を取っていた。苦林は、入間川《いるまがわ》とその支流・越辺川《おっぺがわ》の渡河《とか》地点にあたる宿である。

そこに駐屯する矢野勢を太田資忠勢が急襲した。河越城の防備を固め、出てくるはずはないと思っていた矢野勢の油断を見透かした奇襲攻撃だった。

それでも勝原《すぐろはら》まで後退し、陣形を立て直した矢野憲信は、河越城を出撃してきた上田正忠と決戦に及んだ。しかしこの戦いでも、太田資忠に側背を突かれ、瞬く間に矢野勢は崩れ立った。

この敗報を受けた景春は先手衆を呼び戻し、河越城攻めを中止するや、五十子陣を引き払い、鉢形城まで撤退した。

矢野勢の敗退により、すべてが狂い始めた。江戸と河越の連絡が確保されたことにより、景春が恃《たの》みとする豊島兄弟が孤立した。立場が逆転したのだ。

四月十三日、道灌が豊島泰明の籠る練馬城に迫った。しかし、城の守りが堅いことを知った道灌は、練馬城下を焼き払っただけで反転する。この知らせを受けた泰明の兄泰経は石神井城から出撃、弟の泰明も練馬城を出て、道灌の追撃に移った。

ところが豊島兄弟が妙正寺川《みょうしょうじがわ》河畔に達した時だった。葦原《あしはら》の間から突如として現れた伏兵が豊島勢を襲った。慌てた豊島勢はいったん兵を引こうとしたが、周辺は沼沢地《しょうたくち》で進退がままならない。四囲から猛烈な矢箭《やせん》を浴びた泰明勢は、後続する泰経勢も巻き込んで潰走《かいそう》した。

豊島勢の追撃に移った道灌は、江古田原《えこだはら》と沼袋《ぬまぶくろ》で二度にわたり豊島勢を撃破、練馬城に逃げ帰ろうとする泰明を討ち取った。

地の利がある豊島兄弟も、道灌の軍略の前では赤子も同然だった。

いったん江戸城に戻り、軍備を整えた道灌は、石神井城に逃げ込んだ泰経を追い、十四日、石神井城近郊の愛宕山《あたごやま》に陣を布いた。

万策尽きた豊島泰経は十八日、降伏を申し出る。

道灌は、いったん泰経の降伏を受け入れたものの、道灌の命じた城の破却《はきゃく》と退去期日を守らない泰経に疑念を抱き、二十一日、突如として攻撃を再開、二十八日、遂にこれを攻略した。泰経は命からがら逃亡した。

泰経の逃亡を知った道灌は、これを追って東進を開始した。そこに現れたのが、小山田要害から出撃してきた吉里宮内と宝相寺の衆徒である。これらを出会い頭に破り、その勢いで小沢城を攻略した道灌は、泰経の追撃を続けた。

恃みの豊島一族が粉砕《ふんさい》された上、その煽りをくらい、多摩川沿いの橋頭堡《きょうとうほ》である小沢城と小山田要害までも喪失した景春は、今更ながら恐るべき男を敵に回したことを覚った。

道灌は景春の思っていた以上に巨大だった。しかしもはや、後には引けない。

三

荒川河畔を望む崖上に立ち、景春は、ここ数年で劇的に変わった己の人生に思いをめぐらせていた。

――顕定が管領とならなければ、忠景が悪心を抱かなければ、今頃、わしは道灌殿と酒を酌み交わしていたはずだ。

すでに夜は更け、天上に輝くあまたの星辰《せいしん》が山々の輪郭を際立たせている。その下で、鉢形城は静寂に包まれていた。

——あの山のように巨大な男に、わしは挑み、敗れたのだ。

景春の想像もつかぬほど、道灌は大きかった。

——しかし、いつの日か、わしはあの男を打ち破らねばならぬ。

それがいかに困難なことかを、景春以上に知る者はいなかった。

しかも今回の敗戦により、景春独力で上杉方を破ることは厳しくなった。味方を四散させず、この状況を挽回するには、公方成氏を担ぎ出すほかない。

しかし成氏と手を組むことは、その傘下国衆の権益拡大を是認《ぜにん》することにつながり、先々、景春与党の国衆との間で利害が対立する可能性もある。

——それでは、同じことの繰り返しではないか。

景春は時代の節目を感じていた。

国衆や民にとり、もはや幕府も公方も管領も無用の長物と化していた。すなわち、国衆や民は自力で命や財を守らねばならず、その負担は計り知れないものになっていた。

——これからは、国衆や民の禄《ろく》（財）と寿《じゅ》（命）を守ることのできる者が指導者となり、皆の納得する政治を行うべきなのだ。

漠然とではあるが、景春の脳裏には、次代を担う統治者の姿が描かれていた。それは民から搾取するばかりではなく、彼らに平和と安定した生活を提供できる者である。

——これまでの支配階級は、自らの血脈の尊さだけを拠り所とし、民から搾取するだけの存在だった。その旧態依然とした階級の中央に座す者こそ公方と管領だ。彼らの時代は終わったのだ。それを終わらせる役割を、天はわしに課したのか。

その時、背後で控えめな衣擦れの音がすると、夏野が景春に寄り添ってきた。

景春は無言で、そのか細い肩を抱いた。

つい先頃、古河に預けていた夏野らを、景春は鉢形城に呼び寄せていた。

「此度は無念なことでした」

「ああ、わしの不徳のいたすところだ。わしに与同してくれた豊島一族を、あたら見殺しにしてしまった」

「道灌殿とは、それほどお強いのですか」

「うむ、古今の兵法書をすべてそらんじているほどの御仁だ。とても敵わぬ」

景春は笑おうとしたが、口端が引きつっただけだった。

「殿は、それほどのお方を敵に回しておられるのですね」

夏野の白い指が景春の胸を這った。その震える指先には、口惜しさが溢れている。

「道灌殿は山のように大きい」

「その山に、これからいかに挑まれまするか」

「もはやわれらだけでは、その山に挑めぬ」

「と申されますと」

　雲間から現れた月光が夏野の半顔を照らした。

「公方様の威を借りねば、わしは道灌殿に勝てぬ。しかしそれをしてしまえば、わしは主である上杉家を討つまで戦わねばならなくなる」

「何と恐ろしい」

　景春の袖を摑む夏野の腕に力が籠った。

「しかし、わし一人で戦い続ければ、わしは主に叛旗を翻す逆臣にすぎなくなる。公方様を担ぐことで、わしは下剋上を克服できる」

「下剋上と――」

「下剋上とは主に背くことを言う。下剋上は世の序を乱すことであり、それを行う者は、この上なき大逆人《たいぎゃくにん》とされる。しかし、管領の上位に立つ公方様の命であれば、下剋上とはならぬ」

「とは申されても、道灌殿が、その前に立ちはだかることに変わりはありませぬ」

「そうだ。わしは道灌殿の主を討った。どのみち道灌殿とは、どちらかが斃れるまで戦わねばならぬ」

　夏野の肩を抱いた景春の腕に力が籠った。

「たとえ何があろうと、負けてはなりませぬ」

「分かっておる。わしは負けぬ」

景春がその意を伝えるかのように、夏野を抱き締めた。荒川の水は常と変わらず、闇の中を轟然《ごうぜん》と流れていた。それを聞きつつ、景春は大きな決断を下した。

成氏から「後詰承知」という返書をもらった景春は、「公方勢が来援するのであれば、野戦でも互角以上に戦える」という傍輩たちの意見に押され、鉢形籠城策を捨て、野戦で雌雄を決することにした。

一方、悠然と江戸城を出撃した道灌は、景春が放棄した五十子陣に入った。こちらも景春と無二の一戦に及ぶつもりで、決戦の準備にぬかりはない。

景春の撤退、道灌の五十子陣進出により、上野国に滞陣していた顕定らも五十子陣に戻った。

南北から挟撃されようとしていた景春は、五十子陣を放棄せざるを得なかったものの、公方勢の参戦によって、逆に東西から上杉方を挟撃する態勢が布けた。

出陣の前日、景春は十四になる嫡男・彦四郎《ひこしろう》の元服の儀を執り行った。

彦四郎とは、かつての烏坊丸のことである。彦四郎は逞《たくま》しく成長し、すでに一廉《ひとかど》の若武者となっていた。

元服の儀を済ませたその夜、景春が自室で武具の手入れをしていると、彦四郎がやってきた。

「父上、本日のこと、お礼の申し上げようもありませぬ」

前髪が取れた彦四郎は、今まで以上に凜々《りり》しくなっていた。

「彦四郎、いや、これからは四郎景英《しろうかげひで》だな。本来であらば来年に予定していた元服だが、明日をも知れぬわが身だ。この期に執り行おうと思い立った。そなたの元服姿が見られ、もう思い残すことはない」

「父上、何を申されます」

「わしとて容易に負けるつもりはない。しかし相手は道灌殿だ。武運尽きて屍《かばね》を野辺《のべ》に晒す覚悟だけはしておかねばならぬ」

「それであらばなおさら、それがしをお連れ下さい」

景英の瞳は真摯な光に溢れていた。

――わしの瞳も、かつてはかように輝いていたはずだ。

景春は道灌の背を追い、懸命に励んだ若き日を思い出した。しかし、いかに景英の望みとはいえ、生還が覚束ない無二の一戦に連れていくことだけはできない。

「幾度も申し渡したように、それだけはならぬ。そなたは鉢形に残り、母上を守るのだ」

「しかし元服となれば、続いて初陣を飾るのが習わしではありませぬか」

景英はなおも食い下がった。

「此度の戦は道灌殿との無二の一戦となる。わしも槍を取ることになろう」

「だからこそ――」

「聞け」

景春が厳しい顔をして告げた。

「そなたがこの城におる限り、留守居の兵は動揺せぬ。万が一、わしが敗れた時、三々五々、逃れ来る味方を、すみやかにこの城に収容し、籠城戦に臨まねばならぬ。そのためには白井長尾の嫡流が、この城におらねばならぬのだ」

その言葉に、景英がようやく納得した。

「父上、分かりました。それだけの大役を仰せつかり、これ以上の誉《ほま》れはありませぬ」

「よくぞ分かってくれた」

景春はおもむろに立ち上がると、床の間の太刀を取り、景英の前に置いた。

「こ、これは」

「白井長尾の家宝、金房政定《かなんぼうまささだ》だ」

金房とは、室町時代前期に大和国で活躍した刀工の一派である。とくに政定の打った刀は、「雨垂れさえも断つ」と謳われていた。

「まさか、この名刀をそれがしに下賜いただけるのですか」

景英が息をのんだ。

「そうだ。そなたはわが嫡男。この刀を持つ者は、そなたのほかにおらぬ」

「父上、ありがとうございます」

言葉を詰まらせた景英は、刀を頭上に押し頂き、何度も礼を言った。


五月十一日、二千五百の兵を率いた景春が鉢形城を出陣した。

当時、鉢形城から五十子陣に至るには、鎌倉街道上道の下野線で塚田《つかだ》—児玉《こだま》—本庄を通るのが一般的だが、景春は児玉から上道を上野国方面に直進し、雉ヶ岡《きじがおか》城に向かった。

雉ヶ岡城には、山内家に忠実な国人・夏目舎人亮実基《なつめとねりのすけさねもと》がおり、この城を無視して五十子陣に向かえば、鉢形への退路をふさがれる恐れがあったからである。

景春は、雉ヶ岡城の南半里弱にある梅沢に陣を布いた。

——公方勢と共に東西から五十子陣を挟撃すれば、必ず勝てる。

公方勢の動きが気になっている道灌は、五十子陣から雉ヶ岡城の後詰に駆けつけることができないと、景春は踏んでいた。しかし道灌は一枚上手だった。

公方勢が景春に与し、古河を出陣するという報に接した道灌は、「佐野盛綱《もりつな》の動向、定かならず」、「岩松明純《あきずみ》が襲撃を計画している」などという雑説を流し、公方勢の出陣を遅らせた。

「勝兵は先《ま》ず勝ちて、しかる後に戦いを求め、敗兵は先ず戦いて、しかる後に勝ちを求む」、すなわち「戦う前に勝つ」という孫子の形篇に、あくまで道灌は忠実だった。

佐野勢や岩松勢が気になって利根川を渡河できない公方勢を尻目に、道灌は悠然と五十子を出陣した。道灌から半日遅れて、定正も五十子陣を後にした。

留守は顕定が預かり、越後上杉定昌も白井城から平井城に入り、後詰の位置に着いた。

道灌が雉ヶ岡城の後詰に向かっているという報に接した景春は驚愕した。景春にできることといえば、公方勢に使者を飛ばし、渡河を催促することくらいだ。

公方勢を利根川左岸に封じ込め、景春を討つばかりとなった道灌だが、五月十三日、児玉で行われた軍議において、忠景と意見が衝突する。忠景は景春の拠る梅沢へと兵を進め、雉ヶ岡の城兵と共に景春を挟撃することを主張したが、道灌の考えは違っていた。

道灌は、「梅沢は要害の地なので、こちらの損害も大きくなる。鉢形城を突くと見せかければ、景春は必ず兵を動かす。さすれば、いずこかの荒れ野で無二の一戦に及べる」と主張して譲らなかった。

深夜を回った頃、「明日には修理大夫殿（定正）も合流する。それを待って決めたらいかがか」という、相模国の有力国人・大森氏頼《おおもりうじより》の意見に従い、双方は鉾を収めた。しかし、道灌ほど時機を逸した用兵を嫌う武将はいない。

十四日未明、道灌は自らの手勢を率いて勝手に出陣した。これを知った忠景は激怒したが、致し方なく道灌の後を追った。

四
「道灌殿が、鉢形城に向かったと申すか」

十四日の日の出とともに駆け戻ってきた物見の言葉に、景春は耳を疑った。

「孫四郎、いかがいたす」

犬懸長尾景明が顔色を変えた。

一方、上州一揆を率いる長野為業は、「敵が鉢形城に向かったのは幸い。鉢形は要害の地ゆえ、道灌殿でも容易には落とせませぬ。当初の企図《きと》に従い、ここは雉ヶ岡をもみつぶした上で五十子陣に攻め寄せ、管領の首を頂きましょうぞ」と主張した。

葛西大石憲儀も、「敵が鉢形城に向かうのは罠《わな》に相違なし。われらが追いかければ、即座に反転して雉ヶ岡の城兵と挟撃する所存でありましょう。ここは長野殿の言に従うべし」と主張し、長野為業を支持した。

しかし景春は迷っていた。

——鉢形城には、留守居の衆が一千しかおらぬ。なるほど道灌殿らは三千。鉢形城ほどの要害であれば、一月《ひとつき》は持ちこたえられる。しかし、それは算術にすぎぬ。

どんな手を打ってくるか分からない道灌への恐れが、景春の心を迷わせていた。

——道灌殿の武略は人智を超えている。いかに鉢形城が要害とはいえ、何があるか分からぬ。

しかも公方勢が当てにならない今、これ以上の戦いは徒労に終わるような気もする。

「戻ろう」

景春の言葉を聞くや、一斉に反論が巻き起こったが、結局、一同は領袖《りょうしゅう》である景春の意思を尊重し、鉢形城に戻ることにした。

雉ケ岡城の抑えに五百の兵を残した景春は、二千の兵を率いて鎌倉街道上道を南下した。

「景春動く」

道灌にその知らせが届いたのは、辰《たつ》の下刻《げこく》（午前八時半頃）である。先手部隊は、すでに鉢形の北東一里の塚田に差し掛かっていた。

昨夜のうちに合流を果たした定正は、「すぐに反転し、正面から孫四郎にぶつかろう」と主張したが、道灌は「狭い街道では、多勢である当方の優位が生かせませぬ。ここは、いずこかの広闊《こうかつ》な荒れ野に誘い出すべし」と言って譲らなかった。

結局、道灌の言に従い、上杉方は用土原《ようどはら》に陣を布き、景春勢を待つことにした。

用土原とは、鉢形城の北一里にある平原のことである。この地は、水はけが悪く耕作地として適さないため、一面の荒蕪地《こうぶち》となっていた。

日が中天に達する頃、景春勢の先手を担う長野為業率いる上州一揆が、塚田に差し掛かった。これを大森氏頼勢が横撃することで、戦闘が開始された。大森勢は上州一揆を用土原に誘い出すべく、一当たりすると敗走を始めた。

「敵は崩れたぞ、この機を逃すな！」

長野為業と上州一揆は躊躇せず追撃に移る。

一方、この報を聞いた中軍の景春は蒼白になった。

「追撃はまずい。道灌殿はわれらを用土原に誘い出し、軍勢の多寡《たか》で勝敗を決しようとしておるのではないか」

景春が道灌の思惑に気づいた時、すでに景春方の二の先衆、三の先衆も、つられるように上州一揆の後を追っていた。

「致し方ない。われらも向かうぞ！」

景春は軍配を用土原に向けた。

敗走したと見せかけた大森勢は、用土原に近づくと凹凸《おうとつ》地形や小丘《しょうきゅう》の陰などに踏みとどまり、上州一揆を迎撃する構えを見せた。

「敵は覚悟を決めたぞ。一気にもみつぶせ！」

雨のように降り注ぐ矢箭をものともせず、上州一揆は大森勢に肉薄した。

その時であった。大森勢の背後の小丘に、多数の旌旗《せいき》が現れた。言わずと知れた太田桔《き》梗紋《きょうもん》である。

「しまった」

長野為業は舌打ちするや兵を返そうとした。進撃中止の法螺が吹かれ、撤退を告げる引太鼓や引鉦《ひきがね》がさかんに叩かれる。しかし、上州一揆は中小土豪の連合体であるため、こうした場合の下知が徹底されにくい。功を焦った一部の兵は、すでに大森陣に突入してしまっている。

これを見た長野為業は、意を決するや馬に鞭を入れた。

「道灌、そなたの申した通りになったな」

感心する定正とは対照的に、さも当然のように、道灌は眉一つ動かさない。

「敵は強兵といえども寡兵。しかも統制が取れておらぬため、小出しに掛かってくることになりましょう。後は策など要りませぬ。御屋形様の思うままに軍配をお執り下され」

道灌は立ち上がると、白綾《しらあや》の頭巾を巻いた。

「いったい、どこに行くのだ」

道灌は頭巾を背後で結ぶと言った。

「用土原を迂回し、孫四郎を待ち伏せます」

「長野同様、孫四郎めも釣り出されると申すか」

「国衆の盟主にすぎぬ孫四郎です。ここで味方を見捨てれば、それだけで人望を失い、軍は四散いたします」

道灌が馬の鐙に足を掛けた。

「おい、待ってくれ」

「後のことは、お任せいたす」

言うが早いか、道灌は馬に鞭を入れた。背後から定正の声が追いすがってきたが、道灌はそれを無視して走り去った。


景春は上州一揆の後を追っていた。しかし、馬を操ることに長けた上州の騎馬兵に追いつくのは、容易なことではない。

「お待ち下さい」

この辺りの地理に詳しい安保《あぼ》中務少輔《なかつかさのしょうゆう》氏泰《うじやす》が、後方から追いついてきた。

「この近くに用土館という館址があります。ひとまず、そこを本陣となされよ」

安保氏は秩父有数の国人である。長らく上杉方に属していたが、景春蜂起と同時に景春に与して公方陣営に復帰していた。

氏泰の意見に景春も同意した。こうした場合、陣があるとないとでは、味方の落ち着きに差が出るからである。

鎌倉時代、この地を領していた用土氏の館址には、土塁と堀がよく残っていた。景春は黒鍬者《くろくわ》を先行させて館址の雑木《ぞうもく》を伐採《ばっさい》させ、見通しを確保しようとした。

ところが黒鍬者が館址に入ろうとすると、無人のはずの館内から矢を射てくる者がいる。

虚を突かれた味方の兵が次々と倒れる。

「しまった、待ち伏せだ！」

景春は迎撃態勢を取ろうとしたが、敵はその隙を与えず、次々と館を飛び出してきた。

怒号と喊声が飛び交い、一瞬のうちに周囲で白兵戦が始まった。

「引くな、引くな！」

景春は「引いては総崩れになる」と思い、その場に踏みとどまろうとした。しかし、味方は押しまくられ、敵の先頭が目前に迫ってくる。

——あっ、あの旗は。

その旗印は桔梗紋だった。

「殿、この場はお引き下され」

乳兄弟《ちきょうだい》の金子掃部助が景春の馬の口を取った。

——道灌殿が来ているのだ。

敵の先頭と景春の馬廻衆が激突した。景春の小姓《こしょう》や近習《きんじゅ》は、景春を囲むように幾重にも円陣を作っていたが、次々と襲い来る敵に、瞬く間に円陣は崩れた。

「馬を引け！」

景春も馬に乗り、小姓から槍を受け取った。

その時である。群がる雑兵を押しのけ、疾風《はやて》のごとく寄せてくる敵がいる。

――まさか。

景春が慌てて槍を構えると、道灌は景春の馬廻が作った円陣を蹴散らし、容赦なく槍を突き入れてきた。

「孫四郎、神妙にいたせ！」

景春が最初の一撃を払うと、数間先まで駆け抜けた道灌は即座に馬首を返した。

「死ねや！」

顔面めがけて繰り出された道灌の第二撃を払うと、景春の肚も据わった。

「道灌殿、お相手いたす！」

「その覚悟だ」

不敵な笑みを浮かべた道灌が、白綾の頭巾を振り乱して再び突進してきた。

――新しい世を築くのはわしなのだ。そなたではない。

景春も馬を加速させた。

「逆徒、覚悟せい！」

「走狗《そうく》め、そなたなどに討たれてたまるか」

「走狗だと！」

道灌の顔に血が上るのが、ありありと見える。

逆上した道灌は馬を止め、槍を繰り出してきた。間合いが急速に縮まった二人は、槍の穂先と石突をぶつけ合った。

次の瞬間、景春の槍の柄を摑んだ道灌は太刀を抜いた。景春も槍を放して白刃を抜く。

「逆徒め」

「走狗め」

頭をぶつけ合った双方の馬が興奮し、同じ方向に駆け出した。二人は並走しつつ、馬上、火花が散るほど刃を振るい続けた。

人の丈ほどもあるすすき原の中のため、双方の近習や馬廻も二人を見失った。

方向も定かでない用土原で、二人は闇雲に馬を走らせた。

しばし並走しつつ刃を交えていた二人だが、痺れを切らした道灌が、太刀を捨てて飛び掛かってきた。

「孫四郎、死ねや！」

「死んでたまるか！」

二人そろって馬から落ちると、いち早く脇差を抜いた道灌が景春にのしかかる。

下になった景春は、かろうじて抜いた脇差で道灌の振り下ろした刃を受け止めた。

景春の眼前で、道灌の白刃が鈍色《にびいろ》の光を反射させる。

──死か。

景春の脳裏に、初めてその一字が浮かんだ。

「ここで死ぬわけにはまいらぬ！」

景春は思わず叫んでいた。

「いいや、死んでもらう」

道灌の力がさらに強くなる。白刃は、あとわずかで景春の喉元に達そうとしていた。

二人は、頰が擦れ合うほどの近さで、お互いの汗の臭いをかぎ、その息づかいを聞いた。

──このまま死ぬのか。

景春の心中に、あきらめに似た感情がわき上がってきた。

──それも悪くないかもしれぬ。

しかし、道灌の口から発せられた次の言葉を聞いた時、景春の体内の血が逆巻いた。

「この不忠者め。管領に代わって成敗いたす！」

──管領だと。

景春の脳裏に、顕定の憎々しい顔が浮かんだ。

憎悪ほど直截《ちょくせつ》の怒りを呼び覚ますものはない。

獣のような声を上げつつ、景春は道灌の刃を徐々に押し上げていった。

——かの男の前に、わが首を供することだけはさせぬ。

景春の押し上げる力が道灌を圧倒し始めた。

額に汗を浮かべつつ、道灌が全体重をかけてきた。

「孫四郎、往生いたせ！」

景春の待っていた瞬間が訪れた。

すべての力を一瞬、抜いた景春は、間一髪で道灌の刃をかわした。景春の耳たぶを擦った道灌の刃は、そのまま地に突き刺さった。次の瞬間、体《たい》を入れ替えた景春は、道灌の上に覆いかぶさり、その喉元に刃を突き立てていた。

その顔に無念の色を浮かべると、道灌は瞑目した。

「殺せ」

景春は力を込めて、白刃を道灌の首筋に押し付けた。後はそれを引くだけで、首筋の血管は切れ、血が噴き出すはずである。

「早くせい」

いつまでもとどめが刺されないことに苛立ったのか、道灌の憎悪に満ちた眼差しが景春に注がれた。しかし景春は道灌の体に乗ったまま、ゆっくりと白刃を鞘《さや》に収めた。

「わしに恥をかかせるつもりか」

「ここで道灌殿の首を獲ったところで、何も変わりませぬ」

　景春は立ち上がると、用心深く道灌との距離を取った。

「孫四郎、後で悔やむぞ。今ここで、わしの首を獲らねば、そなたは負ける」

「長松寺に幽閉された折、それがしは道灌殿に命を助けられました。さらに道灌殿は、主である修理大夫（政真）様を討った憎みても余りあるそれがしを許し、管領家との間を取り持とうとなさった」

「許してはおらぬ！」

「分かっております。そうせねば上杉方が瓦解すると、お思いだったからでしょう」

「そうだ」

「いずれにしても、命を救われただけでなく、それがしの立ち行く道をお考えいただいたことに変わりはありませぬ」

　道灌が目尻を引きつらせつつ言った。

「それを恩義と思いたければ思え」

「それだけではありませぬ。道灌殿は、かつて己の存念を世に問えと仰せになられた。存念正しき者にこそ天命は下ると。われら二人は、いまだそれぞれの存念を国衆や民に問うておりませぬ。互いにそれを問うて後、ゆるりと雌雄を決しましょうぞ」

　道灌は立ち上がり、草摺《くさずり》に付いた泥を払った。

「孫四郎、礼は言わぬぞ」

「もとより」

「わしは、これを借りとも思わぬ。そなたを討つ時が来れば、容赦なく討つ」

「分かっております」

「それでは早く行け。まごまごしていると、修理大夫の雑兵に首を獲られるぞ」

耳を澄ますと、上杉方のものらしき勝鬨《かちどき》が風に乗って流れてきた。

――しまった。

「今頃、気づいたか。そなたは負けたのだ」

景春の胸内に、口惜しさがこみ上げてきた。

「道灌殿、わしは負けぬ」

「孫四郎」

道灌の瞳に、かつてと同じ慈愛に満ちた光が差した。

「わしに首を獲られるまで、生きておれよ」

踵を返した景春は、無念の臍《ほぞ》を噬《か》みつつ、すすき原の中を走り抜けた。

五

用土原で景春は惨敗を喫した。しかもこの戦いで、上州一揆を率いる猛将・長野為業を失った。

十五日、鉢形城への帰路を扇谷勢に遮られた景春は、用土原の北東一里にある針ヶ谷原《はりがやはら》に陣を布いた。ここから北西半里の位置には五十子陣がある。

すなわち、南の鉢形への道を扇谷勢に扼《やく》され、背後の五十子陣にいる山内勢と挟撃の態勢に持ち込まれたのだ。

早速、開いた軍議では、敵勢を突破して鉢形に戻るか、五十子陣を襲うかで意見が分かれた。

軍議は紛糾し、時ばかりが無為に過ぎていった。

一方、用土原の勝報に喜んだ顕定だが、景春勢が半里の距離に迫っているとの報に接すると、にわかに動揺した。越後勢の待つ平井城まで陣を下げることも考えたが、勝ち戦で大将が逃げたとあっては関東中の物笑いになる。

大熊資徳や寺尾若狭入道ら顕定幕僚が、早馬を飛ばして道灌にどうすべきか問うと、道灌は、「少しは民部大輔《みんぶのだいぶ》（顕定）様にも働いていただきまする」と返してきた。

確かに太田勢には、激戦の疲れが残っている。それゆえ定正は太田勢を後備《うしろぞなえ》に回し、自らが先頭に立って針ヶ谷原に向かった。

用土原同様に針ヶ谷原も、乾いた野が広がっているだけの荒蕪地だ。

十六日の夜明け、定正は景春勢を視野に捉えた。しかしこの日は双方、対峙《たいじ》したまま終わった。後備の道灌からは、「景春勢を叩くのは今」と何度も催促されたが、定正は景春を警戒し、手が出せないでいた。

翌十七日は朝から大雨となった。道灌は軍議の場で定正に迫り、翌十八日に惣懸りすることを約束させた。ところが十七日の夕刻、雨を押して景春勢が奇襲を掛けてきた。

この時、扇谷勢の先手には、葛西大石房重が就いていた。その陣を実父である憲儀が襲った。雨で視界が利かないため、双方はぶつかり合ってからそれに気づいた。しかし、ここに及んで兵を引くわけにはいかない。

大石勢どうしの激しい戦いが始まった。

憲儀と房重は喧嘩別れしたわけではなく、どちらが勝っても家が残るようにと、敵味方に分かれたのである。しかも、血縁者どうしで袂《たもと》を分かったのは大石父子だけでなく、その家臣たちも同様である。

親が子を、子が親を討ち、兄が弟を、弟が兄を討つ凄惨な戦いが諸所で繰り広げられた。

やがて奇襲を掛けた憲儀勢が遂に押し切り、房重勢は壊滅、最後まで踏みとどまって戦っていた房重は討ち取られた。

小規模な戦いだったが、景春方に凱歌《がいか》が上がった。

歓呼の中、針ヶ谷原の景春本陣に戻った憲儀は、作法通りに息子の首を実検に供すると、その場に突っ伏した。

これを見た者の誰もが、あらためて武家として生きる厳しさを感じた。


十八日は朝から快晴となった。

景春は今日を決戦の日と決めていた。

夜明けとともに起き出して身を清めた景春が、常に携行《けいこう》する不動明王の厨子《ずし》に向かって必勝を祈願《きがん》していると、同陣する諸将が次々と集まってきた。

彼らに向かい、無二の一戦を挑むことを告げた景春は、三献《さんこん》の儀を終えると、弓を取って人打《ひとうち》し、締め終わった上帯《うわおび》の緒を切った。

上帯の緒を切るのは、死ぬまで甲冑を脱がないという覚悟を示すためである。

景春が軍配を振り下ろした。

「出陣！」

法螺貝が蒼天に鳴り響き、ゆっくりとした調子で陣鼓が叩かれる。それに合わせて景春方が陣形を整え始めた。景春方の陣形は虎乱《こらん》だ。

虎乱の備《そなえ》は諸葛孔明《しょかつこうめい》八陣の法の応用形であり、後備に多くの兵を割く。これにより、背後の敵に対する備えは万全となるが、突進力が弱まるため、戦闘開始直前、陣形を魚鱗《ぎょりん》か鋒矢《ほうし》に変えねばならない。乱戦の中、その転換が速やかにいくかどうかが勝負の分かれ目となる。

その時、先手を担う吉里宮内が使番を送ってきた。

「申し上げます。敵は針ヶ谷原いっぱいに鶴翼《かくよく》の陣を布いております。ただし街道方面には兵を置かず、道を空けております」

——おそらく道灌殿は、あえて鉢形方面に続く道を空け、わが手勢の心に隙を作ろうとしておるのだ。

籠城戦でも一方に道を空けておくと、兵の心に怯懦《きょうだ》が生まれ、城は容易に落城する。逆に蟻《あり》の這い出る隙もないほど囲んでしまうと、城方は死に物狂いの抵抗を示す。城攻め同様、敵拠点に通じる道を開けておくことは兵法の常道である。

——その手には乗らぬぞ。

しばらくすると、殿軍《しんがり》を担う足利長尾勢からも使番が入り、五十子方面に砂塵《さじん》が見えると伝えてきた。

——山内勢にわれらを追い立てさせ、われらが鉢形へと進むのを待っておるのだ。

景春と道灌は、建長寺で同じ兵法七書を同じ師から学んだ者どうしである。二人は、互いの手の内から肚の底までを知り抜いていた。

景春は眦《まなじり》を決すると、軍配を振り上げた。

「全軍反転！」

事前の取り決めで、山内勢が五十子陣を出てきた場合、全軍で山内勢に当たることになっていた。

虎乱の陣は、その場で兵が身を翻すだけで方向転換が図れる陣形である。

「山内勢に惣懸りせよ」

景春の軍配が振り下ろされると、それに呼応して懸り太鼓が叩かれ、法螺貝が吹かれた。

一転して先頭となった足利長尾勢が前進を始めた。

これを見た山内勢は景春方の反転に動揺したのか、進軍が止まったように見受けられた。

一方、背後に目をやると、定正と道灌が動き始めていた。鶴翼の陣のまま前進を開始したらしく、土埃が横に広がり舞い始めている。

――前進突破を図り、五十子陣に入らねば挟撃される。

この時点で、景春は山内勢を蹴散らし、五十子陣を占拠するつもりでいた。

やがて喊声《かんせい》が平原にこだまし、槍先のきらめきがそこかしこで明滅《めいめつ》し始めた。空には無数の矢箭が交差し、互いの立てる砂塵の中に突き刺さっていく。

足利長尾勢と山内勢が衝突したのだ。

「進め、進め！」

景春の中軍も前進を開始した。

――このまま押し切れれば、この戦いは勝てる。

背後を見やると、扇谷勢はさほど近づいてきていない。吉里・矢野両勢が扇状に散開し、敵が矢頃（射程）に入るのを待っているからである。しかしいつまで経っても、山内勢潰走の朗報はもたらされない。

――六郎（景明）め、何をやっておるのだ。致し方ない。

「中軍、惣懸り！」

景春が軍配を振り下ろすと、懸り太鼓の調子が早まり、全軍が小走りになった。

「使番、入ります」

後備となった吉里宮内の使番が飛び込んでくると、「飛び雀《すずめ》の紋と桔梗紋が入れ替わっております」と報告した。

――やはり道灌殿が来るのか。

いよいよ勝負どころである。

「全軍に伝えよ、再度、反転の上、鋒矢の陣に切り替えて鉢形を目指す」

鋒矢の陣とは鏃《やじり》のように兵を配置し、敵陣に突入する最も攻撃的な陣形である。

景春は、道灌が来る前に前方の山内勢が崩れ立てば、そのまま五十子陣に向かうが、それが成らずば、再反転して道灌に当たるつもりでいた。

景春の命により、先ほどとは異なる調子で陣太鼓が叩かれ、兵員の移動が始まった。今度は身を翻すだけではない。大幅な兵の移動が必要になる。

敵方の陣替えという一瞬の隙を突き、景春勢も陣形を変えようというのだ。敵方の陣替えが早いか、景春勢のそれが早いか、寸刻を争う勝負である。

――頼む、急いでくれ。

景春はその心中と裏腹に、顔色一つ変えずに陣替えを待った。


この動きを察知した道灌も、周囲を叱咤して陣替えを急いでいた。同時に、顕定に使番を飛ばし、再び突撃するよう依頼した。

「街道への道を閉ざすよう、修理亮に伝えよ」

道灌は、自軍の左翼に位置する長尾忠景に景春の進路を扼すよう伝えた。

――孫四郎、目にもの見せてくれる。

道灌と景春は、息詰まるような駆け引きを続けていた。

しかし先手は景春が打ち、それに対応する形で道灌は動かされていた。己こそ兵法七書に精通した熟練の軍師だという自負心を、道灌はいたく傷つけられた。

――孫四郎、建長寺で、そなたが懸命にわしの背を追っていたのを忘れていたわ。

一切の感情を表さなかった道灌の顔に、苦い笑みが浮かんだ。

「先手の吉里勢、二の手の矢野勢、いつでも前進できます」

「大石勢、陣形整いました」

「上州一揆も反転完了」

次々と飛び込んでくる使番の知らせを聞き、景春が軍配を振り上げた。

「敵中を突破して鉢形に戻る！」

その時である。敵の前衛に、景春と同じ九曜巴の旗が翻った。

――あれは修理亮か。

景春の胸奥《きょうおう》から怒りがこみ上げてきた。

「あれに見えるは惣社長尾の旗。修理亮の首を獲った者には、恩賞は思いのままぞ！」

景春の叫びに応じ、突撃の法螺貝が吹かれた。同時に、けたたましく鉦鼓が叩かれる。

本来であれば、眼前の敵を蹴散らして鉢形城に向かうという作戦である。しかし、立ちはだかる敵が忠景のため、景春に欲が出た。

「殿、どうなされた。調儀《ちょうぎ》通り、一直線に鉢形を目指されぬのか」

金子掃部助が心配そうに馬を寄せてきた。

「修理亮の首を獲ってからでも遅くはない」

「何を仰せか。修理亮を討つのは次になされよ」

そうこうしている間にも、先手勢が矢合わせを始めていた。景春方の士気は横溢《おういつ》し、敵を圧倒し始めている。

「殿、修理亮を追わず、鉢形城を目指すべし」

景春の心に迷いが生じていた。一当たりしただけで忠景が逃げ出せば、先手勢が深追いすることも考えられる。そうなれば、待ち受ける太田勢に無二の一戦を挑まねばならない。

「殿、私怨はお忘れ下され」

「私怨か」

景春の目が覚めた。確かに、この場で忠景勢を破ることは困難ではない。忠景本人の首さえ獲れるかも知れない。しかし、その先に道灌が待ち受けているのは明らかであり、扇谷勢との四つに組んだ野戦になる可能性が高い。

――それは望むところだが、敗れてしまえばそれまでだ。

景春の脳裏に用土原での敗戦がよみがえった。

「殿、用土原で敗れたわれらに勝機は薄い。ここは兵を損じず、迅速《じんそく》に戦場を脱すべし！」

掃部助が、軍配を持つ景春の籠手《こて》を押さえた。

「分かった」

景春は引鉦を叩かせたが、敵陣深く突入した先手勢は、すでに忠景勢と白兵戦を始めている。

鋒矢の陣で戦場を脱するはずだった景春勢は、先手勢が敵陣深く攻め入ったため、その勢いで、二の先衆も戦端を切らざるを得なくなった。

景春は進軍を止め、この様子を見守る格好になっていた。そこに、後備の足利長尾勢が追いついてきた。これにより景春勢の陣形は乱れに乱れた。

いかに顕定の追撃が手ぬるいとはいえ、鉢形城まで戻ると決しているため、足利長尾勢は、すでに腰が引けている。

必死に声を嗄《か》らして味方を叱咤する景春の許に、犬懸長尾景明が馬を寄せてきた。

「いったい何をやっておるのだ。調儀は五十子陣に向かうと見せかけ、鉢形城まで前進突破するのではないのか」

「六郎、すまぬ」

「すまぬどころではない。わしは本家（足利長尾家）の兵の命も預かっておる。あたら兵を無駄死にさせるわけにはまいらぬ。われらは勝手に鉢形城を目指す」

「待て、それでは陣形が乱れる」

「知るか！」

そう言い捨てた景明は背後に合図し、景春の中軍を追い越そうとした。そのため、いかに広い針ヶ谷原であろうと、全軍が入り乱れる格好になった。これにより、せっかく成功した陣形の変更が水泡《すいほう》に帰した。

「動くな。陣形を戻せ！」

景春は懸命に軍配を振り続けた。しかし、いったん乱れた陣形を戻すことは容易でない。足利長尾勢が白井長尾勢を押しのけて前に出ようとすると、陣形が乱れるのを防ごうと、白井長尾勢がその邪魔をする。足利長尾勢も黙っておらず、白井長尾勢を押しのけようとする。同様のことが諸所で起こり、景春の周囲は混乱を極めた。

その頃、ようやく引鉦に気づいた先手勢が、忠景追撃をあきらめて撤退を開始した。しかし、その背後から桔梗紋の旌旗が整然と追尾してくる。

紫地に白抜きの桔梗紋の背旗が、次々と土埃の中からわき出てきた。

「掃部、吉里と矢野の許に走り、その場に踏みとどまり、しばし時を稼ぐよう伝えよ」

しかし掃部助は首を横に振った。

「殿、もう遅い。すでにお味方は崩れ立っております」

事実はその通りだった。桔梗紋を見たとたん、吉里・矢野両勢は崩れ立ち、こちらに向かって潰走してくる。

この時、景春は己が私怨に負けたことを覚った。

道灌は忠景という餌を眼前に投げ、景春が私怨に勝てるか試したのだ。

「殿、この場はそれがしにお任せ下され。それがしが殿軍となり、敵を防ぎますゆえ、その間に殿は鉢形城に逃れて下され」

「すまぬ」

景春が少数の旗本近習と共に戦場を離脱したため、景春勢は大混乱となった。

山内勢の突入を阻み、善戦していた上州一揆は鉢形に向かわず、そのまま前進突破を敢《かん》行《こう》し、上州の本拠に逃れていった。

金子掃部助は吉里・矢野両勢を鉢形方面に逃すと、太田勢と激突した。

いったんは太田勢を押しとどめた白井長尾勢だったが、道灌の後詰の位置にいた定正勢が右翼から突入するに及び、一気に崩れ立った。

道灌は鉢形に逃れた敵を追わず、全軍で戦場に残る白井長尾勢を押し包んだ。こうなれば一方的な殺戮戦である。掃部助はかろうじて重囲《じゅうい》を脱したが、そこかしこで、名ある武将が討たれていった。

砂塵渦巻く針ヶ谷原で、山内上杉家中最強を謳われた白井長尾勢は壊滅した。

終わってみれば針ヶ谷原の戦いも、上杉方の大勝利だった。しかし激戦だったことは確かで、この用土原・針ヶ谷原合戦について、『松陰私語』では、「其外《そのほか》両方之死亡、其際限を知らず」と記している。

六

敵の追撃を振り切り、景春は鉢形城に戻ることができた。

しかし、留守居衆が景春の無事を喜んだのも束の間、次々と戻る敗残兵で、城内は溢れかえっていた。

帰り着く兵は手負いの者がほとんどで、中には城に着いてから息絶える者もいた。

留守居の兵は水と金瘡薬《きんそうやく》を携え、負傷者の間を飛び回っている。

御主殿に戻った景春が、腕に負った矢傷の手当てをしてもらっていると、景英が飛んできた。

すでに負け戦の報は入っていたらしく、景英は甲冑に身を包んでいる。

「父上、ご無事でしたか」

「ああ、散々にやられたがな」

景春は開き直ったかのように苦笑した。

「この上は敵に一矢報いるべく、それがしの出陣をお許し下さい」

「残念だが、そなたでは道灌殿の相手はできぬ」

景英の差し出す竹筒の水を飲み干すと、景春は床机《しょうぎ》から立ち上がった。

「間もなく道灌殿がこの城にやってくる。敵は勝ちに乗じており、このまま籠城戦を行っても勝利は覚束ぬ」

「それであらば、それがしが敵を引き付けている隙に、父上は秩父山中にお逃げ下さい」

景春の眼前に拝跪すると、景英は必死に懇願《こんがん》した。

「いや、この負け戦はわしのせいだ。わしはこの城で死なねばならぬ。そなたこそ落ちよ」

「いえ、父上が死ねば再起は叶いませぬ。この場は恥を忍んで生きて下され」

景英は懸命である。

「わしは、そなたに大事な仕事を託したい」

「仕事と――」

「そうだ。母上はじめ女房衆を連れ、黒谷《くろや》の長尾城に落ちてほしいのだ」

秩父黒谷の長尾城は犬懸長尾家の城である。足利長尾家は本領の下野国足利荘のほかに、秩父地方にも飛び地を所有しており、その地を房清の後継者である景明が管理していた。

父子が議論している場に、女房衆を従えた夏野が足早にやってきた。

「いかがなされたのです」

「父上は、それがしに母上と共に黒谷に落ちよと申されるのです」

「殿、今から逃げても、女の足では追っ手から逃れられませぬ。しかも六郎殿が黒谷に逃れているとは限らず、城はもぬけの殻ということもあり得ます」

夏野が情勢を冷静に分析した。

針ヶ谷原で景春と別れて以来、景明の消息は不明である。むろん本領の足利方面に落ちている可能性もある。

しばし考えた末、景春が言った。

「分かった。もう何も申すまい。死ぬ時は一緒だ」

景英と夏野が力強くうなずいた。

六月、いったん兵を引いて陣労を癒《いや》した後、あらためて上杉勢が鉢形城に迫ってきた。

道灌率いる太田・大森・惣社長尾勢は針ヶ谷原から用土原を経由し、鉢形城の東方一里の富田《とみだ》に向かっていた。

一方、定正率いる扇谷勢は鉢形城の北一里半の甘粕原《あまかすはら》まで進出、道灌と共に包囲態勢を取った。顕定も五十子から出撃し、甘粕原からさらに北一里余の四方田《しほうでん》で後詰の位置に着いた。

ところが、この時になって古河公方勢五千が、利根川を渡河したという報が届いた。

道灌の攪乱《かくらん》戦法に翻弄《ほんろう》されていた公方成氏だったが、ようやく与党国衆への疑惑を払拭《ふっしょく》し、渡河してきたのだ。

七月、公方勢は鉢形城を包囲する上杉勢を牽制すべく、平井城の北方二里余の滝《たき》と島名《しまな》

（高崎《たかさき》）に進出し、平井城を攻める構えを見せた。

この辺りには、惣社と角淵《つのぶち》を結ぶ街道が通っているため、角淵を押さえることで敵の河川を使った兵站を遮断した上、平井城を包囲する態勢を取ったのだ。

成氏は下滝館《しもたきやかた》を本陣と定め、堀を深くうがち土塁を嵩上げした。

言うまでもなく長期戦の構えである。

一方、富田の陣で成氏の滝進出を聞いた道灌は、これを無視していたが、四方田に布陣する顕定は動揺した。平井城を落とされれば、顕定は本拠を失う。しかもすでに五月、白井城に駐屯していた兄の越後上杉定昌率いる越後勢は、帰国の途に就いていた。

後の上杉謙信《けんしん》の関東越山にも見られるように、越後勢は厳しい冬を越すため、晩秋に越山して関東で越年し、晩春か夏に越後に帰るということを繰り返していた。二毛作が不能な越後では、晩春に帰らねば一年の収穫を棒に振ることになるからである。

越後勢がいないと顕定が浮足立つことを、すでに敵味方共に知っていた。

道灌の制止を聞かず、顕定は四方田を陣払いし、早々に平井城に向かった。

この一報を受けた道灌は激怒し、早速、定正と善後策を協議したが、顕定から後詰要請を受けた定正も撤退に傾いたため、致し方なく鉢形城の囲みを解くことにした。

景春の眼前で、信じ難い光景が広がっていた。

鉢形城を囲んでいた桔梗紋の旌旗が、一斉に引いていくのだ。

——わしは九死に一生を得たのか。

物見櫓の上で敵の隊列を見送る景春の許に、景英がやってきた。

「父上、この機に道灌殿の後備を突きましょう」

しかし、景春は首を横に振った。

——道灌殿は誘っておるのだ。しかも、そんなことをして何になるというのだ。道灌殿が兵を引くというのであれば、それに逆らうことはない。

度重なる敗戦を糧《かて》として、景春は一時《いっとき》の感情に左右されない武将になっていた。


鉢形城の包囲を解いた道灌は、顕定と定正を平井城ではなく白井城に向かわせた。包囲されている平井城に向かうことは、あまりに危険と思ったからだ。

児玉から五十子陣に入り、利根川を渡河し、世良田から北西に進めば、敵の近くを通らずに白井城に入れる。

越後にもすでに使者を飛ばしているので、ほどなくして後詰勢を送ってくるはずである。そうなれば、白井城を拠点として反撃に転じられる。

これを聞いた景春は、次の一手を打った。江戸城に残る太田勢への牽制である。

江戸城には、道灌の父・道真が三浦勢と共に留守を預かっている。この軍勢が上州に向かえば、再び戦況が変わる恐れがある。

これまでは、市川城（後の国府台城《こうのだい》）に千葉孝胤がいたため、道真は動けなかったが、公方から後詰要請を受けた孝胤が北上を開始したため、道真らの動きを抑える者はいなくなった。

景春は道真を釘付けにするため、矢野憲信に五百の兵を添えて小机城に向かわせた。さらに、武州平塚城で再起した豊島泰経にも出戦《でいくさ》を促した。

泰経は二つ返事で了解し、近隣の上杉方国衆を攻撃し始めた。

ちなみに平塚城とは、別名・豊島城と呼ばれる武蔵国豊島郡の城である。江戸と河越の連絡を絶つ位置にあり、この城に拠れば上杉方を分断できる。

その頃、公方成氏は、結城・宇都宮《うつのみや》・那須・小山ら与党国衆と、公方方に寝返った金山城主・岩松家純名代の横瀬国繁・成繁父子ら五千の兵に担がれ、滝に陣取っていた。公方勢の一部からは、平井城を攻め落とそうという強硬意見も出たが、成氏は千葉孝胤と景春の来着を待つことにした。


八月中旬、公方勢を牽制していた道灌が白井城に着くのとほぼ同時に、越後上杉定昌も白井城に入城した。これにより数の上で遜色《そんしょく》なくなった上杉方は、道灌の言に従い、九月二十七日、白井城を出陣した。

一方、景春に続いて千葉孝胤が来援し、八千余に膨れ上がった公方勢は景春・千葉両勢を先手とし、それに結城・那須ら有力国衆が続く形で、北上を開始した。

十月二日、景春・千葉両勢が、滝から一里余北方の荒巻《あらまき》まで進んできたとの報に接した道灌は、塩売原《しょうじはら》に移動、小丘に囲まれた狭隘《きょうあい》地である引田《ひきた》を前にして陣を布いた。それに応じるように、顕定率いる上杉方主力勢も、前橋南部の片貝《かたかい》まで陣を進めた。

両軍は対峙したまま動かず、時だけが過ぎた。

景春は連日、滝に使いを送り、公方成氏に出陣を促した。しかし成氏は容易に動かない。地理不案内な敵地深くに侵攻しているため、側近が慎重になっているのである。

道灌は地の利を得ている上、越後勢という後詰戦力がいる。それにひきかえ、成氏が進出しない限り、景春に勝機はない。

十一月十四日、景春は兵を引いた。いかに決戦を切望する景春でも、敵が罠を仕掛けているかもしれない戦場に、寡勢で飛び込むほど愚かではない。

これにより上杉方も白井城に戻り、守りを固めた。

十一月下旬、滝に戻った景春は、無二の一戦を成氏に懇望《こんもう》した。

このまま滞陣が続けば、双方共に兵糧が乏《とぼ》しくなり、国衆らの陣払いが相次ぐからだ。

冬将軍の到来を前に、上州の平原で雌雄を決することが、景春の願いだった。

しかし、失う物のない景春と異なり、失う物の多い公方とその側近は、慎重に事を運ぼうとしていた。

七

双方対峙したまま、十二月に入った。半年に及ぶ滞陣の結果、公方方の兵糧は心許なくなり、士気も低下してきていた。いかに関東の頂点に立つ公方の軍勢であっても、寄せ集めの域を出てはいない。有力国衆の一人が勝手に陣払いを始めれば、なし崩し的に瓦解する危険をはらんでいた。

しかし、いくら公方とその側近に決戦を説いても、埒《らち》が明かないことに景春も気づき始めていた。

それゆえ景春は、成氏の信頼篤い千葉孝胤に接近した。

公方陣営において、孝胤は軍事指導者的立場にある。

景春は、境目争いで道灌に圧迫されている孝胤の危機感を煽り、この地で道灌と雌雄を決する利を説いた。

景春に説得された孝胤が成氏を説くことで、さすがの成氏も決戦を決意した。

十二月二十三日、ようやく成氏が滝を出陣した。

その日のうちに高崎近郊の和田《わだ》を通過した公方勢八千は、翌日には、その北方の観音寺《かんのんじ》原《はら》に達し、白井城をうかがった。

これにより決戦を覚悟した上杉勢も、二十七日には白井城を出陣した。その総勢は五千ほどだ。

決戦の時は迫っていた。

翌二十八日、両軍は、白井城の南二里弱の広馬場《ひろばば》という荒蕪地で対峙した。

ところが、二十九日は早朝から大雪となり、翌日も翌々日も雪が降り続いた。

結局、両軍は豪雪の中、文明十年（一四七八）の新年を迎える。

正月というのに兵糧は乏しく、祝い酒もない。全軍に厭戦気分が漂い始めていた。

こうした状況を鑑《かんが》み、景春と千葉孝胤は奇襲攻撃を主張するが、雪中の奇襲は敵方に見つかりやすく、奇襲にならないことを理由に、公方側近から一蹴された。

いまだ雪の降り続く正月二日、上杉方の和談の使者が成氏の陣に入った。

上杉方の出した条件は、成氏にとって予想もしないものだった。

両上杉家が幕府に取り成し、古河公方府を正式に認めさせるというのだ。

成氏が、これを喜ばないはずがない。

三日、和睦が合意に至り、翌四日と五日にかけて、両軍は退陣することになった。

四日早朝、陣払いを始めた公方勢を眺めつつ、景春は啞然とした。

すでに雪はやみつつあり、晴れ間も見えてきている。にもかかわらず、公方勢は撤退を始めている。

この時、景春は、和睦条件が古河公方府を幕府に認めさせるといった絵空事《えそらごと》とは思いもよらず、なぜ公方勢が撤退するのか理解できなかった。

再三にわたり成氏に目通りを願い出たが、拒絶されたため、千葉孝胤に成氏説得を依頼した。孝胤も説得を引き受けたが、成氏は病を理由に孝胤との面談も拒絶し、五日早朝、逃げるように広馬場の陣を払った。

結局、広馬場には、景春と孝胤の軍勢だけが取り残された。

上杉方も撤退を始めていたが、景春らの動きを警戒し、扇谷・太田両勢だけは、広馬場の北方にあたる相馬原《そうまがはら》に陣を張っていた。

道灌も、この和睦には反対だった。身動きの取れない雪中の戦いだからこそ、景春を討ち取り、成氏を生け捕ることができると、道灌は主張した。

しかし兵力的には、敵が勝っているのは明らかであり、一つ間違えば負け戦になることも覚悟せねばならない。雪に阻まれて撤退の機会を失った顕定と定正が、逆に生け捕られることも考えられる。それゆえ顕定と定正は、決戦するつもりなど毛頭なかった。

さすがの道灌も最後には折れた。しかし、古河公方府を幕府に認めさせることが空証文《からしょうもん》と知っていたため、和睦条件には一切、かかわらないと宣言した。

そんなことが現実となれば、上杉方が成氏と戦う大義は消滅し、今までの抗争は何だったのかということになる。ここまで上杉方の正義を説き、国衆をまとめてきた道灌の立場もなくなる。

しかも古河公方が鎌倉に帰還すれば、それまでに獲得した権益を真っ先に取り上げられるのは、道灌以下の扇谷家傘下国衆である。しかも、伊豆堀越にいる足利政知の存在が宙に浮き、怒った堀越公方与党との間で確執も生じる。そこに上野国を本領とする山内家と、相模国を本領とする扇谷家の立場の違いがあった。

道灌は、目先のことしか考えられない顕定と、それに諫言《かんげん》できない定正に、愛想が尽き始めていた。

寒気は厳しくなり兵糧も乏しくなってきたため、さすがの景春と孝胤も、正月十九日には陣を払った。

景春らが去っていくのを見届けた道灌は二十日、定正や道真と共に陣を払い、河越城に帰還した。

その頃、景春と孝胤の二人は公方成氏を追って馬を飛ばしていた。成氏に翻意を促すためだ。扇谷勢が緊張を解き、河越に向かっている今こそ、顕定のいる白井城を攻める好機だからだ。この機を逃してはならじと、景春は手綱を引き絞った。

熊谷の北方半里の成田に宿営する成氏を捕捉したのは、二十一日の夕刻だった。

成氏は一色氏の成田館に滞在していた。

景春と孝胤は成氏側近の簗田成助《やなだしげすけ》の陣に押しかけ、成氏との面談を迫ったが、病を理由にまたも拒否された。

押し問答が続いた二十四日、道灌が河越城に入ったことを知らされた孝胤が、急に落ち着かなくなった。道灌と所領争いを続けている孝胤は、手すきとなった道灌が江戸城に戻り、千葉領に攻め入ることを恐れているのだ。

翌日、孝胤は下総に帰っていった。

思いつめた景春は最後の手段に出た。自らの軍勢を呼び寄せ、成氏の古河への帰路を扼したのだ。

これには、さすがの成氏も色をなしたが、景春と同士討ちすることにより、再び上杉方に付け入られることを恐れ、強硬手段に出ることができない。

それでも成氏は、景春との面談だけは拒み続けた。こうまでされては、公方の面目にかけても会うわけにはいかないからである。そのため八方ふさがりとなった成氏は、七月下旬まで、半年にわたり成田館で足止めを食らうことになる。

二十五日、河越城を発った道灌は、豊島泰経の籠る平塚城近郊まで進出した。これを聞いた泰経は戦わずして平塚城から逃亡、多摩川河畔の丸子陣に逃げ込んだ。道灌は平塚城を徹底的に破却し、城下も焼き払わせた。

二十七日、道灌は江戸城を発して泰経の拠る丸子陣を急襲した。寝耳に水の攻撃に、泰経は抵抗らしい抵抗もできずに丸子陣を放棄、小机城に逃げ込んだ。

翌二十八日、道灌は小机城に迫る。小机城には矢野憲信が籠っており、そこに豊島泰経が加わる形になった。

道灌は、小机城の東方半里にある亀之甲山《かめのこやま》に陣を布き、城攻めの支度にかかった。

一方、小机城から後詰要請を受けた景春は二月初旬、公方勢の足止めを家臣に任せ、自らは主力勢を率い、河越城の北西二里ほどにあたる浅羽《あさば》に進出した。

さらに三月初旬、景春は腹心の吉里宮内に主力勢を預け、大石憲仲の拠る二宮《にのみや》城に派遣した。武蔵国西部の要衝・二宮城に兵を入れ、小机城を囲む道灌を牽制せんとしたのだ。

ところが、景春自身も出陣予定であった三月十日、河越城を発した定正勢が突如として浅羽陣に押し寄せた。

突然の奇襲に意表を突かれた景春勢は、瞬く間に潰走する。主力勢を吉里宮内に託したため、手薄になったところを突かれたのだ。

定正に足をすくわれる形となった景春は、成田まで敗走した。

この知らせを受けた道灌は、小机城の包囲を武蔵千葉、大森、三浦の諸勢に任せ、自らは二宮城に向かった。

その頃、成田に落ちた景春は千葉孝胤と再会を果たしていた。道灌の江戸城出陣を聞いた孝胤は、当面の危機が去ったと判断し、成田に戻ってきていたのだ。

再び景春は、孝胤に公方の説得を依頼した。

ようやく公方成氏との面談が叶った孝胤だが、孝胤の説得にも、成氏は首を縦に振らない。成氏にとって自らの存在を幕府に認めさせることができれば、上杉方と戦う意義は失われるからである。

景春が後詰できないと踏んだ道灌は、小机城に対して連日にわたる力攻めを開始、四月十日には小机城を落とした。この戦いで、矢野憲信と豊島泰経は討ち死にした。

道灌の容赦ない攻撃により、景春方の傍輩や被官は諸所で打ち破られた。

景春方の抵抗が弱まったと見た道灌は、六月下旬、成田に向けて進軍を開始した。むろん景春討伐が名目ではあるが、なすところなく成田に滞陣する成氏を威嚇《いかく》する意図もある。

案の定、成氏は動揺し、宿老の簗田持助《もちすけ》を道灌の許に派してきた。

持助は、成氏が古河に帰還できないのは、景春が帰路を扼しているからだと陳弁《ちんべん》する。

これにより道灌は景春の孤立を知った。

七月十三日、景春と雌雄を決すべく、道灌は青鳥城《おおとりじょう》に入った。

一方、この頃、顕定と定正は石のように動かなかった。上杉一族が景春討伐に乗り出すことにより、再び古河陣営との雲行きが怪しくなることを恐れていたのである。

実は、古河公方を幕府に認めさせること、すなわち都鄙《とひ》和睦など、顕定も定正も頭から無理と思っていた。あの時は、苦し紛れの方便として持ち出さざるを得なかったが、実際は二人とも、幕府要人に個人的な伝手《つて》を持っていないのだ。

困った顕定は父の越後上杉房定に泣きつき、幕府への橋渡しを懇願した。

しかし幕府とて、おいそれと古河公方を認めるわけにはいかない。伊豆の堀越には、幕府の承認した新公方の足利政知がいるからだ。

かくして膠着《こうちゃく》状態となった関東大乱は、景春と道灌の私闘の様相を呈してきた。

七月十七日、青鳥城を出た道灌は荒川を渡河し、その河畔に陣を築き始める。

そこに、再び成氏の使者・簗田持助がやってきた。持助は「景春が成田で公方の袖をとらえ（上杉方への攻撃を）懇請《こんせい》しているため、公方を古河に還御《かんぎょ》できない。どうか景春を排除してほしい」という旨である。

これにより道灌は、公方成氏から正式な景春討伐令を受けたことになる。すなわち、道灌が景春討伐に動き出しても、成氏は景春を匿ったり、和睦の仲介をしたりしないことがはっきりしたのだ。

八

――かようなことをしていても、埒が明かぬ。

成田近郊の微高地から成田館の灯火を見下ろしつつ、景春は自嘲《じちょう》した。

――公方はしょせん貴種でしかなかった。ここ一番で上杉方の口車に乗せられ、敵を滅ぼす千載一遇《せんざいいちぐう》の好機を逃してしまうとは――。

景春には、そんなことも分からぬ成氏が歯がゆかった。

確かに公方には直属軍が少なく、その権威だけで与党国衆をまとめて出陣してきている。つまり決戦を行うことで、与党国衆に甚大な被害を与えてしまえば、離反を招くことにもなりかねない。そうした立場ゆえ慎重になるのも分かるが、上杉方が苦しんでいる今が、勝負所でもあるのだ。

――戦に切所があるのと同様、人の生涯にも切所がある。

景春は勝負所を感じ取れない成氏が、関東の主に返り咲けないことを確信した。

――しかし公方に去られてしまえば、われらは利根川右岸に孤立し、道灌殿に追い回されるだけだ。その先に待つのは滅亡しかない。

公方勢の側近くにいること以外、道灌の追跡から逃れる術はない。

――やはりあの時、道灌殿を討っておくべきだったのか。

景春の内奥から悔恨の情が込み上げてきた時であった。

「殿、よろしいか」

陣幕の外から金子掃部助の声が聞こえた。

「構わぬ」

陣幕をくぐって入ってきた掃部助の顔は、長く戦塵にまみれてきたためか、げっそりとこけている。

――わしも、さして変わらぬ顔をしておるのだろうな。

景春が自嘲する暇もなく、掃部助が口を開いた。

「殿、細作《さいさく》から入った雑説によると、どうやら道灌殿は鉢形城に向かった模様」

「何だと」

「道灌殿は公方を足止めする殿をおびき出し、その間に、公方勢を利根川左岸に引き取らせるつもりでしょう」

――そういうことか。やはり道灌殿は一枚も二枚も上手だ。

景春は公方勢を引き留めることをあきらめ、十七日、鉢形城に向かった。これにより成氏は古河への帰途に就くことができた。

一方、翌十八日、太田勢が鉢形城近郊に姿を現した。

鉢形城の留守を預かっているのは嫡男景英、足利長尾一門、安保氏泰らである。敵襲を知らせる鉦の音に景英らが飛び起きた時は、すでに太田勢の先手は外曲輪の虎落《もがり》を押し倒し、侵入を始めていた。景英は外曲輪に駆けつけ、自ら槍を取って奮戦したが、奇襲に浮き足立つ城方が崩れ立つのは早かった。

秩父方面に足利長尾氏や安保氏の勢力基盤があったことも、この場合は災いした。道灌が、あえて秩父方面への逃走路を空けておいたからだ。

夕刻には、本曲輪を除くすべての曲輪が落ちた。その頃には、安保勢はおろか足利長尾勢の姿もなく、景英率いる白井長尾勢が孤軍奮闘している有様だった。

景英は主殿に入って自害の支度を調えたが、「父上の安否が定かならぬうちは、早まってはなりませぬ」という夏野の言葉に翻意し、母と女房衆を連れて秩父山中へと落ちていった。

景春不在の隙を突き、わずか一日の攻撃で、道灌は鉢形城を手に入れた。

一方、村岡で「鉢形落城」の報に接した景春は、いつまでも公方勢にこだわっていた自らに痛憤《つうふん》した。しかし、道灌の手に落ちた鉢形城に攻め寄せることは、さらに愚行の上塗りとなるだろう。

——景英と夏野は無事か。

景春は西の空に向かって祈った。そして、鉢形城が落ちた時の落ち行く先として申し合わせていた黒谷の長尾城に自らも向かうべく、秩父山中に分け入った。

道灌の許に「景春が小勢で秩父山中に入った」という報が届いた。

これを聞くや道灌は、出張ってきた山内勢に鉢形城防衛を託して秩父に向かった。

道灌は景春に先んじて、その息子が逃げ込んだという黒谷の長尾城を包囲するつもりでいた。

足利長尾氏の所領がある秩父黒谷の長尾城は、秩父往還《おうかん》を押さえる要衝にある。景英と足利長尾一族は、ここを拠点として再起を図ろうとしていた。

しかし恃みの景春が来る前に、太田勢が迫っていた。

街道に続く桔梗紋を見た犬懸長尾景明は、抵抗が無駄であることを覚り、城を捨てて足利長尾氏の本拠・足利荘に落ちることを主張した。そこには景明の養父・房清もいる。

しかし、北の一方にしか通路のない袋状の秩父盆地では、秩父往還をやってくる太田勢を突破しないことには、足利に至ることはできない。それを無謀と断じた白井長尾勢と、強行突破を唱える足利長尾勢の間で意見が対立した。

最後には袂を分かつことになり、足利・犬懸両勢だけで前進突破することになった。しかし前進突破は容易でないため、景明嫡男の左近将監《さこんしょうげん》景利《かげとし》が陽動役を担うことになった。

やがて太田勢が迫ってきた。景利は景明らを逃すべく果敢に太田勢に討ち入り、一当たりすると逃げ出した。これにつられた太田勢が景利を追って山中に踏み入る。その隙に、景明らは前進突破を敢行した。

太田勢の不意を突き、前進突破は成功したものの、陽動役の景利は秩父山中で討ち取られた。

同じ頃、長尾城を包囲された景英は、道灌の降伏勧告を受け入れ、城を明け渡した。景英と夏野をはじめとした景春の一族は、鉢形城で待つ顕定の許に移送された。

これにより景春の叛乱は、実質的に終息した。

景春に与した国衆の多くも上杉方に帰順した。

景英も一命を救われ、惣社長尾忠景預かりとなる。

顕定と忠景は景英を殺そうとしたが、道灌は「景英を殺せば、再び白井長尾ゆかりの者たちから不満の声が上がる。しかも景春は、いまだ秩父山中に健在。景英は、景春とその与党の動きを封じることのできる貴重な証人（人質）」と言い張り、殺害を押しとどめた。

上杉方の大黒柱である道灌を怒らせるわけにはいかず、顕定は、これをのまざるを得なかった。

景春は秩父山中を彷徨《ほうこう》していた。

すでに秩父往還が押さえられているため、平野部に下りることはできない。

唯一の救いは、季節が夏だったことである。狩りに成功すれば鹿や兎《うさぎ》の肉にありつけ、木の実や果実を食べれば、命だけは長らえられる。

すでに配下は五十人もいないが、残った者たちは一騎当千の兵ばかりである。

景春の唯一の気がかりは景英と夏野のことだった。黒谷の長尾城が落城したことは、途中で出会った猟師から聞いていたが、家族の行方は杳《よう》として知れなかった。

しかし悪い話ばかりではない。

この頃になり、ようやく公方成氏が景春に救いの手を差し伸べようとしていた。

成氏の密命を帯びた秩父一揆の長井六郎こと斎藤利家《さいとうとしいえ》が、秩父山中に手の者を送り、ひそかに景春一行を探していたのだ。

古河に帰った成氏は、親古河公方派の幕府関係者に「都鄙和睦（幕府と古河公方家の融和）」を迅速に進めてもらうべく使者を送った。しかしその返書が届くや、成氏は愕然とした。幕府の奉行衆（文官）にも奉公衆（武官）にも、都鄙和睦など知る者はいなかったのだ。

さすがの成氏も、都鄙和睦が上杉方の空証文であることに気づいた。成氏は地団駄《じだんだ》踏んで口惜しがったが、古河に兵を引いてしまった今となっては後の祭りである。

そうなれば、上杉方を攪乱する景春を死なせるわけにはいかない。

このような事情から成氏は、利根川右岸の数少ない与党の一人である斎藤利家に対し、ひそかに景春の保護を命じた。

鉢形城から五里ほど北東にある長井城を拠点とした長井斎藤氏は、ここまで消極的ながら道灌の景春勢掃討に協力していた。それゆえ景春挙兵に連座し、謹慎させられている国衆と異なり、行動の自由があった。

ほどなくして景春は斎藤利家の手の者に探し出され、無事に保護される。

長井城に迎え入れられ、斎藤利家から景英と夏野の無事を聞いた景春は、ようやく安堵した。

――道灌殿、あいすみませぬ。

東の空を望み、景春は深く頭を下げた。

また利家から、成氏が再び景春を助けようとしていると聞き、闘志がよみがえってきた。

――まだ、終わったわけではない。

同時に、成氏の庇護下にある犬懸長尾房清と、黒谷長尾城からの脱出に成功した六郎景明父子からも書状が届き、彼らの所領の秩父西方にある薄村《すすきむら》を拠点として、近くの山中に城を築くことを勧めてきた。

景春の身辺が再び慌ただしくなってきた。

しばしの間、長井城で英気を養った景春は、再び秩父に潜行すると、斎藤利家の手の者や薄村の衆の協力を得て、拠点城の構築を始めた。これが、後に景春の抵抗拠点となる高《たか》佐須《さす》城（塩沢《しおざわ》城）と熊倉《くまくら》城である。

景春は再び起こるであろう戦乱を待ち、秩父山中奥深くに身を潜めた。

第三章　恩讐《おんしゅう》の山河

一

景春を秩父山中に追いやり、いったん江戸城に戻った道灌は半年後、再び動き出した。今度の敵は、下河辺荘《しもこうべのしょう》などをめぐる境目《さかいめ》問題で直接、利害の対立する千葉孝胤である。

文明十年（一四七八）十二月初旬、道灌は下総千葉領への侵攻を開始する。

太田勢は太日川《ふとひがわ》（旧江戸川）を渡り、千葉方の最前線拠点・市川城に迫った。

一方、都鄙和睦に油断し、市川城にさほどの兵を置いていなかった千葉勢は、突然の太田勢の来襲に為す術もなく、城を捨てて逃げ出した。

本拠の本佐倉城で「道灌襲来」の一報を受けた千葉孝胤は、公方成氏に後詰勢派遣を要請するや、慌てて出陣した。

その頃、野戦で千葉勢と雌雄を決するつもりでいた道灌は、占拠したばかりの市川城を出て、北東二里にある境根原《さかいねはら》に進出した。

十二月十日、境根原まで進んできた千葉勢は、そこに陣を布く太田勢を見つけるや、即座に攻め掛かった。ここを先途と突撃を繰り返す千葉勢だが、道灌は落ち着いて反撃に転じた。

道灌の指揮下で多くの戦場を行き来してきた太田勢は、道灌の軍配に一糸乱れぬ動きで応え、夕方には千葉勢を押し返し始めた。

日が沈む頃、遂に千葉勢は壊乱し、境根原の南東五里にある臼井《うすい》城まで敗走した。

いったん江戸城に戻り、文明十一年（一四七九）の正月を祝った道灌は、再び下総に侵攻した。今度は臼井城攻めである。

同じ頃、道灌に出兵を催促された定正は、公方方の騎西《きさい》・菖蒲《しょうぶ》両城に迫っていた。これにより公方勢は、千葉勢への後詰ができなくなる。

しかし定正が動いたということは、都鄙和睦の有名無実化につながる。すなわち、太田勢と千葉勢の戦いは私闘の域を出ないが、相模守護職の定正の参戦は、古河公方と上杉方の手切れを意味する。

正月十八日、道灌は臼井城を包囲した。

この日から、太田勢と千葉勢の臼井城をめぐる熾烈な攻防が始まった。

何度か惣懸りを掛けた太田勢だが、さしもの道灌も、印旛沼《いんばぬま》南岸の低湿地《ていしっち》に築かれたこの沼城《ぬまじろ》に手を焼き、城を落とすには至らない。

四月、臼井城包囲を弟の資忠らに任せた道灌は、いったん江戸城に戻って顕定に出陣要請の書状を送った。

定正率いる扇谷勢は、古河公方への抑えで動かせないため、道灌は後詰を顕定に頼む以外にない。

ところが顕定は、都鄙和睦を盾に援軍派遣を拒否してきた。

都鄙和睦は上杉方から公方方に提案した和睦条件であり、父の越後上杉房定を通じて幕閣に働きかけてもらっている最中に、顕定自らその努力を無にするようなことはできないというのだ。

顕定は道灌の行為を私闘とみなし、一切の援助を拒否した。

これに道灌は激怒する。

道灌は、山内家の内輪もめにすぎない景春の叛乱を鎮圧した功労者である。本来であれば、道灌が主体となって働く必要はなかったにもかかわらず、道灌は景春と戦い、乱を鎮定した。しかも太田勢とて、少なからぬ損害をこうむっている。

「此度は、顕定がわしを助けるのが道理だ」と、道灌は思っていた。しかも都鄙和睦は古河公方に限定されたものであり、「公方を煽動《せんどう》した佞臣《ねいしん》の千葉孝胤に誅罰《ちゅうばつ》を下すことのどこが悪いのか」というのが道灌の論理である。

五月、道灌は「豎子《じゅし》侍むにあたわず」と言い捨て江戸城を後にした。こうなれば、独力で千葉勢を倒す以外、道灌の面目を保つ術はない。

六月、長南《ちょうなん》武田氏、真里谷《まりやつ》武田氏、下総国東端の飯沼《いいぬま》城に拠る海上《うなかみ》氏などの千葉氏与同勢力を討ち、臼井城を孤立させた道灌は七月、臼井城に攻め寄せた。

しかし、またしても千葉勢の激しい抵抗に手を焼き、苦戦を強いられる。

一計を案じた道灌は、七月十五日早朝、臼井城の囲みを解いて撤退を開始した。

これを見た千葉勢は城を出て、すかさず追撃に移った。

しかし、それが道灌の付け目だった。

十分に千葉勢を引き寄せたと見た道灌は、反撃態勢を整えると、押し寄せる千葉勢に無二の一戦を挑んだ。

凄まじい白兵戦が展開された末、太田勢が千葉勢を押し切り、この日の夕刻、遂に道灌は臼井城を落とした。千葉孝胤は本佐倉城を指して落ちていった。

しかしこの日の戦いで、道灌は太田勢の屋台骨を揺るがすほどの痛手をこうむっていた。弟の資忠をはじめとした歴戦の将領五十三人を失ったのだ。

道灌の顔に喜びの色はなかった。

臼井城の本曲輪に佇み、険しい顔で印旛沼を眺める道灌に、声をかけられる者はいない。

――わが弟と股肱《ここう》の者どもが死んだのは、越後の豎子めが後詰せなんだからだ。

怒りと悲しみの波が、道灌の内奥から交互に押し寄せてきた。いつしか怒りの波濤《はとう》が悲しみに勝り、道灌の胸内には、冬の海のように激しい風波《ふうは》が逆巻《さかま》いていた。

その怒りの波は、死に物狂いで戦った千葉勢に対してではなく、後詰勢を派遣しなかった顕定に向けられていた。

──おのれ豎子！

夕日に輝く印旛沼には、多くの旗指物《はたさしもの》が浮遊《ふゆう》し、湖畔《こはん》には首のない骸《むくろ》が多数、打ち捨てられていた。そこに気の早い鴉《からす》の群れが降り立ち、たまさかの饗宴《きょうえん》に舌鼓《したつづみ》を打っている。

その時、道灌は白刃を胸元に突き立てられたかのような衝撃を受けた。

──いつの日か、わしはこの手で豎子を討つことになるのか。

道灌は初めて下剋上を考え、その恐怖におののいた。

──わしは景春と同じ道をたどるのか。このわしが謀叛人となるのか。

道灌の冷めた部分が「それが運命《さだめ》なのだ」とささやいた。

夕日は橙色《とうしょく》から紅色に変わり、印旛沼一面を朱に染めていた。腹を満たした鴉たちは、何事か喚き合いつつ、さも満足げに家路に就いている。

その凄惨な光景を眺めつつ道灌は、己も時代という大きな渦にのみ込まれようとしていることに気付いた。

翌日、これ以上の追撃を行えないと判断した道灌は、臼井城の守備を千葉自胤《これたね》に任せると、江戸城に帰還する。

同年九月、景春は成氏と書状のやりとりをしていた。

景春が自力でこの苦境を打開することは、もはや不可能だった。与党の過半《かはん》は敵方に降り、景春自身の手勢も百に満たない。古河公方の来援以外に上杉方を屈服させる術はない。

一方、頼りとしていた千葉勢の敗退によって尻に火がついた格好の公方成氏は、都鄙和睦を一日も早く進めるべく、自ら幕閣に働きかけることにした。

その最初の一手として、東国に騒擾《そうじょう》を招いた一人である景春でさえ、静謐を望んでいるという事実を訴えようとした。

成氏の申し出を快諾した景春は、二月二十五日付けで幕府奉公衆《ほうこうしゅう》・小笠原備後守《おがさわらびんごのかみ》宛に、「(成氏が都鄙和睦を)多年御懇望の上、一点御不義なく候、然《しか》れば御入眼《ごにゅうがん》(決定)の儀、御沙汰御申され、都鄙安全の基《もとい》、目出たく畏《おそ》れ入り候」と書かれた都鄙和睦の推進を訴える書状を送った。

さらに、成氏自ら細川政元《まさもと》に送った書状には、「(都鄙和睦のことを)彼(顕定)の儀に任せたところ、一両年に及ぶと雖《いえど》も申達《しんたつ》せず、虚言《きょげん》の至り是非《ぜひ》なき次第に候」と顕定をなじり、それゆえ景春を、山内上杉長棟《ちょうとう》(憲実)の名代として立てたと記されている。

すでに死去して十三年も経つ憲実を引っ張り出してきたのは、成氏が関東管領と認めているのは憲実までで、顕定を認めていないことを幕府に伝えるためである。

文明十一年七月、秩父での景春の不穏な動きに不安を抱いた顕定は、定正を経由し、道灌に景春追討の命を下した。

当初、定正の懇願にも耳を貸さない道灌だったが、次々と届く雑説のすべてが、景春の復活を示唆《しさ》するものばかりであることに不安を抱いた。

――大事にならぬうちに根を断っておくか。

重い腰を上げた道灌は、顕定の要請を受けてから四月《よつき》後の十一月二十四日、江戸城を出陣した。

十一月末、道灌が河越城に入ると、山内勢を率いた長尾忠景が待っていた。各地から与党国衆も集まり、二人は河越城を後にした。

十二月十日、道灌と忠景は、五十子陣と長井城の中間にあたる金谷まで進み、軍評定を開いた。

道灌は、まず長井城を攻略し、景春に与した者がどうなるかを満天下に示した後、秩父に攻め入るという策を主張したが、忠景は、これに真っ向から反対した。長井城攻めに手間取っているうちに冬になり、積雪で攻撃が停滞するというのが、その理由である。それも一理あるので、道灌は長井城を落とした後、五十子陣で冬を越し、秩父入りを翌年三月にしようと提案したが、すぐにでも景春の首を持ってくるよう顕定から厳命されている忠景は、年内の秩父入りを主張して譲らない。

議論は平行線をたどり、金谷に張陣したまま一月《ひとつき》が過ぎようとしていた。

結局、正月を金谷ですごした道灌は、「勝手にしろ」とばかりに陣払いを始めた。

そこに「景春蜂起」の一報が届いた。

実は、道灌と忠景が議論に時間を費やしている文明十一年冬、景春は古河に潜行し、公方成氏に支援を要請していた。

この時、幸いにも千葉孝胤が古河に来ていた。孝胤も、道灌が留守の間に臼井城を奪還すべく、成氏に来援を依頼しに来たのだ。

千葉孝胤と景春が東西相呼応して立てば、上杉方は動揺する。彼らの切り札である道灌を屠れば、公方方は再び軍事的優位に立つことになり、幕府も聞く耳を持つかもしれない。

そう思った成氏は後詰を約し、彼らの蜂起を承認した。

文明十二年（一四八〇）一月四日、景春は斎藤利家と共に長井城を出発し、上杉方の雉ヶ岡城を襲った。突然の急襲に、上杉方は防戦らしい防戦もできずに城を捨て、上野《こうずけ》国目指して逃げ去った。

これを聞いた道灌と定正は十三日、雉ヶ岡城から北西一里の距離にある沓掛で合流した。

一方、本佐倉城を発した千葉孝胤勢は臼井城を急襲した。

臼井城の守備を任されていた千葉自胤は奇襲に動揺し、戦わずして逃走した。道灌が多くの犠牲を払って奪った臼井城は、たった一日の攻防で孝胤の手に戻った。

この知らせを聞いた道灌は臼井城のことをあきらめ、眼前の景春に攻撃を集中することにした。

孝胤から臼井城奪還を聞かされた景春は舌打ちした。臼井城がこれほど容易に落ちては、上杉方が二手に分かれ、その一方が臼井城救援に向かうことがなくなり、雉ヶ岡城の景春が、一手に上杉勢を引き受けねばならないからである。

それゆえ景春は、孝胤に江戸城をうかがう気配を示してほしいと伝えた。

しかし恃みの千葉孝胤は、当初の目標を達成したためか、動こうとしない。

一月十五日、いったん奪った雉ヶ岡城を放棄した景春は、飯塚陣まで兵を引いた。雉ヶ岡城は景春の策源地である秩父から五里余も離れており、落城となった際、秩父山中に逃げ込むことが困難だからだ。

手詰まりになった景春は、手薄になっているはずの河越城を攻めるという策を思い付く。景春は飯塚陣から秩父に引く構えを見せつつ、ひそかに秩父往還を通り、河越城に向かった。

秩父往還沿いの越生《おごせ》には太田家の所領がある。そこには道灌の父・道真が隠居しており、山枝庵《さんしあん》という道真の隠居所と、その詰城である自得軒《じとくけん》という城郭が構えられていた。

秩父往還は愛宕山山頂に築かれた自得軒の眼下を通っており、そこを突破できるか否かが勝負の分かれ目である。

しかし、決死の覚悟で河越城に向かった景春勢は、山中の隘路で道真に道をふさがれ、一当たりしただけで秩父方面に戻らざるを得なかった。

これより、景春の乾坤一擲《けんこんいってき》の奇策も水泡に帰した。

「親父殿も、なかなかやる」

道真の勝利を聞いた道灌は苦笑いを浮かべつつ、老父の健闘を讃えると、おもむろに長井城に軍勢を向けた。こうなってしまっては、忠景も道灌に従わざるを得ない。

長井城単独では戦う術もなく、斎藤利家は一通りの抵抗を見せた後、城を捨てて行方をくらました。

一方、景春を秩父に追い込んだことを知った顕定が、おもむろに動き出した。ここまでくれば景春は青息吐息《あおいきといき》である。顕定は、単独で景春の息の根を止めることまで考えていた。

一方、同陣する定正は「道灌の指示があるまで待たれよ」と引き留めたが、それを聞く顕定ではない。定正は、やむなく顕定出陣を道灌に知らせた。

鉢形城に向かっていた道灌はこれを聞き、秩父への進撃を中断し、高見原《たかみがはら》で顕定を待ち受け、共に秩父に乗り入れることにする。

二月、いまだ雪片が舞い散る中、上杉勢三千が秩父に入った。目指すは高佐須城である。

二

今度こそはと意気込んだ景春だったが、再び軍配は道灌に上がろうとしていた。

恃みの綱は古河公方の来援だけだが、かつて一度は景春を袖にした相手だ。

――あてにはできぬ。

景春は自らの危機を連綿《れんめん》と綴《つづ》り、連日のように公方成氏に助けを求めたが、いつまで経っても色よい返事は返ってこなかった。

成氏を支える国衆たちも、度重なる出征に疲弊し始めていたのだ。

幸いにして、高佐須城は標高八百十四メートルの山頂に築かれた堅固な山城だ。物見の報告では山麓の大森村辺りに上杉方の旗が散見されるが、攻め寄せる気配はないという。

しかし二月二十日夜半、景春の眠りを破ったのは、山麓ではなく山頂の喊声だった。

藁束《わらたば》の蒲団を撥ねのけた景春が外に出ると、兵たちが右往左往している。

「どうした！」

景春の声に応える者はなく、松明《たいまつ》を手にした数名の兵が、山頂に向かって走り去る姿が見えた。その時、ようやく景春に気づいた吉里宮内が駆け寄ってきた。

「殿、敵が背後の尾根筋から攻め寄せてきております」

「何だと。背後の尾根筋は、人一人が通るのも覚束ないと聞いていたが」

「それがしにも、わけが分かりませぬ」

景春が口惜しげに山上を睨《ね》めつけると、明滅する松明が見え、喊声と武具のぶつかり合う音が聞こえてきた。

道灌は地形に精通した在地土豪を味方に付け、景春らの知らない道を使って攻め寄せてきたのだ。

ほどなくして味方兵が逆落《さかお》としに下ってきた。その中には、激闘の跡も生々しい金子掃部助の姿も見える。

「殿、ここはもういかん」

「どういうことだ」

「敵に上の曲輪を取られたのです」

景春は愕然とした。山頂曲輪を制された場合、山城の落城は決定的となる。

「とにかく今は、殿の命が大事。熊倉城に落ち延びて下され」

「致し方ない」

景春は家宰の深井対馬守《ふかいつしまのかみ》と数人の従卒を引き連れ、大手道脇に造っておいた隠し道に入った。この道は熊倉城への連絡路となっている。

景春は、藪の中を漕ぐようにして道なき道を急いだ。高佐須城から熊倉城へは、直線距離にして、おおよそ一里である。しかし上り下りの激しい道を行くため、平地を行く数倍の時間を要する。

景春は道を急いだ。

小森川《こもりがわ》の渡しが近づく頃には、すっかり日も上がった。この辺りは身を隠す場所とてない河原である。しかし、ここを渡らねば熊倉城にたどり着けない。

その時、背後から喊声がわき上がった。隠し道を見つけた敵が、後方に迫っているのだ。

――どうやら天にも見放されたようだな。

景春は自嘲気味に笑うと、近習に持たせた槍を取った。

「殿、何のおつもりか」

深井対馬守が景春の袖を摑む。

「爺《じい》、ここが死に場だ」

「何を申される！」

「もう、わしは逃げるのが嫌になった」

「そんな弱音を吐いてはなりませぬ！」

主従の押し問答が続く間にも、敵勢はひたひたと迫っているらしく、甲冑のすれ合う音が間近に聞こえてきた。

「爺、ここで死なせてくれ」

「それだけはなりませぬ。ここで死んでは管領と修理亮の思うつぼですぞ」

――そうだったな。わしは、彼奴らに一矢も報いず死ぬわけにはまいらぬ。

憎悪ほど直截な闘志をかき立てるものはない。

――皮肉なものよ。わしは私怨によって生かされておるのか。わしは怨念を食らって生きる邪鬼《じゃき》なのか。

景春が自問している間にも、先を争うように藪《やぶ》をかき分ける音が迫っていた。

「殿、この場は、それがしが防ぎますゆえ、熊倉に落ちて下され」

――そうか、わしは邪鬼、いや叛鬼なのだ。叛鬼なら叛鬼らしく、最後まであきらめずに戦ってやる。

深井対馬守の懸命な眼差しに、景春も決意した。

「爺、すまぬ」

その時である。「いたぞ！」という敵の声が間近で聞こえた。

景春の姿を認めた敵兵は功を求め、ここを先途と山を下ってきた。

「殿、いつの日か恨みを晴らして下され」

景春の陣羽織を着た深井対馬守は、「われこそ長尾孫四郎なり！」と、大声を発しながら河原への道を駆け下っていった。

敵は、その声に引き付けられるようにして深井対馬守の後を追っていく。しばし藪の中に潜んでいた景春が、頃合いよしと見て逃れようとした時である。遅れてきた敵の一人に気づかれた。

追っ手は功を独占すべく、味方に告げずに単独で追跡してきた。それが景春に幸いした。

「長尾孫四郎殿とお見受けいたした。御首級《みしるし》、頂戴仕《ちょうだいつかまつ》る！」

――ここで死ぬわけにはまいらぬ。

藪の途切れた場所で身を翻した景春が槍を構えると、敵も、「得たり」とばかりに槍を振るってきた。

二人は崖際道を移動しつつ、穂先と石突を二合、三合とぶつけ合った。

「この謀叛人め、往生せい！」

喚き声を上げつつ繰り出した敵の一撃が景春の頬をかすめ、鮮血がほとばしる。

――何のこれしき。

負けじと繰り出した景春の一撃を、今度は敵がかわす。

敵は槍合わせに慣れているらしく、落ち着いて槍を突き入れてきた。その一撃を間一髪で外した景春だが、敵の一撃が籠手をかすめた時、腕に裂傷を負った。

それを見た敵は功を焦った。

ここぞとばかりに槍を捨てた敵は、景春に組打ちを挑んできた。二人は互いに鎧の隙間に腕を差し入れ、相手を引き倒そうとする。

その時、一瞬、垣間見た相手の目は欲で血走っていた。

――そうか、わしを討ち取れば、多大な恩賞にありつけるというわけか。かような者に討たれてたまるか。

景春は敵と組み合ったまま転倒した。その拍子に狭い崖際道から落ちた二人は、上下になりながら斜面を転がった。

「あっ！」

次の瞬間、二人の体が宙に浮いた。

気づいた時はもう遅い。二人の体が、眼下の激流めがけて落ちていく。

――わしは死ぬのか。いや死んでたまるか！

絶叫を上げつつ景春と敵は小森川に落ちた。

激流に翻弄されながらも、景春は闇雲に両手を伸ばし、摑めるものを探した。

その時、川中まで伸びている大枝が眼前に迫ってきた。無我夢中でそれに摑まると、川水が凄まじい力で背を押し、肩口から激流が吹き上げてきた。

――放してなるか！

景春は、あえて顕定の憎々しい顔を思い浮かべようとした。しかし心に浮かんだのは、別の顔だった。

——夏野か。

次の瞬間、何事か叫びながら、景春の傍らを敵が流されていった。

——そなたは成仏せい。わしは生きる。

背に当たる水圧に耐えつつ、景春は最後の力を振り絞って大枝を伝い、ようやく対岸にたどりついた。

同じ頃、景春を生かすために敵を一手に引き付けた深井対馬守は、敵と渡り合い、深手《ふかで》を負った。何とかその場からは逃れたものの、とても渡河できる傷ではなく、近くの猪俣狩山に登り、自害して果てた。

『秩父風土記』によると、「伊玄《いげん》入道高佐須落ちの時、石上《いそがみ》の切所にて深井対馬守、相支える其の間に伊玄落去《らっきょ》、深井深手数ケ所、猪俣狩山に登りて生害《しょうがい》」とある。ちなみに伊玄入道とは、後に景春が名乗ることになる法名である。


三月、高佐須城を屠った道灌は、景春を追って熊倉城に兵を進めた。しかし、ここで予想外の事態に直面する。

秩父の一揆に多比良治部少輔《たいらじぶのしょうゆう》という者がいた。

治部少輔は、その所領である長瀞矢那瀬《ながとろやなせ》村が景春被官により侵され、かねてより、それを取り戻してくれるよう顕定に訴え出ていた。顕定は景春征伐で秩父に侵攻した折、それを取り返してやり、いったんその所領を冶部少輔のものと認めた。しかしその後、別の誰かに恩賞として分け与えてしまった。

『道灌状』によると、冶部少輔は「外聞口惜しく存ぜしめ候」、すなわち武士として辱《はずかし》めを受けたとして、死を覚悟して叛旗を翻した。それが、秩父往還を押さえる要地にあたる虎ヶ岡《とらがおか》城であったからたまらない。

あと一歩のところまで景春を追い込んだ上杉方だったが、これで退路をふさがれた。

秩父は北方に大きく口を開けている地形であり、それ以外の方角に抜けるとなると、険しい峠道を行かねばならない。すなわち、大軍の出し入れができるのは北方だけとなる。その北方から延びる秩父往還を封鎖されてしまえば、大軍は秩父で袋の鼠となる。

この蜂起により、道灌曰く「秩父御陣難儀と見奉り」となった。

折しも、古河公方の先手衆が利根川を渡り、上杉方の在番衆と衝突したとの報も入った。公方成氏が、本気で景春を救おうとしているかどうかは定かでない。しかし道灌は、顕定、定正、忠景ら上杉方の中心人物が、そろって秩父山中にいることに危険を感じていた。

熟慮の末、道灌は兵を引くことにする。

これにより景春は、再び九死に一生を得た。

去り行く桔梗紋の旌旗を熊倉城から眺めつつ、景春は、この天運を決して逃してはなるまいと思った。

三

熊倉城の防御力強化を陣頭指揮するかたわら、高佐須城を逃れた際に負った傷を癒すため、景春はよく湯治《とうじ》に出かけた。

熊倉城周辺は、そこかしこに温泉がわき出し、湯治場には事欠かない。

その日も、景春は近くの湯治場に出かけた。秩父の最高峰・雲取山《くもとりやま》が望めるその湯治場を、景春は気に入っていた。

湯壺《ゆつぼ》につかった景春は、雲取山の西方に沈む夕日を眺めつつ自らの半生を振り返った。

――思えば、何と無為なことか。

自らに責はないにせよ、景春は主家に叛《そむ》いた謀叛人とされ、追討を受ける身になった。しかも劣勢は覆い難く、このままでは顕定と忠景に復仇《ふっきゅう》を遂げるどころか、山中で朽ち果てることにもなりかねない。

――下剋上、か。

景春の脳裏に、かつて道灌から教えられた言葉がよぎった。

――いかにも、わしがなしたことは下剋上に違いない。しかしわしは、この戦いを私怨だけで起こしたわけではない。この旗揚げはきっかけにすぎず、実際は、一揆のたまりたまった鬱積《うっせき》が爆発したのだ。

景春にも、自らの起こした乱の意義が見えてきていた。

——国衆の多くがわしを支持した。それは今の支配体制に不満があるからだ。彼らの力はいまだ分散されたままだが、この力をうまく結集することができれば、十分に守旧勢力と戦える。

新しい時代の鼓動を、景春は聞いていた。

——上も下も、己の力だけが恃みの時代が来るのだ。

夕日が山の陰に入り、周囲が闇に包まれ始めた。

——わしは、その時代を勝ち抜けるのか。次代に新しき世を託せるのか。

景春の胸内に、夏野と景英の面影が浮かんだ。

——すまなかった。

今、二人は囚われの身だが、道灌がいる限り、二人の身を案ずることはないはずである。

——しかし道灌殿に、もしものことがあればどうなる。

そうなれば二人の身が危険に陥ることは間違いない。しかし、その道灌を討ち果たさない限り、景春の目指すものは摑めないのだ。

——この矛盾を何とする。

景春が強く湯面《ゆづら》を叩いた時だった。

――誰かいる。

景春の全身に緊張が走った。

やがて湯壺の中を、一つの影がゆっくりと近づいてきた。景春は、背後に置いた太刀との距離を測った。

「何奴《なにやつ》」

周囲は十分に暗くなっており、表情までは分からないが、その影の形からして、頭を剃り上げた僧侶らしい。むろん湯壺の中なので、武器は何も持っていないはずである。

その時、謡《うたい》が聞こえた。

どきょうさだめて　せんばを越えて　行けば三沢《みさわ》の三夜《さんや》様

嗄れた見事な喉だ。景春は、それが秩父の俗謡《ぞくよう》であることに気づいた。

「どきょう」とは「土京」という地名と「度胸」をかけており、同じく「せんば」とは「戦場」という地名と文字通りの「戦場」をかけている。

三夜様とは秩父随一の古刹《こさつ》・二十三夜寺《にじゅうさんやじ》のことである。

度胸を据えて戦場を越えれば、三沢の三夜様に行き着くという意であるが、むろん三夜様は極楽を意味し、農民が兵になることの空しさを謡っているのだ。

「秩父のお方か」

景春の問いかけに、影は笑って応じた。

「いやいや。下の村の童子が謡っておるのを、耳が覚えただけでござる」

その人を惹《ひ》き込むような落ち着いた声音には、上方訛《なま》りがある。

「いずこから来られた」

「西の彼方から」

そう言うと男は、武器を持たないことを示すかのように両手で顔を洗った。

「ご修行か」

「まあ、そんなところですな」

男は横を向くと西方を眺めた。

この日、最後の光が一瞬、周囲を朱に染める。

頬骨《ほおぼね》が張り出した男の横顔は、岩塊《がんかい》のように見事な凹凸を成していた。

「秩父をお気に召されたか」

男の様子に警戒を解いた景春が水を向けた。

「とても気に入りました」

その声音から、男が微笑んでいることが分かった。

「御武家様は、秩父がお好きではないようで」

「なぜ、さように思う」

「お武家様のお顔が、とても険しく見えましたゆえ」

湯気の立ち込める中でも、男は、しっかりと景春の表情をうかがっていた。

「いや、この地は気に入っておる。しかし、いささか思うところがあってな」

「人は皆、思い悩むようにできておりまする。それは僧とて同じ」

「いかにも。話ができてよかった」

景春は勢いよく湯から出た。

「ときに――」

鍛《きた》えた鋼《はがね》のような声音が景春の耳朶《じだ》に響いた。

「お武家様を悩ますものは、桔梗紋ではありますまいか」

「何――」

景春が、岩場に立て掛けてあった太刀に手を掛ける。

「拙僧をお斬りになるか」

「返答によってはな」

景春は、その男が顕定か忠景の差し向けた刺客だと思った。

「遠来《えんらい》の客を、お斬りなさるが東国の仕来りか」

「刺客を返り討ちいたすのに、東国も西国もあるまい」

「刺客でなかったらどうなさる」

なおも男は悠然と湯につかっている。

「問答無用！」

景春は白刃を抜くと、そのまま跳躍し、湯壺の中に振り下ろした。しかし、湯煙の向こうにいたはずの影は、一瞬にして消えていた。

慌てて周囲を見回すと、背後から声がかかった。

「随分と荒っぽいお手筋でござるな」

「此奴！」

男はすでに岩場に立ち、手巾で体をぬぐっていた。

「おやめなされ。拙僧が刺客であるなら、謡など謡わず、とうに貴殿を殺しておる」

尤もである。

「そなたは何者だ」

「上方から参った使いにござる」

「名は何と申す」

「伊勢新九郎盛時、またの名を早雲庵宗瑞《そううんあんそうずい》」

その岩塊のような頰骨を歪ませ、僧がにやりとした。

湯治場を出た二人は、近くの杣人《そまびと》の小屋を借りて話をすることにした。

その小屋に住む老人は宗瑞の差し出した礼金に腰を抜かし、酒と鍋の材料を調達すべく、転がるように小屋を出ていった。

すでに日はとっぷりと暮れ、周囲に蜩《ひぐらし》の声が満ちている。囲炉裏《いろり》を挟んで対峙した二人は、老人の置いていった飲みかけの濁酒を互いの盃に注ぎ合った。

「先ほどは失礼仕った」

景春は素直に詫びた。

「なあに、言葉遊びが過ぎました。何卒、ご容赦下され」

宗瑞は悪びれる風もなく、うまそうに盃を上げた。

「ときに宗瑞殿、先ほど『上方からの使い』と仰せになられたが、零落《れいらく》の身であるわしに、何用があって参られたか」

いかにもうまそうに盃を干した宗瑞は、委細を語った。

応仁・文明の乱により都は荒れ果て、幕府の権威も失墜した。しかし文明五年、山名宗全と細川勝元という両陣営の領袖が相次いで病死したことで、京洛の戦乱は下火になる。

勝元の嫡男・政元は、この機に自陣営の強化を図るべく、与党の再編に入った。

政元が重視したのは関東である。と言うのも、この頃、強力な軍事力を有していたのは駿河今川・越後上杉両家くらいであり、彼らが京洛の地に兵を進めるには、後背地となる関東の安定が必須となるからである。

政元は、都鄙和睦を前将軍《さきの》・義政に認めさせるつもりでいた。

政元は幕府奉公人の小笠原備後守、奉行の伊勢貞宗《さだむね》の両人と図り、しかるべき人物を上洛させ、関東の事情を義政に説明させようとした。ただしこの場合、中立的立場にある者が望ましい。そんな理由から、関東の第三勢力とも言うべき景春に白羽の矢が立った。

しかし景春は上杉方に追い込まれ、明日をも知れぬ身となっていた。その事情を知った政元は、伊勢貞宗の縁戚にあたる新九郎盛時を関東に送り、景春を京に脱出させようとしたのだ。

宗瑞の話が終わった。京洛の政治状況は景春の想像をはるかに超えて複雑だった。その渦中に身を投じることは、常であれば避けたいところである。しかし追い込まれた今となっては、背に腹は替えられない。

都鄙和睦を成立させ、その功をもって古河公方への発言権を強める以外に、景春が復活する手はなかった。

とは言っても、高佐須城を失ったとはいえ、いまだ最終拠点の熊倉城は健在であり、景春に付き従っている兵もいる。ここで軍団を解散させ、単身で上洛するなど、景春にできようはずもない。

「おそらく四月頃に、再び道灌殿はやってきましょう」

景春の心中を見抜くかのように、宗瑞が言った。

「この城は秩父の最深部にある上、縄張りも堅固ですが、すでに関東には、孫四郎殿に従う者はおりませぬ。公方様も都鄙和睦を進めたいので、先手を打つような軍事行動は起こさせませぬ」

「それは承知しておる。が、わしにも武門の意地がある。この城を落とされるまでは、どこにも行かぬ」

その時、小屋の老人が猪を背負い、老婆が味噌樽を抱えてきた。その背後には、手伝いの娘たちが笊《ざる》に山菜を山盛りにして従っていた。狭い小屋は、とたんに賑《にぎ》やかになり、鍋の支度が始まった。

宗瑞は政治向きの話をやめ、一転して鍋の味つけ法などを問うている。

――変わった御仁だ。

景春は、宗瑞という男に不思議な魅力を感じた。

この時、景春は三十八、宗瑞は二十五だった。

四

熊倉城は、秩父盆地の南西にそびえる熊倉山の北の支峰・城山《じょうやま》に造られた峻険《しゅんけん》な山城である。城山の標高は六百四十七メートル、比高は三百二十メートルもあり、山に登ることさえ生半ではない。

景春はこの城を最終拠点と定め、不退転の覚悟で道灌を迎え撃つつもりでいた。

四月、虎ヶ岡城で叛旗を翻した多比良治部少輔の訴えを聞き、顕定への取り成しを約束した道灌は、ようやく秩父往還の安全を確保すると、五月末、忠景の嫡男・孫五郎顕忠《まごごろうあきただ》を引き連れ、熊倉城に向かった。

「この城は一筋縄ではいかぬ」

熊倉城の麓にある白久《しろく》村に陣取った道灌は、絵図面を見ながら舌打ちした。

「とは申しても、道灌殿が落とせぬ城などありますまい」

若い顕忠が遠慮気味に世辞を言った。

「いや、これほどの城を落とすことは、誰にとっても容易でない」

道灌が諭《さと》すように続けた。

「城は何らかの宛所をもって築かれる。峠を守るもの、街道や河川を見張るもの、兵を駐屯させるものなど様々だ。しかしこの城は違う。この城は引き籠ることだけを宛所としている」

それだけ言うと道灌は、絵図面を睨めつけたまま沈黙した。

顕忠らが固唾《かたず》をのんで道灌の様子を見ていると、しばらくして道灌が顔を上げた。

「ただし、この城には、一つだけ弱みがある」

その言葉は確信に満ちていた。

景春が中食《ちゅうじき》を取っていると、物見が息せき切って駆け込んできた。

「敵が七つ滝を経て、仁田《にった》の丘に陣所を造っております」

仁田の丘とは、熊倉城の南にある小高い丘のことである。

後の永禄《えいろく》十二年（一五六九）、小幡昌盛《おばたまさもり》を将とする武田勢が、土坂峠《つちさか》を越えて秩父に侵入した際、ここに駐屯したことから小幡陣の名が残る。

「水の手を断つ気だな」

熊倉城の水の手は、すでに道灌が占拠した七つ滝と仁田の丘の麓にある水取口《みずとりぐち》だけである。これから夏を迎えるというこの季節、水の手が断たれては籠城戦を戦い抜けない。

「仁田の水取口を奪われてはならぬ」

景春が攻撃を命じた。

両軍は仁田沢の水取口付近で衝突した。衝突といっても狭い沢である。双方合わせて五十人ほどの兵が、押しては引いてを繰り返すだけだが、一人また一人と、どちらかの兵が斃れ、次第に沢の水は赤く染まっていった。

敵を追い散らした隙に水を運び入れようとする景春勢に、太田勢が襲い掛かるといった攻防が、六月半ばまで続いた。

六月二十日、景春方がいつものように兵を繰り出すと、この日に限って敵が出てこない。慎重に沢まで降りた兵は、その様子を見て驚いた。

「沢が涸れていると申すか」

報告を聞いた景春は次の瞬間、すべてを覚った。

「まさか、谷津川《やつがわ》の流れを変えられたのではあるまいな」

その言葉に配下の顔から血の気が引く。

景春らが仁田沢の取り合いに気を取られている隙に、道灌は、仁田の丘の裏手にあたる谷津川上流に多量の土嚢《どのう》を積み上げ、川の流れを変えてしまっていた。

「ということは、七つ滝に水は溢れておりますな。殿、ここは七つ滝を攻め取るほか、手はありませぬ」

金子掃部助の言葉に、配下の者がそろってうなずいた。

「いかにも、それ以外に手はない。しかし道灌殿のことだ。われらを七つ滝に誘い込むつもりに違いない」

「しかし七つ滝を奪い取らない限り、水の手は断たれ、この城は落ちます」

金子掃部助が詰め寄る。

──道灌殿は、最初からわれらを七つ滝に追い込むつもりでいたのだ。

そうと知りながらも、景春に残された手は、七つ滝を奪うしかなくなっていた。

「致し方ない、七つ滝を奪回しよう」

景春が床机を蹴って立ち上がった。


景春勢が七つ滝に向けて出陣した。

図らずも景春は、堅固極まりない熊倉城を出て戦わねばならなくなった。

一方の道灌は七つ滝を決戦場と想定し、その周囲に、すでに多くの勢隠《せがく》しを構築していた。さらに、金山《きんざん》屋敷、おけさ屋敷、源太屋敷と呼ばれる平場に多くの兵を隠した。七つ滝はこうした平場の中心にあり、たとえ景春が七つ滝を占拠したとしても、南北にあるこれらの平場群を攻略しない限り、占拠は一時的なものとなる。

静かな谷戸《やと》の村落が、喊声飛び交う白兵戦の巷と化すまで、わずかな時間しか要さなかった。

七つ滝までたどり着いた景春勢は、休む間もなく太田勢の攻撃を受けて立った。予想もしない方角から射られる矢箭の雨に、景春方も果敢に応戦したが、やがて劣勢は否めなくなった。景春は兵を引くことにしたが、元来た道は、すでに押さえられている。

景春勢は谷津川沿いを北に向かって引き始めた。北東には、松葉の登り口という別の登城道があるからである。

むろん道灌は、それを想定しており、途次にある法誓寺《ほうせいじ》に長尾顕忠勢を隠していた。景春が法誓寺下を通過しようとすると、無数の矢が射掛けられ、先頭を走る兵が次々と斃れた。

「臆すな、進め！」

景春は味方を叱咤したが、篠突く雨のような矢箭に、兵はそろって腰が引け、遮蔽《しゃへい》物の陰に隠れて動けない。

——前方の顕忠勢を撃破しない限り、背後から迫る太田勢に挟撃される。

景春は、罠と分かっていながら、窮地に追い込まれた。

——背に腹は替えられぬ。

矢箭の降る中、景春が先頭になって駆け出した。それを見た近習が、景春の盾となるべく前後左右を固める。

一方、敵は、ここぞとばかりに矢箭の雨を降らせる。その中をかいくぐりつつ、景春が法誓寺下まで進むと、顕忠勢が打って出てきた。

曇天《どんてん》の下、喚き声と白刃を打ち合う火花が交錯《こうさく》する。

小半刻に及ぶ激しい戦闘の末、景春勢が顕忠勢を追い散らし、血路《けつろ》を切り開いた。

太田勢に追いつかれる前に顕忠勢を撃破するという前進突破策は、かろうじて成功した。

「わしに続け！」

景春は、声の限りに叫びつつ味方を誘導した。

法誓寺下を突破した景春らは、顕忠勢の追撃を振り払いつつ白久村を目指した。

白久村に着けば松葉口は目前である。

ところが途中、熊倉城を見上げると、山頂から黒煙が上がっている。

「しまった！」

挟撃を恐れた景春が前進突破を試みると踏んだ道灌は、裏をかいて城に攻め入ったのだ。

帰るべき城を失った景春は、最後の決戦を挑まざるを得なくなっていた。

一方、熊倉城を放棄した道灌は、白久村に陣を布き、景春を待っていた。

やがて景春勢が白久村に現れた。

床机から立ち上がった道灌が軍配を振り下ろすと、鉦鼓のけたたましい音が鳴り響き、太田勢の前進が始まった。後に、田通しの古戦場と呼ばれることになる白久村北端の台地で、両軍は正面からぶつかった。

緒戦は必死の景春方が優勢だったが、夕暮れ時には形勢が逆転し、景春方は一気に崩れ立った。

「殿、そろそろ手仕舞いでござる！」

金子掃部助が、八幡神社に陣を構えた景春の許に駆け込んできた。

「そのようだな」

「殿、ご自害のお支度を」

景春も覚悟を決めた。しかし脇差に手を掛けた景春の脳裏に、岩塊のような男の顔が浮かんだ。

――確か、伊勢新九郎と申したな。

景春は、伊勢新九郎という男の背後に無限の可能性を感じていた。

――彼奴と組めば、いま一度、道灌殿と渡り合えるやもしれぬ。

眼前に跪《ひざまず》く掃部助の肩に手を掛けると、景春は言った。

「掃部助、わしは一人になっても生きようと思う。たとえ臆病者と罵られようと、最後の勝利を手にするために、わしは生きたい」

「殿――」

「そんなわしを、そなたは許してくれるか」

泣き声を上げつつ、掃部助がその場に突っ伏した。取り巻く近習や小姓も嗚咽《おえつ》を漏らしている。その間も、敵味方が干戈《かんか》を交える音は容赦なく迫ってきている。

「殿、承知仕った。この場から落ちて下され。後のことは、われらにお任せあれ。いつの日か、われらの仇を取って下され」

景春に一礼するや、槍を摑んだ掃部助は八幡社の石段を駆け下りていった。

――掃部、長きにわたり世話になった。

乳兄弟の背に礼を言った景春は、小姓と近習に向き直った。

「わしとそなたらの主従関係は、今この時までとする。皆、どこぞにでも落ちよ」

それでも誰一人として、その場を去ろうとしない。

「皆、よくぞここまで付き従ってくれた。礼を申す」

それでも景春は逃げねばならない。手早く甲冑を脱いだ景春は、案内役として連れてきていた農夫に野良着《のらぎ》を脱がせ、自ら身にまとった。

「皆、さらばだ。誰もついてくるな」

景春は単身、背後の山に分け入った。

「かの男が逃げたと申すか」

一面、死骸が横たわる八幡社には、景春の骸だけがなかった。

「へい、そのようで」

肌着だけとなった農夫が地に額を擦り付けた。

――愚かな男だ。わしが孫四郎のために用意した死出の舞台も、これで台なしとなった。

道灌には、景春の心根《こころね》が分からない。

――なぜだ。なぜに死のうとせぬ！

景春の卑怯とも取れる行為は、道灌の美意識に著しく反するものであり、それはまた、潔さをすべての価値観の源とする中世武士のあり方を、根底から揺るがすものである。

その時、曇天の隙間から夕日が顔を見せた。橙色の夕日は慈愛に満ちた菩薩《ぼさつ》のように、そこかしこに横たわる死骸に手を差し伸べている。

――無量光《むりょうこう》か。

道灌は、落日に向かい軍配を大きく振り上げた。漆《うるし》を幾重にも塗った軍配は夕日を反射し、神々《こうごう》しく輝いている。

――さらばだ孫四郎。もはやそなたは、わしの敵ではない。

道灌の面には、喩えようのない哀しみがにじんでいた。

五

文明十六年（一四八四）八月、千葉孝胤と雌雄を決すべく、道灌は葛西城に入った。対する千葉勢は奪還した市川城に籠り、迎撃の準備に余念がなかった。

道灌方の葛西城と千葉方の市川城は、太日川を隔てて一里弱の距離しかない。この狭い湿地帯を間にして、両軍合わせて四千から五千の軍勢が、ひしめき合っていた。

葛西城の高櫓《たかやぐら》に登った道灌は眼下の闇を見つめた。その脳裏には、明日には行われるであろう決戦の様が、ありありと浮かんでいた。

決戦の場は、葛西城の東南に広がる広大な湿地になると、道灌は想定していた。

この利根川と太日川の作る三角洲は、かつて青戸《あおと》の地と呼ばれ、天皇家の御厨《みくりや》が置かれていたほどの沃野《よくや》だった。しかしその後、相次ぐ河川の氾濫《はんらん》により耕地として維持できなくなり、この時代には、沼と湿地が広がる荒蕪地と化していた。

前日に利根川を渡った道灌は、がらめきの瀬と呼ばれる太日川の渡河地点に偵察部隊を送り、水深を計らせていた。太日川の対岸は敵地である。このあからさまな挑発行為に、敵から激しく矢が射掛けられた。

この知らせを道灌は満足げに聞いた。道灌は太日川を渡るつもりなどなく、渡ると敵に思わせるために、水深を計らせたのだ。

こうした布石《ふせき》を打っておけば、敵は機先を制して渡河してくると、道灌は踏んでいた。

道灌は、青戸の地から二里ほど北方の馬橋《まばし》城に三弟の六郎資常《ろくろうすけつね》を入れており、その軍勢を南下させ、敵の背後を突かせるつもりでいた。敵が出払って手薄になった市川城を資常に奪取させ、千葉勢の退路を断ち、決戦を強いようというわけである。

東の空が白み始める頃、道灌の許に物見が戻った。

「敵が、がらめきの瀬を渡り始めました」

その報を聞いた道灌は顔色一つ変えず、甲冑を着け始めた。

「敵は、日が昇るまでに渡河を終えるだろう。こちらは陣形を整え、敵が討ち掛かるのを待つだけだ」

道灌は勝利を確信していた。


熊倉落城後、景春の姿が関東から消えた。

農民の姿に身をやつし、秩父から駿河今川家に逃れた景春は、宗瑞の懐に飛び込み、その手引きにより上洛を果たした。

初めて京洛の地を訪れた景春は、その荒廃ぶりに啞然とした。幼い頃から話に聞いていた美しい都は、一面に焼け野原の広がる荒れ地でしかなかった。

同行した宗瑞の手配により、細川政元、小笠原備後守、伊勢貞宗、大徳寺長老以洗《だいとくじ いせん》らと語らった景春は、前将軍・義政との面談の場を設けてもらった。

現将軍の義尚はわずか十六のため、義政はいまだ幕府の実権を握っており、実質的には将軍に会うも同じである。

義政に拝謁《はいえつ》した景春は、言葉を尽くして関東の事情を説明し、都鄙和睦の必要性を力説した。

しかし義政の正室・日野富子《ひのとみこ》は、この頃、義政の同母弟・義視と結び、細川政元一派を封じ込めようとしていた。義視は義尚の将軍職就任に反対し、それが応仁・文明の乱をさらなる混迷に導いたのだが、紆余曲折《うよきょくせつ》を経て義政夫妻と妥協し、この頃は日野富子に取り入っていた。

その義視の政敵が細川政元である。政元の求めに応じて、義政が古河公方を認めてしまえば、関東は静謐となり、政元に与同している越後上杉・駿河今川両家の足枷《あしかせ》が外れる。そのどちらかでも京洛の地に進駐してくれれば、義視が失脚させられることは目に見えている。そのため義視は都鄙和睦を阻止しようとしていた。

義視は、富子を通じて義政に「古河公方を認めてしまえば、伊豆にいる兄上（政知）の立場がなくなる」と脅しをかけた。

堀越公方政知は義政・義視兄弟の異母兄だが、母の身分が低いため将軍になれず、これに同情した義政が、関東の主とすべく下向させたという経緯がある。いかに無責任な義政でも、異母兄を安易に見捨てるわけにはいかない。

義政は、政元と義視の間で途方に暮れていた。

ところが同じ頃、都鄙和睦を求める結城氏広《うじひろ》、越後上杉房定、堀越公方家宰・上杉政憲《まさのり》からも頻繁に使者が来着し、義政の説得にかかっていた。

ちなみに上杉政憲は堀越公方・政知を京に追い返し、伊豆一国を略取しようとしていたので、都鄙和睦に賛同するという複雑な立場を取っていた。

さすがの義政も、これらの要請には動かされた。元来が平和主義者の義政である。このままでは、戦火により関東全土が荒廃するとまで言われ、首肯せざるを得なくなった。

文明十四年（一四八二）十一月二十七日、遂に幕府と古河公方府は正式な調印を取り交わし、都鄙和睦を成立させた。これにより、三十年余にわたった享徳の乱は終結した。

古河公方府は晴れて幕府の公的機関として認められ、公方成氏は名実ともに関東の頂点に君臨することになった。一方、堀越公方政知には、妥協案として伊豆一国が与えられた。

東国に静謐が訪れた。

都鄙和睦の成立は、京で奔走した景春の功績に帰するところが大である。

大仕事をやりおおせた景春は、意気揚々と関東に帰還した。

すでに幕府に公認された存在となった景春を、上杉方は殺すことも生け捕ることもできず、古河に向かう景春を、指をくわえて見送るしかなかった。

古河に戻った景春は、成氏らの盛大な出迎えを受けた。

成氏は景春の働きを大いに賞賛し、自らの直臣に取り立てた。これにより景春は、客将ではない古河公方家臣として新たな道を歩み始めることになる。


しかし、これですべてが収まるわけではなかった。

古河公方と上杉一族の宿痾《しゅくあ》のごとき戦いに終止符が打たれたとはいえ、それぞれに積もり積もった怨念の熾火《おきび》はいまだ残っている。

その最たるものが、道灌と千葉孝胤の下総国下河辺荘をめぐる境目争いである。

それが一気に火を噴いたのが、前述の文明十六年十月の衝突である。

発端は前年十月、上総国長南城の武田三河入道信高《のぶたか》が道灌の支配下から脱し、千葉家と盟約を結んだことに始まる。

道灌はすぐさま兵を差し向け、文明十一年に続き、二度目の長南城攻略を果たした。信高は千葉孝胤に助けを求めたが、都鄙和睦を進めているため波風を立てたくない成氏の要請を受けた孝胤は、これを黙殺した。

道灌は都鄙和睦に反対なので、誰に遠慮することなく兵を進められるが、千葉孝胤は古河公方と一心同体の上、都鄙和睦にも賛成のため、大手を振って兵を動かせない。

都鄙和睦が成って一年にも満たないこの頃、立場上、兵乱を起こすわけにはいかない孝胤は、泣く泣く信高を見殺しにしたが、道灌が両総支配の拠点として、文明十六年五月、馬橋城を築き始めるに至り、にわかに危機感を募らせた。

思い余った孝胤は遂に決戦を決意し、最前線の市川城に全軍を集結させた。

それに応じるように道灌は葛西城まで進出、双方の間に緊張が高まった。

これを見て驚いたのが顕定と定正である。定正は道灌に兵を引くよう命じたが、すでに定正の言うことを聞く道灌ではない。

これにより定正は、この戦いを私闘と断定、後詰を一切しないことを道灌に告げたが、道灌は、「笑止」とだけ答えて使者を追い返した。

激怒した定正は、上田、大森、三浦ら道灌に近い立場の武将にも後詰無用を通達した。

これを聞いた道灌は「新助（千葉孝胤）一人を退治するのに、後巻《うしろま》きなど不要」という書状を、あえて諸将に送ることまでした。

太田勢は、単独で古河公方勢力を背景とした千葉勢と戦うことになった。かつてと状況は違い、下手をすれば道灌は賊軍とされる。

かくして八月、両軍は太日川を隔てて対峙していた。

「馬橋城から使者が来ました」

白綾の頭巾を締め直し、いまにも出陣しようとしていた道灌の許に、六郎資常からの使者が着いた。

「申し上げます。六郎殿、公方勢に背後を脅かされて馬橋城に撤退とのこと」

「何！」

常にないほど迅速な公方勢の進出により、道灌は、自らの策が破綻しつつあることを覚った。同時に、こちらの手の内を見切ったがごとき敵の動きに、にわかに不安を感じた。

──千葉新助ごときの思慮から出たものとは思えぬ。よもや──。

道灌は自ら杞憂《きゆう》を振り払い、傘下諸将に下知した。

「さしたることではない。それならそれで眼前の敵を叩くのみ」

「応！」

周囲から同意の声が上がる。

太田勢は道灌の軍配に全幅の信頼を置いており、道灌という軍神に率いられている限り、負けることはないと信じていた。しかし道灌自身は、わずかながらも綻《ほころ》びを見せた自らの軍略に、一抹の不安を抱いていた。

夕刻になって両軍が動いた。いよいよ戦機が熟したのだ。

道灌は悠然と構え、敵が打ち掛かってくるのを待った。そしてその予見通り、痺れを切らした千葉勢が先に仕掛けてきた。

千葉勢は弓隊を前衛に押し立てて前進を開始、湿地帯に陣を布く太田勢を矢頃に捉えるや、矢箭を雨のように降らせてきた。

これに対して太田勢は、軍を三分して矢戦に応じた。敵を包み込むように前進を開始した太田勢は矢戦を有利に進め、敵を押し返そうとする。三方向から矢を浴びせられた千葉勢は、半刻もしないうちに後退を始めた。

「敵の背後は太日川だ。ここは一気に攻め寄せ、がらめきの瀬を占拠する」

道灌が勝利を確信し、軍配を振り上げた時である。

「江戸城より使者が来着！」

予想もしていなかった後方からの使者である。

「いかがいたした」

息も絶え絶えの使者の口から出た言葉に、道灌とその傘下諸将は驚愕《きょうがく》した。

「江戸城が敵の攻撃を受け、三曲輪まで占拠されました」

「何だと」

拝跪する使者の襟首を摑んだ道灌は、使者を引き起こすと問うた。

「父上はどうしている」

江戸城の守りは、父道真が担っている。

「御隠居様は矢傷を受け、本曲輪に運ばれました」

「敵は――、敵の旗印は何だ」

「江戸城は、公方様の旗と九曜巴の旗に囲まれております」

「九曜巴だと」

道灌が襟から手を放すと、使者はその場にくずおれた。

それでも道灌は引かなかった。ここで兵を引いてしまえば、千葉勢が盛り返してくるのは必定だからだ。敵を散々に蹴散らしたのを見届けた道灌は、ようやく引鉦を打たせた。

一方、かろうじて、がらめきの瀬にとどまっていた千葉勢は、太田勢が引いていくのを見て狂喜した。

「敵は引いたぞ。全軍反転せよ！」

千葉勢の先手を担っていた原勢と二の手の高城勢が、再び矢戦を開始した。これを予想していた道灌は、利根川を渡って兵を葛西城に収容すると、自ら手勢を率いて殿軍を担った。そこに千葉勢が嵩《かさ》にかかって攻め寄せてきた。

――ここで、わしが江戸城の後詰に向かえば葛西城は落ちる。

その生涯において、道灌は初めて守勢に回った。

そこに、葛西城の主であった大石憲儀が孫の顕重《あきしげ》を伴って現れた。大石憲儀とは、かつて景春方に身を置き、上杉方に付いた息子の房重を討ち取るという苦渋の武功を挙げた武将である。その房重の嫡男が顕重になる。

「葛西城は、元はわが城。この場は、それがしにお任せいただき、道灌殿は急ぎ江戸城へお戻りあれ」

大石一族はかつて景春に与したため、道灌から葛西城を取り上げられ、西武蔵の高月城に移封させられていた。

憲儀の提案を受け入れた道灌は、憲儀から託された孫の顕重を連れ、急ぎ江戸城に向かった。


千葉孝胤から後詰要請の使者が古河に入ったのは、これをさかのぼる七月である。成氏としては、常に自らを支えてくれた孝胤を見殺しにするわけにはいかない。成氏は後詰勢派遣を即座に決し、その大将に景春を任じた。

勇躍した景春は、成氏の兵を借りて古河城を出陣した。

景春は軍を二手に分け、一方で馬橋城の背後を脅かし、一方を自らが率いて南下し、北方から江戸城をうかがった。

景春は葛西城ではなく、その背後の江戸城を奪おうという大胆な挙に出たのだ。

物見の報告では、江戸城の守りは手薄であり、こちらの動きも察知されていないようである。景春は、間髪入れず江戸城攻撃を開始した。

「東方より桔梗紋が見えました！」

江戸城を攻撃中の景春の陣に、使番が走り込んできた。

――道灌殿、やはり来たな。

ここで兵を反転させて道灌を迎撃すれば、勝利を挙げることができるかもしれない。しかし、すでに千葉勢は勝利を飾ったはずであり、ここで景春が兵を引いても、味方は八分の勝ちを収めたことになる。

道灌が敗れることによる影響の大きさは、計り知れない。

これで流れが変わることを期待し、景春は撤退を命じた。


ようやく江戸城にたどり着いた道灌は、すでに景春勢が引き上げた後だと知ったが、追撃を行わなかった。人馬を休ませねばならなかったからである。

その後、葛西落城の報が道灌の許に届き、次々と味方が逃げ戻ってきた。しかし千葉勢も、江戸城まで攻め寄せる余力はなく、葛西城にとどまったままである。

千葉孝胤にとっても、八分の勝ちで十分だった。

この戦いで、大石憲儀は奮戦の末、討ち死にを遂げた。葛西城に残った道灌股肱の老臣たち、佐久間・羽鳥・増尾・三谷らも枕を並べて討ち死にした。

この戦いは、道灌がその生涯において初めて経験した惨敗である。

それでも道灌は、下総・上総制圧の執念を捨てず、三弟の資常を侵攻指揮官とし、その後も馬橋城を拠点に、千葉方と小競り合いを続けた。

しかし同年十一月、支城の前崎《まえがさき》城救援に赴いた資常が、千葉勢の奇襲に遭って討ち死にすることにより、その野望は頓挫する。

六

古河公方の成氏が嫡男の政氏に家督を譲ったのは、都鄙和睦が成った直後の文明十五年（一四八三）正月、五十の時である。

三十年余にわたる反目の後ということもあり、この代替わりを聞いても、上杉方は慎重だった。成氏の隠居の意図について多方面から探りを入れた上杉方は、その二年後の文明十七年（一四八五）九月、ようやく代替わりの祝賀使を古河に送ることにした。

その饗応役に景春が指名された。古巣である山内家からの祝賀使なので、知己の多い景春に白羽の矢が立つのは不自然ではないが、その祝賀正使の名が長尾右衛門尉景英であると知った時、景春は驚きを隠せなかった。

息子景英とは八年ぶりの再会である。

祝賀使節を迎える儀がすべて終わり、使者が帰るという前夜、景英が景春の宿館を訪ねてきた。それまでは正式な席でもあり、親しく口もきけない父子だったが、ようやく胸襟《きょうきん》を開いて語り合うことができた。

二十二となった景英は一廉の青年武将となっていた。その体躯《たいく》は景春に似て中肉中背でがっしりとしていたが、その透き通るように白い肌は夏野譲りである。

――よくぞ生きていてくれた。

万感の思いを胸に抱きつつ、景春は景英の盃に酒を注いだ。

「息災《そくさい》のようだな」

「父上も、ご壮健のようで何よりにございます」

「夏野のことは無念であったの」

景春の室・夏野は三年前に病死した。その知らせが届いた時、景春は、夏野の葬儀を挙げるべく平井城に駆けつけたかった。しかしそれは、顕定への降伏を意味する。

景春は古河から西の空に向かって、夏野の冥福を祈るしかなかった。

「母上は、最期まで父上の名を呼び続けておりました」

「そうだったか」

若き日の夏野の面影が脳裏によみがえった。涼やかな笑みを常に口端にたたえた夏野は、まさに名のごとく、真夏の日差しを一身に受け、健気な花を咲かせる朝顔のような女性だった。

「そなたらには苦労ばかりかけた。本当にすまなかった」

景春は、こみ上げる思いを懸命に抑えた。

「父上は己の信念を貫いたまで。何ら恥じることはありませぬ」

「そう言ってくれるか」

溢れる涙をぬぐおうともせず、景春が盃を上げた。濁酒の苦味が、いっそうの悲しみを誘う。

「それにしても仇敵の子であるそなたを、よくぞあの上州（顕定）が、家臣として取り立てたものよ」

「それがしも、そのことには感謝いたしております。尤も道灌様が、殿に強硬にねじ込んだとも聞いております」

「さもありなん」

「殿は大叔父（忠景）を見誤っておりました。大叔父であれば、白井の者どもも言うことを聞くという言葉を真に受け、白井長尾の統率を大叔父に任せましたが、実際は全くその逆。白井長尾の被官や民は、それがしを城に戻すことを殿に願い出ました。殿も初めは難色を示しておりましたが、白井の民が年貢を納めず、白井城に駐屯する越後勢の兵糧にも事欠く有様となり、ようやく、それがしが城代に任じられました」

「それにより、白井の民は治まったと申すのだな」

「はい」

景英が、若者特有の自信に溢れた笑みを浮かべた。

「それもこれも、父上そして先代、先々代のおかげと思うております」

先代とは景春の父景信、先々代とは景春の祖父景仲のことである。

――戦に勝つことだけが武士ではないのだ。

景春はこの時、長尾家と白井荘の民との間に培《つちか》われた重代相恩《じゅうだいそうおん》の絆《きずな》が、遂に顕定を屈服させたことを知った。

――それが新しき世なのだ。

景春は新しい時代の黎明《れいめい》を感じた。それは、武力や血筋のよさだけでは得ることのできない長年にわたって築き上げた民との絆だった。

――民との間に強い絆を築いた者が、次代の勝者となるのだ。

「今日は、母上の遺品をお持ちしました」

景英が持参した小櫃《こびつ》を開くと、そこには身の回りの品々だけでなく、夏野がその晩年、景春の無事を祈り、自らの寿命を縮めてまで書写した写経数巻があった。

写経に顔を近づけると、わずかに夏野の香りが残っている。

――夏野、許せ。

小櫃の中には、かつて景春が京から贈った唐《から》渡りの手鏡もあった。

そうした遺品の数々を見て、景春は夏野の死を事実として受け入れた。

「父上、いつの日か共に暮らしましょう。戦乱がなくなれば、皆、安んじて暮らせる世がやってまいります。その時は白井にお戻り下され」

「分かった。白井の地に小さな庵でも編み、わしは夏野の菩提を弔う」

「その時は、殿へのお恨みもお忘れ下さい」

「いや、それだけはだめだ。上州への私怨があったから、わしは生きてこられたのだ」

「しかしそれでは、いつの日か、それがしと戦うことになるやも知れませぬぞ」

景英が悲しそうに目を伏せた。

「彦四郎、その覚悟なくして何のための武家か。武家として生きていくからには、己の父だろうが息子だろうが、刃を交えることに躊躇してはならぬのだ」

「分かりました。それが父上の生き方なのですね」

吹っ切れたような笑みが、景英の面に広がった。

一番鶏《いちばんどり》が聞こえるまで、二人は昔語りに時を忘れた。

翌朝、景英は上野国に帰っていった。古河城大手門から見送る景春に、馬上の景英は一度だけ会釈すると、二度と振り返らなかった。

すでに景英は別の人生を歩み始めていた。一方の景春とて、新しい室をもらって古河で新たな人生を歩み始めている。二人の間には、利根川よりもさらに広い大河が横たわっていた。

翌文明十八年（一四八六）、景春は四十四になった。人間五十年と謡われたこの時代、徐々に迫る老いの影を、景春も感じざるを得なくなっていた。

そんなある日、驚くべき知らせが届いた。

「道灌謀殺」

はじめ景春は、その意味を解しかねた。

──道灌殿が死ぬはずあるまい。

道灌は山のように大きく、岩塊のように揺るがなかった。その巨人に、死などというものが訪れるはずがない。

──わしを釣り出す策配（謀略）ではないか。

景春は、道灌が謀を打っていると確信した。しかし続報が次々と古河城に届き、道灌の死を受け入れざるを得なくなった。

その中には、道灌が主君定正の騙し討ちに遭ったというものまであった。

扇谷家のために東奔西走《とうほんせいそう》してきた道灌が、その主に討たれるなど、あろうはずがない。しかし相次ぐ詳報により、それが事実であることに、疑念を差し挟む余地はなくなった。

ただ一つ明らかなことは、これにより台頭著しい扇谷家の勢力が、著しく低下することである。

あまりに愚かな定正の行為が、単に道灌の死にとどまらず、新たな争乱の火種となるのは間違いない。

事件は七月二十六日に起こった。軍評定の名目で定正に呼び出された道灌は、少ない供回りだけで扇谷家の本拠・相模国糟屋館に赴いた。

館に着いた道灌は早速、定正に面談を求めたが、「まずは湯浴みを」という取次役の言葉を信じ、湯屋で脱衣したところを斬り殺されたという。

その時、道灌が「当方滅亡！」と叫んだことまで伝わってきた。

一説に、扇谷家中で段違いの実力を持つようになった道灌に嫉妬した曽我《そが》兵庫助《ひょうごのすけ》祐重《すけしげ》が、定正に暗殺を指嗾したという。

——扇谷家はこれで瓦解する。兵庫助にいかなる勝算があったのか。いや、兵庫助程度の男が、これだけの謀を打てるわけがない。つまり兵庫助も、誰かに操られていたことになる。それでは、道灌殿を殺すことで最も得をする者は誰か。千葉孝胤とその背後に控える古河公方が、わしに内緒で仕組んだのか。いや、公方と武州（定正）の間には、それほど緊密な関係はない。

上杉方との交渉を担当することの多い景春である。双方の外交手筋は、すべて把握していた。

──よもや、上州が武州に指嗾したのではあるまいか。

景春は立ち上がり、縁先から南の空を睨めつけた。

──もしそうだとしたら、武州は何と愚かなことをしたのか。

道灌と扇谷家が陥った穴の深さに、景春は愕然とした。

その翌週、さらに続報が入った。道灌の本拠である江戸城に迫った扇谷勢の勢いに抗しきれず、道灌嫡男の資康《すけやす》は江戸城を脱し、馬橋城に難を逃れたというのである。

景春は、資康も道灌に劣らぬ聡明さと器量の大きさを備えていると、かねてから思っていた。その資康が、このまま引き下がるとは思えない。

──窮鳥《きゅうちょう》の資康が逃げ込む懐は、一つしかない。これにより再び大乱が起こる。

景春は、再び大乱が東国を席巻《せっけん》するという予感に身震いした。

景春の予感は的中し、南関東に不穏な黒雲が立ち込め始めていた。

道灌謀殺後、太田家を根絶やしにせんとする曽我祐重が、資康率いる太田勢と間井川《まいがわ》河畔で激突した。道灌のいない太田勢の動揺は隠しようもなく、資康は敗れて馬橋城に逃げ戻った。

時を置かず馬橋城に猛攻を掛けた曽我勢は、数日でこれを落とした。かろうじて城を脱した資康は、顕定を頼って上野国へと逃れる。

一方、扇谷家傘下の諸将も黙ってはいなかった。三浦道寸《どうすん》は大森氏頼と共に定正を非難し、各地の扇谷傘下国衆に先駆けて自立傾向を強め始めた。

瓦解が始まったのだ。

慌てた定正は混乱収束の手伝いを、あろうことか顕定に依頼した。これを快諾した顕定は、全軍を鉢形城に集結させるや、突如として定正に宣戦布告した。

さすがに人のいい定正も、顕定にはめられたことに気づいた。

怒り狂った定正は河越、岩付、江戸の線を固めると、大森氏頼、三浦道寸、上田正忠ら股肱の老臣に使者を送り、扇谷方に踏みとどまるよう説得する。

かくして山内・扇谷両家の血で血を洗う抗争が勃発した。

長享《ちょうきょう》の乱である。

案に相違せず、この謀略の黒幕は顕定だった。

ここに来て、顕定は道灌の存在が邪魔になってきた。というのも景春征伐は、道灌の功に帰するところが大であり、当然、その麾下《きか》の被官や傍輩に報いるべく、道灌は、景春やその与党国衆の所領を分け与えた。しかし、これら景春方の所領は、元をただせば山内家の傘下国衆のものである。これにより、山内家の所領と権益が縮小し、扇谷家与党国衆の勢力が伸張した。

当然、顕定は面白くない。それでも古河公方という大敵ある限り、顕定は定正と仲違いはできない。ところが都鄙和睦が成り、古河公方との間が平穏となったことで、扇谷家を討つ時節が到来した。

ところが扇谷家には、太田道灌という柱石がいる。長年にわたり道灌の戦いぶりを目の当たりにしてきた顕定は、たとえ十倍の兵力があろうが、道灌一人が扇谷家にいる限り、とても敵わないと感じていた。

扇谷家と戦うには、道灌を取り除いておかねばならない。しかも兵を動かさず、自らの手を汚さず、いかなる方法で道灌を取り除くか、顕定は鉢形城に腰を据え、その方策を考えた。

そんな折、曽我祐重が泣きついてきた。

曽我祐重は、元は定正の養子である治部少輔朝良《ともよし》の家宰だったが、さかんに定正に取り入り、道灌に関する讒言《ざんげん》を繰り返していた。

定正は、武人たらんとする思いが人一倍強い男である。当初は、こんな話に聞く耳を持たなかった。そこで祐重は顕定を頼る。

まさに渡りに船とはこのことである。定正の手で道灌を殺させれば、扇谷家は真っ二つに割れ、その後の料理もたやすくなる。折しも道灌が勝手に千葉氏と抗争を始めたので、これを憂えたふりをした顕定は、定正に私闘の自粛を求めるよう要請した。

これを尤もとした定正も道灌を諫《いさ》めたが、道灌が無視したため、定正は面目を失い、道灌を深く恨んだ。

こうした入念な布石を打った後、ようやく顕定は、定正に道灌謀叛をささやいた。定正としても、道灌が煙たくなっていた矢先である。

短絡的《たんらく》な定正は、思いつきのように道灌を殺してしまった。

両上杉家が決裂したとなれば、この戦いの主導権を握るのは、関東の第三勢力である古河公方家となる。

――これにより再び関東は大乱になる。この大乱こそ、新たな時代の幕開けを告げるものとなるだろう。

景春は道灌の死を悼みながらも、白いものが混じり始めた顎鬚をしごきつつ笑みを浮かべた。

定正の使者が古河に着いたのは、長享元年（一四八七）九月のことである。

使者は犬懸長尾景明である。秩父崩れ以来、景明は足利荘に戻って本宗家の足利長尾氏と共に古河公方傘下に入り、その命脈を保っていた。

その景明が定正の説得によって、古河公方家と扇谷家の間を取り持とうというのである。

渡良瀬川河畔には、雲霞《うんか》のごとく蜻蛉《とんぼ》が飛び交っていた。一面、緑に覆われていた葦原の色は、いつしか茶褐色に変わり、その上空には鰯雲《いわしぐも》がかかっている。

その蜻蛉の群れを切り裂くように、二頭の馬が疾走していく。

「やはり孫四郎には敵わぬの」

「そなたこそ衰えておらぬわ」

二人の哄笑《こうしょう》が蒼天に轟く。

「そなたと馬を走らせるのは何年ぶりだ」

「公方様を追って古河に迫って以来だな」

二人は手綱を引き、馬の脚を緩めた。

「ときに、昨日の公方様への申し語り（説得）は上首尾だったの」

景春が、公方成氏と景明の面談に話題を転じた。

「まだ分からぬ」

「公方様は利にさといお方だ。が、同じくらい信義も重んずる。それゆえ公方様は、上州に信を置いておらぬ」

「わしもそう思うたが、公方様のお考えは別として、孫四郎はどう思う」

景明が真顔で景春に問うた。

「わしは上州も許せぬが、道灌殿を殺した武州も許せん」

「やはりそうか」

「とは申しても、足利と犬懸両家は武州に与すと決しただろう」

「そうだ。どちらかにつかねば生き残れぬからな」

――変わったな。

かつて怒りをあらわにし、景春の蜂起に賛同してくれた景明は、そこにいなかった。その目尻の皺が、家を守らねばならぬ者の責務の重さを表している。

足元に咲く柳蘭《やなぎらん》を一枝《ひとえだ》、景春が手折《たお》った。

その背丈は、すすきの半分もなかったが、しっかりと根を張り、懸命に風に抗《あらが》っている。

「六郎、わしはこの花のようでありたい。すすきは、北から風が吹けば南になびき、南から風が吹けば北になびく。しかしこの柳蘭は、しっかりと根を張り、いかなる風にもなびこうとしない」

「何が言いたい」

「武家は、荘園の番士にすぎない頃から徒党を組み、空しい戦いを続けてきた。それはやむどころか、日に日に激しくなってきている」

吹き寄せた風により、景春の手の平から柳蘭の小枝が落ちた。

──人とは皆、風が吹けば、すすきのように風になびくものなのか。

「われらは、何のために戦いに明け暮れておるのだ。そうまでして、われら武家は何を得たいというのだ」

景春は自らに問うていた。

──われらは何のために戦うのか。わしには分からなくなってきた。

風が吹く度に、すすきが大量の種子を飛散させた。それが、夕日の輪郭さえも朧《おぼろ》なものにしている。

「六郎、武州と公方様が組めば、此度こそ関東の争乱はやむと思うか」

「わしはそう思う。すべての争いの源は上州の本性にある。上州を討って武州を管領の座に就け、公方様を鎌倉に還御させる。これにより関東の秩序は回復され、真の都鄙和睦が成る。さらに古河と伊豆の両公方の間に、武州が立つことで双方の融和も図れる」

「武州に、そこまでの器量はあるまい」

景春は浅薄《せんぱく》な定正の顔を思い出し、苦笑いを浮かべた。

「いや、武州の背後には、京におられる細川様の手の者が動いている。その者が器用（才覚人）であるらしく、武州に様々な知恵を授けておるらしい」

──何だと。

景春が目を剝《む》いた。

「その者の名は何と申す」

「確か、伊勢家の者と聞いたが」

伊勢新九郎こと早雲庵宗瑞に違いない。

――やはり、かの男か。

景春は、岩塊のような男の面影を思い出していた。


この長享元年、伊豆国堀越公方府で大乱の火種が生じつつあった。公方政知の妾腹《しょうふく》で長男の茶々丸《ちゃちゃまる》が、後継の座を追われて幽閉されたのである。

この少し後には、さらに大きな騒乱が駿河国で起こる。

今川家の食客《しょっかく》・伊勢新九郎が駿府今川館を襲い、今川家をわが物にしようとしていた小鹿範満を討ったのだ。これにより、龍王丸こと今川氏親が今川家の家督を継いだ。

新たな時代は静かに胎動を始めていた。

七

長享元年十月、古河公方家と扇谷家の間で攻守同盟が締結された。これにより山内・扇谷両上杉家の確執は断然、扇谷家有利となった。

これに対して顕定は、父道灌を定正に討たれた太田資康と、その岳父《がくふ》の三浦道寸、武蔵千葉自胤を自陣営に取り込み、対抗姿勢を崩さない。

公方を敵に回そうと、越後の実家ある限り顕定は屈しなかった。

同年十一月、突如として山内勢が下野国足利荘の勧農城に攻め寄せた。

これにより、二十年近くの長きにわたって関東を混沌に陥れることになる長享の乱が始まった。

山内勢の奇襲が成功し、勧農城は一日で落城した。足利長尾定景・景長兄弟、犬懸長尾房清・景明父子は降伏し、彼らは本領安堵と引き換えに、そろって山内方に転じた。

「勧農城落ちる」の報に接した公方府は早速、「奪還すべし」ということになり、この作戦の総大将に景春を指名した。

しかし、続いて入った「足利・犬懸両長尾家、山内上杉方へ臣従」の報に、公方府は愕然とした。このまま足利に攻め入っても、昨日まで味方だった足利・犬懸両長尾勢と戦わねばならなくなる。

早速、景春は再度の離反を促す使者を景明に送ったが、すでに顕定に人質を差し出している足利・犬懸両長尾家からは、何の返事もない。

これにより、与党勢力圏を利根川右岸から渡良瀬川左岸にまで拡大できた顕定は、定正と雌雄を決すべく相模国に向かった。

長享二年（一四八八）二月、顕定率いる一千の軍勢が鎌倉街道上道を南下、定正の籠る河越城を横目でにらみつつ相模国に入った。

顕定は扇谷家の本拠・糟屋館攻略を期し、相模国実蒔原《さねまきはら》に布陣した。

一方、河越城で肩透かしを食らった形の定正は、わずか二百の兵を率い、十五里の行程を駆け抜けて糟屋館に入った。

定正は七沢《ななさわ》城に籠る弟の朝昌《ともまさ》と連携し、顕定挟撃を策していた。

七沢城は、丹沢《たんざわ》山系東南麓の山襞《やまひだ》が交錯する丘陵の一端にある平山城である。糟屋館の北方一里に位置し、両城の間にある平野が実蒔原である。

二月五日未明、七沢城に攻め寄せた山内方先手衆は、一当たりすると偽って兵を引き始めた。誘われるままに実蒔原方面へと追撃した朝昌勢は、待ち受ける顕定主力と衝突した。罠に気づいた時は遅かった。朝昌勢は四方を敵に囲まれて瞬く間に壊乱《かいらん》、七沢城に逃げ込んだものの、山内勢は一気に七沢城を攻め上げ、この日のうちに落城に追い込んだ。

顕定は七沢城を徹底して破却すると、実蒔原に兵を戻して陣を布いた。

一方、糟屋館から駆けつけてきた定正も実蒔原に至り、決戦に備える。

翌日、両上杉勢は実蒔原で正面から激突した。しかし地の利を得た扇谷勢は、定正の蛮勇に引きずられるようにして山内勢を打ち破った。

これにより山内勢は、鉢形城まで撤退を余儀なくされる。

鉢形城に籠った顕定は、この戦いによって、定正が侮れない武将に成長していることを覚った。その反面、猪突猛進型なので、おびき寄せることは容易である。

顕定は河越城を急襲すると見せかけて定正をおびき出し、今度は、自らが地の利を占める須賀谷原《すがやはら》で決戦することにした。しかも定正が恃みとする公方勢は、顕定の兄・越後上杉定昌が足利で牽制しており、利根川右岸に進出してくることは考えられない。


「越後勢陣払い」

三月初旬、足利に潜入させていた細作《さいさく》から、その報告を受けた景春は、脇息を倒して立ち上がった。いよいよ出番が来たのだ。

しかし稲の苗付けには早く、この切迫した状況下で農事優先というのは、考え難い。

敵は謀を打っているかも知れず、事は慎重に運ばねばならない。

景春は次々と細作や遠候を放ち、情報収集に努めた。

その結果、越後勢は間違いなく撤退していったとの確証を得た。これで公方勢を牽制していた越後勢の枷が外れた。足利城に残る足利・犬懸両長尾勢だけでは公方勢に抗すべくもなく、城に籠ってやりすごすに違いない。

三月中旬、景春は公方成氏・政氏父子を促して古河を出陣した。

この時の、越後勢の撤退は意外な結末を迎える。

二十四日、白井城に入った越後上杉定昌が、三十六の若さで自害したのだ。

この自害の原因については不明だが、家宰の長尾能景の指嗾により、父の房定から謀叛の疑いをかけられた定昌が、自暴自棄になって自害したともいう。

越後は越後で、内訌の火種が周到に蒔かれていたのである。

これにより越後勢の脅威がなくなった。


その頃、顕定は、河越城攻めの拠点として菅谷館《すがややかた》を取り立てていた。

菅谷館は槻川《つきがわ》と都幾川《ときがわ》の合流点を背後に控える急崖《きゅうがい》上にあり、鎌倉街道上道を眼下に見下ろす位置を占めていた。しかも台地を刻み込むように入り込んだ浸食谷《しんしょくこく》が堀の役割を果たし、平城とはいえ攻めるに難い天然の要害である。台地の南端に位置しているため、北方を除く眺望が著しく開けているという利点もあった。

いったん鉢形城に戻った顕定は、再び南下して菅谷館に入った。そこで実兄・定昌が自害したという報に接する。これで越後勢の後詰はなくなり、公方勢の参戦は避け難いものとなった。

それでも顕定は強気である。すぐさま父の房定に使者を送り、後詰勢派遣を要請するや、河越城に向かった。

六月、晩春から初夏にかけて稲の苗付けを終えた扇谷勢は、鎌倉街道上道を北上した。目指すは河越城だ。

同月八日、河越城を包囲していた山内勢に背後から扇谷勢が襲い掛かった。この小競り合いに敗れた顕定は包囲陣を解き、菅谷館まで兵を引いた。これにより、菅谷館に籠った顕定と須賀谷原に陣を布いた定正の間で、にらみ合いが始まる。

一方、景春率いる公方勢は、忍、村岡、塚田など敵勢力圏を通過し、北方から菅谷館に迫っていた。

――西方に迂回し、都幾川と槻川を渡り、大平山麓から攻めてみるか。

両上杉勢が一触即発となっているとの報を受けた景春は、敵の背後を目指した。

二つの川を渡り、大平山麓まで迂回した景春が東方に見たのは三連銭の旗印である。

――藤田勢か。

山内家四家老の一つ藤田氏は、児玉郡、大里郡、比企郡を領する西武蔵有数の国人として、山内家の柱石を成している。

景春が山内勢の背後に回ろうとしている頃、正面の戦場では、扇谷勢の一翼を担う定正養子・朝良の馬廻衆二百騎が顕定主力に突き掛かった。それを遮るように間に入った忠景率いる惣社勢が、逆に朝良勢を追い立てることで、須賀谷原合戦の幕が切って落とされた。

喊声が遠くから聞こえてきた。続いて砂埃がわき上がるのが遠望できる。

景春の脳裏に、あの懐かしい感覚がよみがえってきた。

――わしの帰るべき場所は、やはりここしかないのだ。

景春が軍配を高々と振り上げた。

「全軍、惣懸り！」

景春の軍配が振り下ろされるや、公方勢が猛然と藤田勢に襲い掛かった。

予想もしていなかった方角からの襲撃に、藤田勢は浮き足立ち、藤田家当主・左近大夫重員《しげかず》は、山内勢が本陣を構える菅谷館を目指して撤退を始めた。

殿軍は、重員養子の藤田虎寿丸重頼《とらじゅまるしげより》が担った。虎寿丸は景春勢の急襲にも動じず、何度か景春勢を押し返した。しかし菅谷館が見えてくると、藤田勢は一気に崩れ立った。恐怖が勇気に勝り、いち早く本隊に合流しようとする心理が働いたのだ。

山内勢は、予想だにしなかった方角から自軍が崩れたことに動揺した。

「上州、思い知ったか！」

砂埃で一寸先も見えない中、景春は声を嗄らして軍配を振り続けた。これに鼓舞された公方勢は、錐のごとく山内勢に攻め掛かった。

一方、突如として現れた公方勢を見て狂喜した定正は、全軍に平寄せを命じた。平寄せとは、陣形も何もなく、ただひた押しに押すことである。

これによって一気に大勢は決した。散々に打ち破られた山内勢は菅谷館を捨て、鉢形城目指して潰走した。

この戦いに立ち会ったとされる歌人・万里集九の著書『梅花無尽蔵《ばいかむじんぞう》』には、「両上杉戦死者七百余、馬亦《また》数百匹」と注記されている。

――わしは上州に勝ったのか。

しかし勝利の喜びは、不思議とわいてこなかった。

砂塵の中で、景春は戦というものの不思議を思った。

――勝つ時はすべてがうまくいき、敗れる時は何をやっても駄目だ。まさに戦とは生き物のようだ。

かつて道灌に連戦連敗し、幾度となく死の淵に追い詰められたことが、景春には現実と思えなかった。

勝利の美酒を分かち合えずに死んでいった家臣の顔を一人ずつ思い浮かべ、景春は心の中で詫びた。

周囲から勝利の歓声が沸き上がり、無秩序な勝鬨がそこかしこで起こっている。やがて味方の兵が自然と集まり、景春の働きを口々に賞賛した。

「伊玄入道、天晴れな働きであった」

占拠した菅谷館に入ると、源平時代と見まがうばかりの大鎧に身を包んだ定正が、満面に笑みをたたえて歩み寄ってきた。

「本日の功第一は伊玄入道である」

定正は景春の手を取らんばかりに、その働きを称揚した。

「ありがたきお言葉」

「さしあたり恩賞は公方様と相談の上、沙汰させていただく。ひとまずこれを――」

定正が感状と脇差を差し出したので、景春は片膝をつき、それらを拝領した。

後に定正は、その書状で「景春は勝利の誉《ほまれ》、関八州にその隠れなし」と、景春の働きを激賞している。

しかし景春の心は複雑だった。

――この男が道灌殿を討ったのだ。

顔には笑みを浮かべつつも、景春の肚の中では、怒りと嫌悪が渦巻いていた。


この後、須賀谷原近辺の占領地を放棄した扇谷・公方両勢は、それぞれの本拠に向かって陣払いした。顕定の危急を救うべく、越後上杉房定自ら大軍を率いて南下してきたという報が入ったからだ。

この後、鉢形城に引いた顕定は、扇谷・公方両勢撤退後の菅谷館を取り戻し、太田資康をその守りに就けた。

一方、河越城に帰還した定正は、その書状で山内・扇谷両上杉家の戦いを「誠に鵬鸚《ほうおう》の遊びだ」と自ら評している。鵬は大鳥、鸚はオウムのことで、定正は己を卑下し、この勝利がいかに奇跡だったかを強調している。

かつて扇谷家は、その所領が白井長尾家の半分もないと言われていたが、太田道真・道灌父子による江戸湾交易の活発化により、山内家に伍していくだけの軍資金を得てきた。しかし道灌亡き後、江戸湾交易も一時の隆盛が嘘のように廃《すた》れ始めていた。

『永享記』にはこう書かれている。

「高見原の合戦までは、扇谷殿、毎度勝ちに乗じられるといえども、人馬疲れぬ。若党その数を知らず討たれけり。されば山内方はいずれも大名高家にて軍勢沢山なれば、たとえ戦に負けること度々なりといえども、分国広ければ、重ねて大勢を催し、扇谷を退治せんに、最も容易《たやすか》るべしとぞ申しける」

江戸湾交易の利により何とか軍費は調達できても、兵や陣夫ばかりは容易に補充できないという扇谷家の弱みを、『永享記』は見事に看破している。

結局、定正は顕定を滅ぼすどころではなく、当面の目標を、武蔵一国の実質的支配権の奪取に置かざるを得なかった。

穫り入れの季節が終わった十一月、定正は再び出陣した。鎌倉街道上道を北進し、一挙に鉢形城を陥れようという作戦である。

定正の呼びかけに応じた景春は、高齢の成氏に留守を託し、成氏嫡男の政氏を奉じ、古河を後にした。

八

風塵《ふうじん》が街道を覆い、半町先も見えない。

黄土色《おうどいろ》に染まった空を見上げ、景春は嫌な予感に襲われた。

長享二年（一四八八）十一月、五千に及ぶ公方勢を率いた景春は鎌倉街道上道を南下し、高見原で定正率いる扇谷勢に合流した。

定正は肩を叩かんばかりに景春を歓迎し、政氏が輿から降りる時には、その手を取るほどの喜びようだった。

景春は、こうした定正の無邪気な正直さが道灌を殺したことに気づいていた。

——定正のような一本気な将は傍輩や兵に好かれる。しかしその反面、じっくり物事を考えず、すぐに行動に移しやすいのだ。

景春は将たる者の難しさを痛感した。

定正は景春に対し、扇谷勢が陣取りする高見原の南半里にある横田原に布陣するよう要請してきた。

指示に従って、横田原に移動した景春の許に、軍議招集の知らせが届いた。

砂塵舞う中、景春は定正の本陣に向かった。

——風が収まればよいのだが。

この強風が、どちらに幸いするかは分からない。しかし景春は、こうした悪天候が不慮の事態を招くことを経験から知っており、できれば天候に左右されない戦をしたかった。

その夜の軍議で、定正は両上杉家の雌雄を決する大戦を行うと宣言した。

それを聞いた大森氏頼が早速、不審そうな顔をして問うた。

「武州殿、敵が鉢形城に籠り、出てこぬ時はいかがいたすおつもりか」

「いかにも、敵が城を出ずば野戦はできぬ」

定正が左右を見回しつつ下卑た笑い声を上げたので、仕方なさそうに傍輩や被官も追従した。

「武州殿には、上州をおびき出す策がおありなのか」

不快感をあらわにして、氏頼が重ねて問うた。

「むろん、策はある」と言いつつ、定正が真顔に戻った。

「上州が出るか否かは越後勢次第。少し前、白井城を出た越後勢が、鉢形城に向かっているという知らせが入った。明日には着到するだろう。それを妨害することなく、あえて越後勢を鉢形城に入れ、顕定を強気にさせる」

定正は得意げに続けた。

「敵の前衛はすでに高見城に入っている。高見城は益体《やくたい》もない城だが、鉢形城を守る支城の一角であることには変わりない。明日、そこを攻めて上州をおびき出す」

高見城は高見原の西端にあり、高見原を見下ろす絶好の位置を占めている。しかもその東麓には、鎌倉街道上道が比企丘陵を南北に貫いており、この城を押さえることは、街道ににらみを利かせることにつながる。

ただし、この城は比高百十メートル（標高二百四メートル）の四津山《よつやま》の山上に築かれた山城であり、攻略するのは容易でない。

軍評定は定正の独演会となり、お開きとなった。

かつて道灌の陰に隠れ、その才を十分に発揮することのなかった定正だが、知らぬ間に軍略に長けた一廉の大将になっていた。

十一月十五日の朝日が昇ると同時に、高見城に向けて扇谷勢の攻撃が始まった。むろん偽装攻撃であるため、遠矢を射掛けて鉦鼓を鳴らすだけに終始している。それでも、寡兵で出城を守る敵勢には効果覿面《てきめん》だったらしく、さかんに狼煙《のろし》を上げ、鉢形城に急を告げた。

「鉢形城から高見城までは二里。山内勢は辰の下刻（午前八時半頃）には駆けつけてくる。それを見て、いったんわれらは兵を引く。おそらく息せき切って駆けつけた敵は、すぐに攻めてはこられまい」

馬首を並べた定正が上機嫌で続けた。

「その間に、われらは矢を補充し、兵に中食を取らせるので、古河の衆が前を固めてくれ」

定正の申し出は尤もであり、景春は了承したが、一抹の不安が脳裏をよぎった。

景春の兵は古河公方家の借り物であり、景春は、兵を託されて指揮を執っているにすぎないのだ。たとえ勝ち戦であっても、甚大な被害をこうむってしまえば、公方父子に合わす顔がない。


一方、越後勢を鉢形城に引き入れたものの、顕定は強気になれないでいた。

実は、越後から白井まで来たところで父房定が体調を崩し、そのまま白井城にとどまり、宿老の中条定房《なかじょうさだふさ》に三千の兵を託してきたのだ。

三千の精兵はありがたいが、大将不在となると、越後勢がその力を出し切れるかどうかは定かでない。定房は国衆の代表にすぎず、景春と同じく傘下国衆に無理な戦いを強要できない立場にある。

しかし、そうした状況下であっても、「高見城危うし」の報を受けた顕定は反射的に立ち上がった。

在地一揆の増田四郎重富《ますだしろうしげとみ》に守らせている高見城は、戦略上は捨て城にしてもよいのだが、一揆を見殺しにすれば信用を失い、国衆の寝返りや陣払いが連鎖的に起こるため、すぐにでも救援に赴かねばならない。

強風の中、顕定は鉢形城を出陣した。


鉢形城方面に砂埃が上がっていた。定正の目算通りに顕定が出陣してきたのだ。続いて、朝から続いていた喊声がやんだ。

顕定出陣を知った定正が高見城攻撃を中止し、こちらに引いてくる。

やがて扇谷勢が公方勢の傍らを通り、横田原方面に引いていった。その折に、景春は政氏の輿を定正に託した。これで景春は守るべきものはなくなり、自在に兵が動かせるようになった。

しかし、その頃から日が陰り、さらに風が激しくなり、黄砂《こうさ》が激しく舞い上がるようになった。しかも味方にとって向かい風である。将は兜の眉庇を目深《まぶか》にし、兵は陣笠を前方にかざし、足を踏ん張っている。

一方、高見原に乗り入れてきた山内勢は、高見城東麓の今市《いまいち》台地へと向かった。

戦機は熟していたが、すでに日は傾き始めている。

この日の戦いはないと判断した景春が、兵に野陣の支度をさせていると、そこに定正がやってきた。

「伊玄殿、見ての通り、上州をおびき出せたであろう」

定正は得意満面である。

「そこでだ」と言いつつ、定正が天に向けて指を差した。

「風が変わった」

「風と申されるか」

確かに風向きは、向かい風から追い風に変わりつつある。

鉄砲のないこの時代、緒戦の矢戦で勝敗が決することが多く、追い風が圧倒的に有利だ。

「道灌は『追い風の時は躊躇せず攻めるべし』と、よく申しておったわ」

自らの手で殺した腹心の言葉を今でも奉じている定正という男が、景春には正気とは思えない。

「しかし、すでに酉《とり》の上刻（午後五時半頃）、夕暮れ時の合戦は、たとえ大利を得ても同士討ちが頻発し、多大な損害をこうむります」

「わしとて夕暮れからの合戦は好かん。しかし、暮れ時だから敵も油断しておろう」

――裏をかくつもりなのか。

景春にも、ようやく定正の意図が見えてきた。

「ここで陣を入れ替えていては、いよいよ日が沈む。すまぬが、このままの陣形で攻めてもらえぬか」

先ほど抱いた嫌な予感が的中したことを、景春は知った。

「武州殿、それがしは公方様の軍配を預かる身。相当の被害を覚悟せねばならぬ戦に、公方様の兵を動かすことはできませぬ」

「だからこそ、わしだけでも共に走ろうと思い、駆けつけてまいったのだ」

——そういうことではない。

どこかずれている定正の感覚に、景春は内心、ため息をついた。

「公方様のご嫡男は何と仰せになられたか」

景春は後方にいる政氏の意向を確認することで、時間を稼ごうと思った。

「むろん、異存ないとのことだ」

その時、定正が視線をさまよわせたので、景春は定正の偽りを即座に見抜いた。

「それでは何か書きつけでもお持ちか」

「貴殿は、わしの言葉を疑うのか！」

そこまで言われては、景春とて返す言葉はない。

手伝い戦とはいえ、総大将の意向に従わざるを得ないのが援将の務めである。命を拒否すれば、敵を目前にして味方は瓦解し、全軍が危機に陥る。

——致し方ない。

結局、景春が了承したので、一転して定正は上機嫌になり、「それでこそ伊玄殿」と言いつつ何度も肩を叩いた。

景春と定正が絵図面を広げて作戦を論じていると、使番が駆け込んできた。

「上州様の馬標《うまじるし》が今市台地に上がりました」

顕定が着陣したのだ。

「よし、惣懸りだ」

定正が躊躇なく出陣を命じた。

けたたましいばかりに鉦が鳴らされ、法螺貝が吹かれると、規則正しい律動で陣鼓が叩かれ、それに合わせて公方勢が動き出した。

日はすでに四津山の山の端に隠れつつあり、夜戦は必至の情勢である。

前方を駆ける定正の背をにらみつつ、景春も馬を駆けさせると、薄暮の中に、敵が陣を張っているという今市台地が見えてきた。

景春は慎重に馬脚を鈍らせたが、定正は、己に矢が当たるなど毛ほども考えていないのか、「敵は逆風だ。恐れることはない！」と喚きつつ馬に鞭を入れた。

そうなれば定正を守るべく、公方勢も前に出ねばならない。

定正を先頭にした公方勢が今市台地に近づくと、ようやく敵勢に動きがあった。

炊煙《すいえん》を上げて食事の支度をしていたらしき敵が、ようやくこちらの襲来に気づき、矢を射掛け始めた。それに応じて公方勢も矢の雨を降らせる。

矢合わせが始まったので、景春は速足の旗を掲げさせた。

矢戦が不利と見た敵の一部は今市台地を下り、定正ら先手と白兵戦に入ったらしい。姿は見えねど、人馬の喊声が交錯し、白刃の発する火花が漆黒の中に明滅している。

両軍が激突する山麓付近まで約二町のところに微高地を見つけた景春は、そこを本陣として馬標を掲げさせた。続いて懸り太鼓を叩かせると、公方勢の前衛を担う小山・結城・那須勢が戦場に向かった。

周囲はすでに闇となり、諸所に設けられた陣で篝火が焚かれているだけである。

――果たして、武州の思惑通りに行くのか。

使番の報告によると、定正の突撃によって敵は瞬く間に突き崩され、いよいよ戦況は味方有利になってきたという。

景春がほっとしているところに、前線から定正が戻ってきた。

「伊玄殿、見ての通り、また勝ったわ」

「祝着にございます」

景春は、わざと無愛想に言った。

「ところで、そこもとは槍を取らぬのか」

「それがしは公方様の軍配を預かる身。槍は取りませぬ。それより、公方様の兵をそろそろ引かせてもよろしいか」

景春の要請に、定正は唖然として問い返した。

「これから面白くなるというに、貴殿は正気か」

——正気でないのはどちらだ。

うんざりしながら景春が答えた。

「われらは、面白いかどうかで戦をしているわけではありませぬ」

「それなら結構。後はわれらだけで戦う」

憮然とした定正は馬を換え、前線に戻っていった。

その後ろ姿を見送った景春は、躊躇なく引鉦を叩かせた。

公方勢が三々五々、引き上げてきた。それと入れ違いに、扇谷勢が前線に向かって駆けていく。

しかし、次々と戻る公方勢を見た景春は愕然とした。負傷者は意外に多く、それぞれ傍輩に肩を支えられるようにして、息も絶え絶えに戻ってくる。

前線では、予想以上の激戦が展開されていたのだ。

景春は己の判断の甘さを悔いた。これでは、かつて裸一貫の身に堕《お》ちた景春を救ってくれた成氏に合わせる顔がない。

翌朝、景春は兵を引いた。途中、扇谷勢を見かけたが、こちらもひどい有様だった。扇谷勢では、宿老の一人である上田中務丞《なかつかさのじょう》が討ち死にしたという話も聞いた。同士討ちも起こったらしく、旗指物の同じ者どうしが相討ちしている死骸を、いくつも見た。

定正への怒りが、沸々《ふつふつ》と景春の胸内にわき上がった。

そこに、政氏からの使者がやってきた。その書状は、勝手に兵を動かした景春への怒りの文言《もんごん》で溢れていた。

——やはり定正との間で、話がついていなかったのだ。

景春は舌打ちした。

扇谷勢と公方勢は、それぞれの本拠を目指し、南北に分かれて撤退に移った。

景春率いる公方勢は横瀬（富岡）まで来たところでとどまり、負傷者の治療に当たった。

この時、景春は政氏に面会を求めたが、政氏はそれを許さず、先に古河に帰っていった。

景春は古河に帰るに帰れず、負傷者と共に横瀬に駐屯し続けた。

一方の定正は、いったん占拠した高見城を放棄して河越城に戻った。結局、扇谷勢は高見原合戦にも勝利を収めたが、またしても占領地を維持できなかった。

兵力に限りある扇谷勢は占領地に兵を置けず、戦に勝っても常に撤退を余儀なくされる。たとえ大勝利を挙げても領土を増やせないという弱みは、傘下国衆に徒労感を抱かせ、やがてそれは厭戦気分を醸成させていった。

一方、鉢形の城門を貝のごとく閉ざした顕定は、公方勢の横瀬駐屯を知るや、越後に帰った父の房定に代わって白井城にいる中条定房に対し、横瀬攻撃を要請した。しかし中条定房には、そこまで付き合う気などなく、顕定の要請を無視する。度重なる関東越山に、越後勢にも厭戦気分が漂っていたのだ。

鉢形城と河越城に分かれ、双方のにらみ合いが続いた。

これを見た長老格の大森氏頼が停戦に乗り出したため、両将は渡りに舟とばかりに、これを受け入れ、長享の乱の第一幕は終息した。

結局、実蒔原、須賀谷原、高見原と続いた「関東三戦」に三連勝した定正だったが、占領した山内方の城や領土を維持できず、開戦前の勢力図を、さして塗り替えるには至らなかった。

勝っても占領地を維持できない扇谷陣営にも、戦う度に負ける山内陣営にも、徒労感だけが漂い始めていた。

翌延徳《えんとく》元年（一四八九）、定正の養嗣子《ようしし》・朝良が敵方に転じていた三浦道寸を三浦郡に攻め、道寸を三浦半島から追放した。道寸は岳父の大森氏頼を頼り、小田原郊外・久野《ひさの》の総世寺《そうせいじ》に隠遁《いんとん》した。これにより相模国内から山内勢力は一掃された。

続いて定正は下総・上総両国に侵入、両国にわずかに残った山内勢を駆逐した。

後顧《こうこ》の憂《うれ》いのなくなった定正は、停戦の盟約など無視して荒川を渡河、顕定方の村岡の陣を攻撃した。

定正の攻撃に対し、守勢に回らざるを得なくなった顕定は、延徳二年（一四九〇）十二月、武蔵国全面放棄を条件に定正と正式に和睦した。

顕定は武蔵国守護職のままだが、これ以降、武蔵国は実質的に定正の所領に組み入れられ、さらに翌年、双方合意の下《もと》、三浦道寸と太田資康の扇谷家への再帰属が認められた。

山内・扇谷両上杉家の手打ちと、それに伴う戦後処理がなされたが、大義のない戦のために命を失った下級武士と、田畑を焦土《しょうど》とされた農民の怨嗟の声が、関東平野には満ちていた。

顕定と定正が関東平野を舞台に不毛な戦いを繰り広げている最中、関東から見れば僻地《へきち》の伊豆半島で、時代を転回させる事件が起きていた。

その波は初め小さなものだったが、次第に大きな潮流となって、景春らをのみ込んでいくことになる。

第四章　燃ゆる灰

一

高見原合戦で甚大な損害をこうむった公方勢は、当面、積極的な軍事行動が取れなくなっていた。公方勢といっても、その実態は国衆の兵を駆り集めたものであり、国衆が兵を出さねば、戦はできない。

景春と共に従軍した政氏は、高見原合戦の責任は景春一人にあると、父成氏や宿老たちに訴えた。そのため、景春に対する周囲の風当たりが強くなり、景春は古河に居づらくなってきた。

それでも成氏は景春を庇護し、その信頼は揺るがなかったが、次代を担う政氏に権力は移行しつつあり、景春の立場は微妙なものになりつつあった。

一方、京の都でも政争の種は尽きない。

延徳二年（一四九〇）正月、前将軍・義政がこの世を去った。すでに前年、九代将軍の義尚が病死しているため、後継将軍を決めようとしている最中の死だった。

堀越公方・足利政知は管領の細川政元と語らい、すでに長享元年に政知の次男・清晃《せいこう》を天竜寺《てんりゅうじ》香厳院喝食《こうごんいんかっしき》として京に送り込んでおり、次期将軍職に息子を就かせようと画策《かくさく》していた。

否はない。

ところが政元の政敵・足利義視は、息子の義材《よしき》を将軍職に就けるべく、義政の正室・日野富子に取り入っていた。義材の母が富子の妹という関係から、富子も義材を推すことに否はない。

そうした微妙な均衡の中で、義政は病に倒れ、富子の言うままに遺言を書かされ、将軍は義材と決まった。

政知と政元の二人は政争に敗れ去った。しかし息子の義材が将軍となるや、義視は手の平を返したように富子をないがしろにし始める。義政亡き今、すでに義視は、富子を不要としていたからである。

これに怒った富子は、今度は政元と手を組み、義視父子と敵対した。

しかし義視は、犬猿の仲の畠山義就《よしなり》と畠山政長《まさなが》の間を取り持ったことで、双方から信頼を得ることになり、軍事的には盤石となっていた。

ところが延徳三年（一四九一）正月、その義視が急死してしまう。これに勇躍した政元は、越後上杉家の軍事力を利用し、畠山一族を駆逐しようと越後まで赴いたが、越後滞在中の四月、今度は、堀越公方の政知が病死する。

さらに七月、幽閉されていた政知の嫡男・茶々丸が脱出に成功、顕定の支援を受けて堀越公方府を襲撃、政知の未亡人・武者小路《むしゃのこうじ》氏と、その子・潤童子《じゅんどうじ》を虐殺する。

義母と腹違いの弟を殺した茶々丸は二代堀越公方を名乗り、顕定と同盟した。

こうした一連の事態に落胆を隠しきれない政元だったが、それでも伊勢貞宗とその腹心の伊勢宗瑞と語らい、巻き返しを図る。

明応《めいおう》二年（一四九三）正月、まず政元は、病死した畠山義就の跡を継いだ畠山基家《もといえ》に河内《かわち》で旗揚げさせた。

二月、将軍義材と畠山政長がその討伐に向かった隙に、政元は政変を敢行し、三月二十日、京を制圧した。

明応二年の政変である。

さらに政元は、畿内の一大勢力である赤松政則《まさのり》をも味方に引き入れ、四月、義材方の陣取る河内国の正覚寺《しょうかくじ》を襲わせた。三方から攻め込まれた義材方は壊滅、畠山政長は討ち死にし、義材は捕らえられた。

これにより将軍職には、還俗《げんぞく》した清晃が就いた。十一代将軍・義澄《よしずみ》である。

将軍職に就いた義澄は今川氏親と伊勢宗瑞に対し、実母と同腹弟《どうふくてい》を殺した茶々丸討伐の御教書を下す。

伊豆侵攻の大義を得た宗瑞は氏親の兵を借り、堀越御所に乱入、茶々丸の追い落としに成功する。

これに顕定は激怒した。早速、軍勢を差し向けようとしたが、そのためには定正の領国・相模を通過せねばならない。顕定は定正に山内勢の領国通過を認めるか、定正自身が和睦の実《じつ》を見せるために伊豆に赴くことを要請した。

ところが定正からは、明確な返答が得られない。そうこうしているうちに伊豆では、山内傘下の国衆が次々と宗瑞に攻め落とされるか降伏するかして、中伊豆までも制圧されてしまった。

南伊豆の深根《ふかね》城に落ち延びた茶々丸と、山内家の伊豆代官・関戸播磨守《せきどはりまのかみ》からは、悲鳴に近い後詰要請が届くが、定正の意向が分からず、顕定は身動きが取れない。

明応三年（一四九四）になると、さすがの顕定も定正の真意を疑った。細作を放って調査させたところ、定正と宗瑞が秘密裏に手を結んでいるとの確証を得た。

『鎌倉九代後記』にこうある。

「伊勢新九郎長氏（盛時）、駿州にありて、定正と通牒《つうちょう》して伊豆国をとる」

四月、顕定は一方的に和睦を放棄、電撃的に武蔵・相模両国に攻め入った。

防戦が遅れた定正は、多摩川の線に兵を集結させたが、顕定は多摩川を強行渡河、小沢原で定正と激突した。

激戦となったが、顕定はこの合戦に勝利し、鎌倉付近まで攻め入り、玉縄《たまなわ》要害を取り立てた。

矢野憲信を玉縄城代に据えた顕定は兵を転じ、河越城攻略を目指し、その最初の一手として松山城を囲んだ。

これにより、長享の乱の第二幕が上がった。

八月、反撃態勢の整った定正は、顕定が多摩川河畔に取り立てた関戸要害を攻略、九月初旬には孤立した玉縄要害を攻め落とした。この間、松山城攻撃に手間取っていた顕定は攻撃を中止し、和睦の折に定正に譲り渡した鉢形城を奪った。

これを聞いた定正は、鉢形城攻撃のために高見原に陣を布き、伊勢宗瑞に後詰を託した。

九月、今川勢を率いて相模国に入った宗瑞は、扇谷方の大森実頼と共に三浦一族の本拠・三崎城を攻略、すでに扇谷方に転じていた三浦道寸を当主に復帰させた。

三浦郡を平定した宗瑞は返す刀で塚田まで進出し、鉢形城攻めに加わった。

宗瑞が来着したことに定正は喜び、一気に鉢形城に攻め寄せようということになった。ところが扇谷勢が荒川渡河作戦を始めようとした十月、とんでもないことが起こる。

定正が荒川を渡河途中に落馬し、頓死《とんし》してしまうのである。

定正は四十九になっていたが、身体は剛健《ごうけん》であり、誰も死など予想していない。その場で養子朝良が扇谷家八代目を継ぐが、大将の死に動揺した国衆の陣払いが相次ぎ、瞬く間に扇谷勢は瓦解の危機を迎えた。

致し方なく宗瑞は、敗軍をまとめて撤退に移った。

明応四年（一四九五）三月、定正の死に狂喜した顕定は、朝良征伐の陣触れを発する。

実は、扇谷家が混乱している最中、顕定は延徳元年（一四八九）に即位した新古河公方・政氏に接近し、自陣営に鞍替えさせていたのだ。

これにより古河公方府にも、顕定から参陣要請が届いた。

「何ということだ」

山内家との軍評定に参加せよとの命を受けた景春は、絶句する。

――上州（顕定）の指揮下になど入れるか！

景春は、やり場のない怒りに身を震わせた。

――古河を出奔するしかないのか。

しかし出奔するにしても、景春が身を寄せるべき場所はない。まず考えられるのは扇谷上杉朝良である。しかし朝良は、凡庸《ぼんよう》との評がもっぱらである。

景春はすでに五十三になっており、身の振り方を誤れば再起できる年ではない。

しばし沈思黙考していた景春が、にやりとした。

「あの男がいたな」

その夜、景春は、古河で再婚した室と幼子二人を抱えて古河を出奔した。

十一月、顕定が村岡の公方陣に出仕し、吉良《きら》・渋川《しぶかわ》の二氏だけに限られていた公方御一家衆となった。

これにより、相争ってきた公方と管領が再び一つとなり、扇谷家は逆賊とされた。

翌明応五年（一四九六）五月、鉢形城を出陣した顕定が河越城に攻め寄せると、相模国の兵をかき集めた朝良は河越城救援に向かった。両軍は河越城近郊の柏原《かしわばら》で激突したが、勝敗はつかず、顕定は鉢形城に兵を引いた。

定正が死した後も、両家の戦いは果てるともなく続いていた。

二

「お呼びだていたしたのはほかでもございませぬ。いよいよ、上州が相模に攻め入るという雑説を聞き及びましたのでな」

明応五年六月、古河を出奔し、伊豆韮山に身を寄せていた景春に、宗瑞は開口一番、戦闘の再開を告げてきた。

一年ほど前に景春一行を快く迎えてくれた宗瑞は、景春を賓客《ひんきゃく》のように遇し、韮山近郊に屋敷まで与えてくれた。その宗瑞の恩に報いる時が来たのだ。

「伊玄殿、敵は鉢形から鎌倉道を通り、相模に乱入するつもりのようです」

「それであらば、いずこかの城に拠り、敵の進軍を押しとどめねばならぬな」

「いかにも」

宗瑞は、軍議をしているとは思えぬような涼しい顔をして白湯《さゆ》をすった。障子越しに差す夏の夕日が、その岩塊のような半顔を赤く染めている。

「貴殿の恩義に報いる時が、いよいよやってきたようだな」

「そう仰せになっていただけるとありがたい。此度の先手大将には伊玄殿を指名するよう、治部少（朝良）からも強い要請がありました。真に失礼ながら、伊玄殿の真意を確かめよということでござろう」

敵方に寝返った武将は表裏を疑われる。そのため先手として、昨日までの友軍と真っ先に戦わされるのが習わしである。

「むろん、そのつもりだ」

「かたじけない」

早速、策を語ろうとする景春を、宗瑞がその節《ふし》くれ立った手で制した。その顔には、明らかに逡巡の色が表れている。

「伊玄殿、お待ちあれ。敵の先手大将の名を聞かずともよろしいか」

「そうであったな。ぜひ、お聞かせいただきたい」

夕闇が迫っていた。農民たちに帰宅を促すかのように、彼方で寺の梵鐘《ぼんしょう》が響いている。

景春の問いには答えず、宗瑞は立ち上がると明障子《あかりしょうじ》を開け放った。

そこからは、北伊豆の山々に抱かれた田方《たがた》平野が見渡せる。

穫り入れを控えた田には、人の丈ほどもある稲が高く伸び、風が吹く度に実った穂をぶつけ合い、豊穣の歌を奏でていた。

「こうして見れば、現世《うつしよ》とは真に静謐です。しかし、われら武門に生きる者どもは、果てることない戦いに明け暮れております。伊玄殿、われらは、いつまで修羅の道を歩むのでござろうか」

「わしには分からぬ。少なくとも、わしは上州を倒すまで修羅でありたい」

「いかにも伊玄殿らしきお答え。しかし――」と言いつつ、宗瑞が座に戻った。

「それは空しいことです」

「何を仰せか」

いかに恩人とはいえ、禅問答のような受け答えに景春も苛立《いらだ》ってきた。景春と宗瑞はこの時、それぞれ五十四と四十一であり、年齢的には、景春が一回り上となる。

「伊玄殿、時勢は変わる。その潮目の見えぬ貴殿ではありますまい」

「いかにも」

「時勢とは――」と言いつつ、宗瑞がその鋭い眼差しを景春に向けた。

「私怨に囚われている者には見えませぬ」

――私怨、とな。

宗瑞の言葉が、刃のように景春の胸に突き立てられた。

景春が黙するのを見た宗瑞は、京洛の情勢と己の目指すものを語り始めた。

すでに室町幕府には、国家を統《す》べる力はなかった。それでも宗瑞は、政所執事《まんどころしつじ》である伊勢家の末席に連なり、室町秩序を維持せんと管領・細川政元に尽くしてきた。しかし室町幕府を中興するはずの政元が、権力の頂点に立ったとたんに、飯綱《いづな》の法や愛宕の法といった行法《ぎょうほう》に凝り、政治を顧みなくなったというのだ。

政治権力は、細川家内衆《うちしゅう》と呼ばれる宿老たちに握られ、一方、捕われの身となっていた義材は、脱出して越中に潜み、将軍職奪還の機をうかがっている。

上洛した宗瑞は、政務に集中するよう政元を諫めたが聞き入れられず、この頃には説得をあきらめていた。そこで宗瑞は、その理想を限られた範囲で実現させる方針に切り替えたという。

「すでに室町幕府は瓦解したも同じ。武蔵国の支配権は扇谷家が握り、守護職にある上州は、すでに武蔵国では何の権益も持ちませぬ。一方、相模国では東を三浦、西を大森が分かち、扇谷家の力は及びませぬ。そしてこの伊豆は、それがしが取り仕切っております」

伊豆は山内家の守護国だったが、実質的な支配者は宗瑞となっていた。

「なるほど、実力次第で国を切り取れる時代が到来したと申すのだな」

「仰せの通り」

宗瑞が灯明皿に火をともしたので、部屋がほんのりと明るくなった。

気づけば、すでに日は暮れている。

「つまり、管領家を倒すことに何の遠慮も要らぬと言いたいのだな」

「貴殿は、すぐそこに行きたがる」

宗瑞が破顔《はがん》した。

「つまりこれからは、それぞれが実力で切り取った国を、それぞれが直《じき》仕置できると言いたいのだな」

景春の言葉に、宗瑞は大きくうなずいた。

室町幕府体制下の守護職は、現代の警察と裁判所と税務署を兼ねたような存在だった。国衆間の境目争いや村どうしの水争いなどの裁定権、また税や賦役の徴収権は有していたが、土地そのものから上がる収入は国衆のものだった。国衆の上位に立つ者がその土地をも所有し、民と直結した統治を行うというのが、宗瑞の描く理想の国家像である。

――民のための世を、この男は創ろうとしておるのか。

景春はこの時、宗瑞という男の本心を知った。

「伊玄殿、切り取り勝手ともなれば、私欲だけで他領を侵す不心得者も出てきましょう。しかし、そうした者は長続きしませぬ。わしは、じっくりと栗をゆでるように国を造っていきたい」

「栗をゆでるようにと――」

にこやかな笑みを浮かべつつ、宗瑞がうなずいた。

「宗瑞殿は、それをまず伊豆でやろうと申すのだな」

「否」

「それでは、どこで」

宗瑞の瞳が光った。

「関東という大栗をゆでようかと」

景春は息をのんだ。

宗瑞という男は、すでに道灌という巨人をも凌駕《りょうが》する大きさになりつつあった。

「かような秘事を、なぜわしに明かすのか。まさか、貴殿の家臣になれと申すのではあるまいな」

「誰の指図も受けずに生きてきた伊玄殿に、さような戯言《ざれごと》は申しますまい」

宗瑞は口端に笑みを浮かべると、次の瞬間には真顔になった。

「伊玄殿と国分けする」

「何と」

「この関東で、伊玄殿のほかに国衆や民と共に生きていける領主はおりませぬ。これからの領主は民のためを思い、民と苦楽を共にできる者でなければ務まりませぬ」

宗瑞が懐から出した絵図面を広げた。そこには、関八州が描かれていた。

「上野、下野、常陸の仕置きを貴殿にお願いいたす。わしは、武蔵、相模、上総、下総、安房をいただきます」

「かような世迷言《よまいごと》を、よくぞ申された。貴殿とわしの力だけで、いかにしてあの二本の大杉を倒すというのか」

さすがの景春とて、顕定を倒した後は、その後継に傀儡となる者を据えて、関東管領山内上杉家を存続させようと思っていた。しかしこの男は、その存続さえも否定しようとしているのだ。

「世迷言か。これは参った」

宗瑞は悪びれた風もなく哄笑すると、話を続けた。

「伊玄殿、公方と両上杉の絶え間ない角逐《かくちく》の果て、関東の沃野は荒れ、民は呻吟《しんぎん》しております。彼ら支配層は民の上に君臨し、搾取するだけの存在に堕《だ》しています。もはや彼らは、生き残るに値しませぬ。これからの時代、上に立つ者は万民を哀憐《あいれん》し、百姓に礼を尽くす者でなければならぬのです」

宗瑞は、きっぱりと言い切った。

「万民哀憐、百姓尽礼《じんれい》とな」

「それこそが、わが存念です」

景春は宗瑞という男の本質を、この時、はっきりと覚った。そして、この男と組むことで、新しい世の扉が、こじ開けられるような気がした。

「分かった。当面、貴殿の存念に付き合おう。しかし、いかに私怨と揶揄《やゆ》されようと、上州を斃すという存念だけは捨てられぬ」

「それは分かっております。それがしも上州を斃すことに、もとより異議はありませぬ。大事なのは、その後のことです」

「その最初の一歩が、此度の戦というわけだな」

「仰せの通り」

そうと決まれば話は早い。景春は早速、戦術論に話題を移したかった。

「宗瑞殿、先ほど聞き損なったが、山内方の先手大将は誰なのだ」

「ああ、そのことですな」

「先ほどから言いにくそうにしておるが、何か障《さわ》りでもあるのか」

ここまで真意を吐露した宗瑞が、なぜか、そのことだけは口ごもっている。

「それは、いつか分かること。隠すつもりはありませぬ。しかしそれを聞けば、伊玄殿は軍配を執らぬやも知れませぬ。むろんそれでも構わぬと、わしは思うております。しかしそうとなれば、扇谷の衆が貴殿を認めませぬ」

「分かっておる。相手が誰だろうと、わしは軍配を執る」

景春から視線を外した宗瑞は、大きなため息をつくと言った。

「敵の先手大将は長尾右衛門尉景英殿」

三

明応五年六月、鉢形城を出陣した顕定は、自ら率いる四千の軍勢で河越城を包囲した上で、長尾景英に三千の兵を託して相模国へ侵攻させた。

これを聞いた扇谷上杉朝良は顕定の真意を量りかね、どちらが危機に陥っても後詰に赴けるよう、江戸城を動かなかった。かつての定正とは対照的な消極策である。

扇谷上杉方の相模国防衛は、朝良実父の朝昌（定正次弟）、三浦道寸、上田正忠、大森実頼、伊勢宗瑞らに託された。

彼らは、それぞれの利害が相反しつつあり、それをまとめていた定正亡き今、歩を一にした行動を取ることが難しくなっていた。

案の定、相模国に侵攻しつつある景英の戦略目標をめぐり、議論は紛糾した。

そのため、どこか一所《ひとところ》に兵力を集中するのではなく、相模国に散らばる扇谷方拠点に、それぞれ籠ることになった。籠城策を取りつつ、お互いに援護しながら時を稼ぎ、東の朝良、西の今川氏親の来援を待つというのである。

彼らは相模国内の諸城に散り、宗瑞のみ北伊豆の韮山城に戻り、今川勢の来着を待つことなった。

先手を仰せ付けられた景春は、敵の最初の攻略目標となるはずの津久井城に入った。

津久井城本曲輪から甲州方面に落ちる夕日を眺めつつ、景春は、いよいよ来るべき時が来たことを覚った。

十一年前の文明十七年九月、景英と最後に会った時、景英は「いつの日か、それがしと戦うことになるやも知れませぬぞ」と言っていたが、それが現実となったのだ。

――わしは彦四郎と戦うのか。

父子相討つという運命の皮肉に景春は慨嘆した。しかしここで起たねば、扇谷方諸将の信用を失い、自らの武将人生は終わったも同じである。

かつて景春と共に戦った葛西大石憲儀は、顕定と景春のどちらが勝っても、一族が存続できるよう、嫡男の房重とあえて袂《たもと》を分かった。しかし皮肉にも、天は父子を戦わせ、憲儀は自らの手で息子の首を獲らねばならなかった。武門の習いとはいえ、それは、あまりに過酷な運命だった。しかし今、その因果は景春にめぐってきたのだ。

景春が物思いにふけっていると、副将として付けられた宗瑞庶弟《しょてい》の伊勢弥次郎《やじろう》がやってきた。

「伊玄殿、まずはわれらが敵に当たりますゆえ、貴殿は後詰に回っていただけませぬか」

宗瑞とは似ても似つかぬ日向臭い丸顔をしかめた弥次郎が、さも言いにくそうに切り出した。

「いや、それでは、わしが先手を承った意味がない。まずは、わしが敵に当たる」

「とは申しても」と言いつつ、弥次郎が口ごもった。

「わが息子のことを気にしておいでか」

「はい。戦いにくかろうと思いましてな」

「お気遣いは無用だ」

弥次郎は、まだ何か言いたそうだったが、何も言わずに去っていった。

――彦四郎よ、そなたの首を獲るのは、父であるわししかおらぬ。

景春は決意を固めた。


山内上杉勢が椚田宿《くぬぎだじゅく》で鎌倉街道上道から外れ、津久井城に向かっているとの一報が入るや、景春勢一千は宝ケ峰《たからがみね》山麓沿いの道を東に移動し、根本《ねもと》から西荒久《にしあらく》に陣を進めた。

やや南の功雲寺《こううんじ》に陣取っていた伊勢弥次郎隊八百も、蛭窪川《ひるくぼがわ》を渡り、金原《かなはら》へと移動を始める。

金原は、鎌倉街道上道の支道である小田原道を扼する位置にある。

一方、由井から椚田を進んだ景英勢は、津久井城近郊で道を東に転じて中沢原まで進むと、串川を前面に望む地で陣の設営を始めた。

串川を渡河し、負けて引くふりをしつつ敵を金原に誘い込むという策を、景春が弥次郎に打診すると、その策を聞いた伊勢家の宿老・松田左衛門尉頼秀《よりひで》が、馬を飛ばして駆けつけてきた。

「伊玄殿、敵と一《ひと》当たりして逃げるなどもってのほか。そんなことをすれば、敵は嵩にかかって攻め寄せる。ここは当初の調儀通り、南北から挟撃すべし」

黒々とした美髯《びぜん》を震わせつつ、松田頼秀は下馬せずに喚いた。

「松田殿、物見の報告によると、われらより敵は一千も多い。たとえ挟撃とはいえ、正面から当たっては利を失う」

頼秀の非礼に対する怒りを押し殺し、景春が答えた。

「伊玄殿、敵将は貴殿の息子というではないか。それならば津久井の地勢に精通しておるはず。それゆえ金原に引き込むことは容易でなかろう」

かつて白井長尾家の飛び地があった津久井の地に、景英も何度か随行してきていた。

「いかにも、長尾右衛門は慎重を期し、金原に入らぬやも知れぬ。しかし、それならそれで城に籠り、敵をやり過ごした後、追撃に移ればよい」

「それでは、敵を相模国内に入れてしまうことになる」

相模国人の頼秀には、どうしても敵を国境で食い止めたいという心理が働く。

「松田殿、いったんは小利を捨てても、後に大利を得ればよい」

「物は言いようだな。貴殿は息子かわいさから、小当たりして道を空けるつもりだろう」

頼秀の言葉に、景春は目を剝いた。

「いかに老いさらばえようと、この伊玄、敵に利をもたらすような軍略など考えぬ！」

「それでは、その実を見せていただく！」

松田はそう言い残すや、馬に鞭をくれて帰っていった。

むろん、景春の作戦は却下されたことになる。

──見ておれ！

景春は左右に言った。

「荒久に陣を進める」


明応五年七月四日、景春勢に続いて伊勢勢も蛇行する蛭窪川を再び渡り、荒久の原に入った。

蛭窪川は氾濫原《はんらんげん》の広がる浅瀬の多い川で、想定される戦場は、伏兵など隠しようもない河川敷である。

景春は、軍勢の多寡が勝負を決する戦になれば不利なことを知っていた。そのため、この条件下でいかに戦うか知恵を絞った。

――川を挟んでの矢合わせはまずい。

風は無風に近かったが、同じ条件下では、弓術に長けた上州兵が有利である。

景春は敵の矢頃に入らぬよう、慎重に軍を進めた。

ところが、半里ほど南から河川敷に下りた伊勢勢が矢戦を始めた。それに応じるように上州勢も矢を射返してくる。常であれば戦況を見極めるべきだが、表裏を疑われている景春である。ここは自らの潔白を証明せねばならない。

「川を渡る」

景春が敢然と言い放った。

「何を仰せか」

軍監として付けられた伊豆国人の伊東《いとう》伊賀《いが》入道祐遠《すけとお》が、異議を申し立てた。

祐遠は、景春麾下の伊豆衆を無益な戦闘から守る立場にある上、伊豆の盟主を任じている伊東一族の家長として、景春の指揮に従うことを潔しとしない風があった。

「伊東殿、このままでは敵に押されて敗勢となる。こちらから渡河するのはやむをえまい」

「これは、相州者が勝手に仕掛けた戦でござる。事前の調儀とは違う」

「それはそうだが、相模衆が崩れれば、われらもただではすまぬ」

景春と祐遠がやり合っている最中、先手を任せている伊豆雲見《くもみ》の高橋《たかはし》左近将監《さこんしょうげん》高種《たかたね》の使者が、馬を飛ばしてきた。

「敵の一部が相模衆の方に移動。眼前の敵は手薄」

――ここが切所だ。

景春の勘がそう教える。

「この機を逃せば、勝てる戦も勝てぬことになりますぞ」

景春の迫力に押された祐遠は渋々、渡河に同意した。

景春勢が渡河を始めると、それに気づいた敵勢が矢を射掛け始めた。先頭を行く何人かが、たちまち射られて、下流に流されていく。

――さすが上州勢の強弓だ。

景春は苦戦を覚悟した。

「ひるむな、進め！」

それでも景春は前進をやめない。味方の弓隊も川に身を入れ、敵陣に射返している。

空を覆わんばかりの矢箭が両軍に降り注ぐ。

景春勢は犠牲を顧みず全軍を渡河させたが、下流では、どうしたことか、伊勢勢の渡河が始まらない。

――それならば、こちらから仕掛けるしかないな。

景春は鋒矢《ほうし》の陣を布くと前進を開始した。

ところが、下流の伊勢勢の動きは至って鈍い。敵が陣形を整え、景春勢に当たろうとしているにもかかわらず、伊勢勢が渡河する気配はない。

——まさか弥次郎は、戦う気がないのか。

景春は使者を飛ばし、即時の渡河を要請した。ところがいつまで待っても、伊勢勢には、その気配がない。そうこうしているうちにも敵勢は迫りつつある。

景春は、己の手勢だけで勝負せざるを得なくなった。

「惣懸り！」

景春の軍配が振り下ろされた。しかし先手衆は何を躊躇しているのか、突撃する気配がない。

「何をやっておる」

景春は懸り太鼓を強く叩かせた。それでも、先手を担う高橋高種は動かない。

やがて使者が走り来た。

「いかがいたした」

「弥次郎殿は、すでに陣払いしたように見受けられます。このまま惣懸りしても勝算はないと思います」

使番が高橋高種の口上を伝えた。

確かに対岸を見渡せば、伊勢勢が引いていくのが望見できる。

景春と弥次郎の意思疎通も不十分な上、伊勢勢内部でも伊豆衆と相模衆の確執があり、二手に分かれた軍勢が阿吽《あうん》の呼吸で合戦に臨むなど、当初から無理だったのだ。

「致し方ない。こちらも退き陣に移る」

景春勢は反転し、渡ったばかりの川を再び渡河しようとした。

これを見た敵勢は、ここを先途とばかりに打ち掛かってきた。

敵勢の上げる土埃の彼方に、九曜巴の旗が翻っている。

――彦四郎、またいつかどこかの戦場であい見《まみ》えようぞ。

心中、景春が景英に語りかけた時である。殿軍となった高橋勢を錐でもむように割り裂く黒備えの一団が見えた。その一団は追いすがる伊豆兵に一瞥《いちべつ》もくれず、一途《いちず》に景春本陣目指して押し寄せてくる。

――まさか。

川の半ばまで馬を入れたところで、景春は行軍停止を命じた。たちまち河岸で混乱が起こる。たまらず伊東祐遠が馬を寄せてきた。

「何をやっておられる！」

祐遠は、赤ら顔をさらに赤くして怒鳴った。

「あれを見よ。敵将を討ち取る千載一遇の好機ではないか」

景英の金幣《きんぺい》の馬標が陽光を反射させつつ、こちらに向かってくる。

「馬鹿を申されるな。将どうしが刃《やいば》を交えるおつもりか」

「ああ、そのつもりだ」

すでに景春の胸内には、抑えようのない闘志がわき上がっていた。

「勝手になされよ」

祐遠は伊豆衆を促すと、景春を押しのけるように川を渡っていった。

「全軍反転！」

百にも満たぬ景春の配下だけが、それに従う。

「行くぞ！」

景春が馬に鞭を入れると、供回りも敵勢に駆け入った。

瞬く間に双方の先頭が接触し、白兵戦が始まる。

馬上、景春は敵の徒士《かち》を手槍で払いつつ、息子を探した。

「彦四郎、出でよ！」

「応！」

土煙の中から、黒糸縅《くろいとおどし》の甲冑を身にまとった景英が姿を現した。

今年で三十三になる景英は、逞しさの中に凜とした風格を備える武将に成長していた。

景春はその姿を見るまで、息子に殺されてもいいとさえ思っていた。しかし現れた息子は、憎悪にたぎった瞳を光らせ、景春を睨めつけていた。

景春は、その中に顕定を見た。

――おのれ、許さぬ！

その時、景春は本気で息子を殺そうと思った。

たぎる武士の血が、父子の情に勝ったのだ。

「彦四郎、容赦はせぬ！」

「父上こそ、お覚悟を！」

馬上、手槍を持ち直した景春は景英に突進した。景英も手槍を構える。

「うおお！」

喚き声を上げつつ繰り出した景春の最初の一撃が、景英の兜の脇立てを叩き折った。

間一髪でその一撃から逃れた景英は、いち早く馬を返すと憤怒の形相で駆け入ってきた。

「死ねや！」

憎悪をあらわにした景英の突きが景春を見舞う。

それを払った景春は、馬を寄せて鐙《あぶみ》で景英の馬腹を蹴り上げた。

景英の馬が、悲鳴を上げて棹立《さおだ》ちになる。

落馬しかかった景英は、必死に馬首にしがみついている。

――今だ！

この瞬間、馬を寄せて槍を繰り出せば、景英を確実に討ち取れる。しかし、何かが景春を押しとどめた。

——夏野か。

景春は砂塵の中に夏野の面影を見た。

——いけませぬ。

夏野は首を横に振っていた。

——かの者は烏坊丸でも彦四郎でもない。上州なのだ！

景春がわれに返った時、夏野の姿と共に絶好の機会は去っていた。

脇腹の痛みに耐えかねたのか、景英の馬は河岸沿いを上流へと走っていく。

景春も馬に鞭を入れ、それを懸命に追った。

二頭の馬は一陣の風となって疾走した。

やがて追いすがる景春の姿を認めた景英は、手綱を緩めて並走すると、馬腹をぶつけてきた。

「馬当て」は、かつて景春が念入りに伝授した長尾家秘伝の技である。

最初の一撃で危うく落馬しかかった景春だが、何とか体勢を立て直すと、今度は己の馬腹を景英の馬に当てた。

二人は馬腹を当てつつ、手槍を繰り出した。しかし二間の手槍でも、この間合いでは長すぎる。それに気づいた父子は同時に太刀を抜き、馬上、白刃を打ち合った。

景英の手にしているのは、かつて景春が譲り渡した金房政定である。

――これほど手応えがあったか。

受け太刀すると、肘《ひじ》から肩まで痺れるほどの手応えである。

金房政定は、若き主により、その生命を取り戻したかのように躍動していた。

興奮した馬は、涎《よだれ》を撒き散らしながら互いの首に嚙みつこうとしている。

いつしか周囲には敵味方ともいなくなり、葦原に馬を走らせているのは父子だけとなった。

「父上、いざ組まん！」

「望むところだ！」

馬を止めた景英が、体を半回転させて飛び降りると、景春も馬上から身を躍らせた。

「彦四郎、上達したな」

「父上を討つために励んだからな」

兜を脱ぎ捨てた景春が景英に打ち掛かる。景英もそれを受けて立つ。

二人は互いの胴の隙間に手を入れると、上体の姿勢を崩さず、撞木《しゅもく》に置いた足を蹴り合った。

親指と小指の付け根と踵の三点を使って身をさばき、相手を巻き込むように倒すのが、この時代の柔術である。

――懐かしいな。

景春は、景英に組み打ちを教えた日々を思い出していた。しかし、そう思ったのも束の間、若い景英の膂力《りょりょく》は思いのほか強く、次第に景春は劣勢となっていく。

――長くは戦えぬ。

それを覚った景春は、一か八か肘打ちを食らわそうとしたが、見事に外され、勢い余って転倒した。その上に景英がのしかかる。

すでに力の差は歴然であり、景春に体を入れ替える余力はない。

「わしの負けだ。早く首を獲れ」

「御免」

景英が脇差を抜いた。それを最期の残像とすべく、景春はゆっくりと瞑目した。

こうした形で人生が終わることに、景春は、ある種の幸福さえ感じた。我《が》を通した人生に悔いはなかった。息子の手で命を絶たれることで、怨念に満ちた己の人生を浄化できるとさえ思った。しかし、いつまで待っても首筋に刃の冷たい感触はない。

目を開けると、脇差を持ったまま景英が泣いていた。

「父に恥をかかせるのは、不孝というものだぞ」

自分でも不思議なくらい穏やかな声音である。

「いいえ、それがしには忠義よりも、孝が大切です」

「聞け」

景春は、かつて兄とも慕う道灌を組み敷きながら、どうしても命を奪えなかったことを話した。その時、道灌は「悔やむぞ」と言ったが、結果はその通りになった。

互いの存念を世に問うどころではなく、道灌は景春を完膚《かんぷ》なきまでに打ちのめし、景春から家族も配下も、すべてを奪い去っていった。

それは、景春に命を救われた恩など一切、感じさせない、無慈悲なものだった。

景春は、己の甘さによってすべてを失った。因果はめぐるというが、景英に同じ思いをさせないためにも、景春は、ここで殺されねばならない。

しかし景英は、脇差を鞘に収めて立ち上がった。

「なぜ殺さぬ」

その場に横たわったまま、景春は蒼天を見上げていた。

「父上、それがしは上州様に大恩があります。たとえ父上を殺すことになろうとも、白井長尾家の存続をお許しいただいた上州様のためならば、それも厭《いと》わぬつもりでおりました。しかし今、分かりました」

「何が分かったのだ」

「父上を殺せば、上州様は、たいへんお喜びになられるでしょう。父上を恐れること一方《ひとかた》ならぬ上州様です。これからは枕を高くして寝られるとでも仰せになるかもしれませぬ。しかしそれは、上州様にとり一時《いっとき》の気休めでしかありませぬ。父上を殺すことは忠義であって忠義でなし。父上を生かすことが、真の上州様への忠義なのでは」

「どういうことだ」

体の埃を払いつつ、ようやく景春が立ち上がった。

「父上と上州様は、この関東になくてはならぬお方です。二人が手を携えてこそ、関東に静謐が訪れるのです。そしてそれが成れば、真の敵を倒すこともできましょう」

「真の敵だと」

「この関東を私せんとしている輩のことです」

「扇谷か」

「戯《たわむ》れを仰せになられるな」

「まさか、かの男のことか」

景英が首肯した。

――景英は、かの男を敵と見なしておるか。

景春は複雑な心境だった。白井長尾家の次代を担うべき景英が、伊勢宗瑞を敵と見るなら、白井長尾家は衰退していくに違いないからである。

「管領の威権と父上の軍略があってこそ、かの男を討てるのです」

「しかし、わしは今、かの男と手を組んでおる」

「それは承知しております」

景英は一礼して馬にまたがると、「父上を帰参させるよう、殿に言い聞かせます」と言い残し、駆け去っていった。

夕日を背にして去り行くその後ろ姿を、景春は無言で見送った。

四

敗兵を引き連れた景春が津久井城まで引くのを見届けた景英は、小田原道に戻り、南進を続けた。

その後、相模川を渡河した景英勢は、糟屋館近郊で扇谷勢を打ち破った後、糟屋館を焼き払い、岡崎に陣を布いて実田《さなだ》要害をうかがった。

実田要害が落ちれば、松田・河村両城を経て小田原は目前である。これにより景英勢の戦略目標が、小田原城であることが明白となった。

実田要害を守る上田正忠と同備前守朝直《ともなお》が、各地に散る諸将に援軍を要請したため、江戸城の朝良も多摩川を渡った。

同じ頃、津久井城にいた弥次郎は、景春と分かれて小田原城へと向かい、景春は汚名返上を期し、実田要害の後詰に向かった。

一方、景英の相模国への侵攻を聞いた顕定は、河越城包囲陣を解き、南進を開始した。

いよいよ最後の決戦の時が迫っていた。

あとわずかで実田要害というところで、扇谷方の総帥である朝良から「大庭城の守りを固めよ」という命が、景春の許に届いた。

大庭城とは、糟屋館と鎌倉の間にある朝良実父の朝昌の居城である。

――今更、何を申すか。

敵の戦略目標が小田原と分かった今、後方にあたる大庭城を守ったところで、たいした意味はない。ましてや扇谷方の防衛戦力は各地に散っており、これ以上の分散は避けねばならないはずである。

――それでも治部少は、留守城となっている実父の本拠・大庭城が心配なのだ。

朝良の戦略眼のなさに呆れつつも、景春は東へと馬首を向けた。命に背けば、すぐに表裏を疑われるからである。

一方、岡崎で合流を果たした顕定と景英は、実田要害を横目に見つつ小田原へと向かった。そして翌日、顕定は朝良主力あるいは今川勢到着前に小田原城を落とさんと、烈火のごとき猛攻を加えてきた。

小田原城には、伊勢弥次郎の援軍を得た大森藤頼《ふじより》が籠っている。

八幡山《はちまんやま》まで城域を広げ、要害化が進んでいた小田原城は、弥次郎の見事な駆け引きもあり、容易には落ちない。しかし江戸から駆けつけてきた朝良は、何を思ったか小田原近郊の曽我まで来たところで動きを止めた。

曽我の陣では、包囲持久戦を唱える朝昌と、速戦即決を唱える三浦道寸が激論を戦わせ、扇谷陣営の足並みは乱れていた。

一方、韮山の宗瑞も、いっこうに現れない今川勢に業を煮やしていた。

この頃、今川氏親は、遠江守護職の斯波《しば》氏と信濃守護職の小笠原氏という二大勢力を敵に回し、二面作戦を強いられていたのである。

それでも小田原城は落ちなかった。

それゆえ顕定は調略の手を藤頼に伸ばした。いっこうに後詰してくれない朝良に不信感を抱き始めていた藤頼は、二つ返事でこれを了承する。

双方の利害が一致し、邪魔者は伊勢弥次郎だけとなった。

山内勢の攻撃を受けて立った弥次郎であったが、背後から大森勢にも攻撃され、瞬く間に壊滅した。乱戦の中で弥次郎も討ち死にした。

これにより、一夜にして小田原城が顕定の手に落ちた。

この一報を受けた景春は、大庭城で地団駄踏んで悔しがった。またしても顕定にしてやられたのだ。それもこれも、朝良の優柔不断さが招いた結果である。

しかし顕定とて、いつまでも小田原に居座るわけにはいかない。景英に殿軍を託した顕定は、扇谷方が混乱している隙を突いて帰途に就いた。しかし、これを阻むことも追撃することも、扇谷方にはできなかった。

明応五年の山内勢の相模国侵攻は、両軍共に得るものなく終わった。

しかし大森一族が山内方となったことで、扇谷方は背後に敵を持つ形となり、積極的に敵領国内に攻め入ることができなくなった。

翌明応六年（一四九七）九月には、前古河公方・成氏が六十四でこの世を去る。これにより、両軍共に喪に服すという名目で、一時的な和睦が成った。

いったん韮山に帰還した景春の許に、同じく上野国に帰還した景英から書状が届いたのは、この頃だった。

その書状には、高齢の惣社長尾忠景が病気がちとなり、家宰職が勤められなくなったと記してあった。忠景嫡男の顕忠は凡庸で、さすがの顕定も家宰職を任せるつもりはないという。

一方、相模国侵攻で赫々《かくかく》たる戦功を上げた景英に対し、周囲の評価が高まり、家宰職に推す声も出始めていたが、顕定は景春のことが気になり、景英を家宰職に就けることに躊躇しているという。つまり景英が家宰職に就くには、景春が顕定に詫びを入れ、顕定の許に出仕する必要があるというのだ。

当初、景春はこの書状を罠だと思った。顕定の撒いた餌に、若い景英が釣られているのだと信じた。しかし考えてみれば、景春もすでに五十五である。明日をも知れぬ身であれば、息子のためにしてやれることも少ない。

思い悩んだ末、景春は、洗いざらい宗瑞に打ち明けることにした。


「宗瑞殿、話がある」

いつになく真剣な景春の様子に、何かを察したらしく、宗瑞は景春を茶室に招いた。

「そろそろ機《しお》にございますな」

囲炉裏の埋火《うずみび》を熾《おこ》しながら、宗瑞が問うてきた。

「よくぞ、お察しいただけた」

「傷ついた鳥は、傷が癒えれば出ていくもの」

二人は期せずして笑みを浮かべた。

景春が景英の申し出を正直に話すと、さすがの宗瑞も、その話に驚き、茶筅《ちゃせん》を回す手を止めた。

「それで伊玄殿は、どうなされるおつもりか」

「迷っている」

「貴殿の年でも迷われるか」

「大いに迷う」

宗瑞の点てた茶を喫すると、いつになく苦い味がした。

――送別の茶か。

宗瑞の粋《いき》に、景春は内心、ほくそ笑んだ。

「それがしが貴殿であれば――」

宗瑞は言葉を切って、埋火の様子をうかがうと言った。

「行きます」

宗瑞は、野良仕事にでも出かけるかのように言った。

「行けば、わしは上州に与することになる。いつの日か和睦が破れれば、貴殿と戦うことになるやもしれぬ。それでも行かせるか」

景春の危惧を、宗瑞は一笑に付した。

「ここでこうしている間も、いつ何時、敵味方に分かれるやも知れませぬ。それが武門の習いというものでござろう。伊玄殿とそれがしは、そういう因縁にあったのかも知れませぬ」

「たとえそうだとしても、大恩ある貴殿を敵に回すなど、わしにはできぬ」

「伊玄殿、老いたな」

「何」

景春が目を剝いた。

「その意気です。志を同じくする者でも袂を分かつことはある。しかし、たとえ敵味方に分かれようと、わが構想に迷いはない」

「関東二分の計か」

「いかにも」

「宗瑞殿、やはり、わしは老いた」

景春は、天から与えられた自らの使命が終わりつつあるのを感じていた。

白井長尾家の舵取りを景英に託せば、宗瑞の期待に応えられるか否かは分からないのだ。

しかし宗瑞は何も答えず、口辺に笑みを浮かべつつ茶碗を差し出した。その濃い緑色《りょくしょく》を眺めつつ茶を喫すると、今度は、幾分か苦みが和《やわ》らいだ気がした。


伊豆韮山を後にした景春は上野国に向かった。

前もって知らせておいたので、景英は鉢形城まで迎えに来てくれた。

景英は無言で景春の馬の口を取り、城内に招き入れた。

景春にとって二十年ぶりの鉢形城である。

――あの頃、わしは若かった。

かつて怒りに燃えて旗揚げした鉢形城に、景春は帰ってきた。

英気撥剌としていた若き日々を懐かしみ、つい景春は落涙した。

――わしは老いた。

しばし鉢形に滞在した後、景春は景英と共に平井城に向かった。

平井城に着いた翌日、景春は顕定に目通りすることになった。

顕定はすでに出家し、法名を可諄《かじゅん》と称していた。

共に僧形となった二人は、二十有余年ぶりに再会を果たすことになる。

土産の鷹を腕に乗せ、景春が対面の間に赴くと、やがて現れた顕定は、いかにも景春らしいその姿を見て、相好《そうごう》を崩した。

――人とは育つものなのか。

若い頃の傲慢な雰囲気は薄らぎ、顕定は大家《たいけ》を統《す》べる者の風格に溢れていた。

「よき土産、かたじけない」

顕定が、少年の頃と変わらぬ甲高い声で言った。

「流浪《るろう》の身ゆえ、さしたるものもお持ちできず、これでご容赦下され」

「ということは、この鷹は、そなたが手ずから獲ったのか」

「えっ」

人の虚を突くような顕定の言葉に、景春は一瞬、面食らった。

「ははは、戯言だ。そなたとて、そこまでせぬは、わしにも分かる」

――これは一本、取られたわ。

景春も、つい笑みを浮かべた。

「息災のようだな」

「おかげさまで」

景春が息災なことなど、顕定も知っているはずである。それをわざとらしく言うところが、いかにも顕定らしい。

「此度の帰参のこと、うれしく思うぞ」

「帰参をお許しいただけたこと、あらためて御礼申し上げまする」

「互いに年を取ったな」と言いつつ、顕定が懐かしげな顔をした。

顕定も、すでに四十四に達していた。

「ときに、この鷹の名は何という」

「まだ名はありませぬ」

「それでは、この鷹は、どこで獲れたか」

「秩父でございます」

「なるほど、秩父の鷹か。どうりで捕まっても毅然としておる」

その言葉に、思わず景春が苦笑した。

顕定は小姓に命じ、鷹を自らの腕に移させた。

「かつてわが家にもいたな。このように鋭き目をした者が」

顕定が鷹を高く掲げると、鷹は大きく羽ばたいた。


顕定は帰参の褒美《ほうび》として、景春に上州尻高郷《しったか》を下賜した。貫高にして三千貫に及び、隠居料として考えれば過分《かぶん》なものであった。

景春としては白井の地に戻りたかったが、白井は越後との連絡路にあたる要地である。いまだ表裏を疑われても致し方ない景春が、拝領できるはずもなかった。

顕定の許しを得た景春は早速、尻高城の築城を開始する。さらにその周囲に、壁谷《かべや》の塁、八幡の要害、栃瀬《とちせ》の塁などの支城を配し、尻高の守りを堅固なものにしていった。後にこの城と所領は、景春が古河公方家の家臣だった頃に生まれた次男の景儀《かげよし》に譲られることになる。

景春は、残る生涯のすべてを築城と在地支配に使おうと思っていた。

しかし天は、いまだ景春を必要としていた。

五

明応九年（一五〇〇）、突如として宗瑞が兵を発し、小田原城を囲んだ。

これに対し、後詰に赴かねばならないはずの顕定の動きは至って鈍かった。

実は、越後上杉房定の後を継いだ顕定次弟の房能《ふさよし》と、守護代の長尾能景・為景《ためかげ》父子が不仲となり、越後からの後詰勢が期待できなくなっていたからである。

双方の確執は緊迫の度合いを加え、武力衝突寸前にまで至っていた。

文亀《ぶんき》元年（一五〇一）、顕定の後詰を得られぬまま小田原城は落城する。これにより大森一族は、三浦道寸を頼って相模国中郡の岡崎城まで落去《らっきょ》した。

またこの年、長らく病に臥《ふ》せっていた惣社長尾忠景が死んだ。顕定と共に景春を陥れ、景春からすべてを奪い去った男の最期は哀れだった。

見舞いに来た顕定の袖を取り、涙ながらに嫡男顕忠への家宰職相続を懇願した忠景には、かつて山内家の一翼を担い、関東平野を駆け回った頃の片鱗《へんりん》もなかった。

人伝《ひとづて》にこのことを聞いた景春には何の感慨もなかった。景春にとって忠景は、すでに過去の人となっていたからである。

――もはや、恨むべくもない。

後は約束通り、顕定が景英を家宰職に就けるのを見届けられれば、景春は、顕定と心底から和解してもいいとさえ思っていた。ところが、またしても景春の期待は裏切られる。新たに家宰職を拝命したのは、忠景嫡男の顕忠だった。

尻高城でその知らせを聞いた景春は、若き日のように激昂こそしなかったが、沸々とした怒りを抑えかねた。

——わしは、何のために顕定に頭《こうべ》を下げたのか。

やがて景英が馬を飛ばしてやってきた。景春をなだめ、自重を促すためである。

家宰職就任を前提として景春を帰順させ、白井長尾の傍輩被官や領民の慰撫に尽くしてきた景英としても、納得のいかない仕打ちだった。しかし顕定に拝謁し、その真意を質すと、顕忠の家宰職就任は惣社衆をなだめる一時的処置であり、一両年中には、家宰職を景英に任せるというのだ。

その話を聞いた景春は、皺深い口辺に笑みを浮かべた。

「上州も老いた」

「と、申されますと」

「昔は、もっとうまい嘘をついた」

景春は苦い酒を干した。

「父上、殿は当初、それがしに家宰職を継がせるつもりでいたはずです。しかし状況が変わったのです」

「越後表か」

越後上杉房能と長尾能景・為景父子の反目が続く越後と良好な関係を保つには、双方の覚えがめでたい忠景の息子に、家宰職を継がせることが上策というのが、顕定側近の考えだった。

確かに、景春が関東で戦に明け暮れている間、忠景は越後との外交を担い、越後に赴く度に顕忠を伴い、その顔を売っていた。

「それゆえ越後が安定すれば、殿は家宰職を譲らせるとのこと」

景春には、ひたすら顕定を信じようとする息子が哀れに思えてきた。

――それでも、景英に白井長尾の家督を継がせたからには、その判断に従わねばならぬ。

「父上、いましばらくの辛抱です」

「分かった。もう何も申すな」

二人は容赦なく吹きつける春一番を気にもせず、縁先に座し、無言で盃をあおり続けた。

伊勢宗瑞の小田原城奪取により、関東の勢力図は塗り替えられようとしていた。これを黙視できない顕定は、永正《えいしょう》元年（一五〇四）八月、宗瑞と同盟する扇谷朝良の籠る河越城への攻撃を開始した。

しかし、山内勢の猛攻にも、河越城は持ちこたえた。

そのため顕定は、いったん河越城攻めをやめて相模国に侵攻しようとする。

しかし九月下旬、その途次の立河原で、駿河今川勢や宗瑞の援軍を得た扇谷方と激突した顕定は惨敗を喫した。

『宗長手記』によると、「数刻の合戦、敵（顕定）討負て本陣立川に退、其夜行方しらず、二千余討死討捨、生捕馬物の具充満」とある。

山内勢は味方の死傷者二千余を置いて、夜陰に紛れて四散したという。

この戦いで、犬懸長尾房清・景明父子、上野の有力国人・長野房兼ら、名だたる武将の多くが討ち死にした。景春と共に幾多の戦場を疾駆し、鉢形城での旗揚げにも加わった景明の命運も、ここに尽きた。

——六郎が死んだか。

立河原から遠く離れた尻高の地で、この知らせを聞いた景春は、自らの時代が終わりに近づきつつあることを痛切に感じた。

立河原で惨敗を喫した顕定は鉢形城に引き籠った。しかし、越後守護代・長尾能景が一万二千の兵を引き連れて鉢形城近郊に現れたことにより、再び戦局が変わる。

十一月初旬、山内勢は、越後勢と共に河越城への攻撃を開始した。

顕定は、不退転の覚悟で河越城を攻め上げた。犠牲を厭わぬ猛攻に次ぐ猛攻である。これには、さすがの河越城も持ちこたえられず、年が明けた永正二年（一五〇五）三月、遂に朝良は顕定に和を請うた。事実上の降伏である。

しかし公方政氏の口利きもあり、顕定は朝良に過酷な要求ができなかった。すなわち、河越・岩付・江戸諸城も扇谷家の所有のままとされ、朝良も当主として残ることを許された。

比企郡や秩父郡などの武蔵国西部の領有権を取り戻し、本拠を鉢形城から菅谷館に移すくらいが、顕定の得た成果だった。

道灌謀殺に端を発した両上杉家の内訌・長享の乱は、足掛け十八年余にして、ようやく終わった。しかし、この戦いがもたらしたものは、山内・扇谷両上杉家の勢力圏が、やや変わった程度だった。

永正三年（一五〇六）四月、今度は古河公方家に内訌が起こる。公方政氏と嫡男の高氏（後の高基）の対立が表面化し、後に永正の乱と呼ばれることになる、関東を二分する大乱が勃発したのだ。

顕定と朝良の両上杉家は、そろって現公方の政氏を支持したが、かつての成氏の支持基盤であった千葉・宇都宮・小山・結城といった国衆を自陣営に引き込んだ高基は、侮れない勢力となりつつあった。

両上杉家対「関東諸侍」すなわち北関東国衆という対立の構図が、古河公方家の内訌によってよみがえった。

関東の争乱はいつ果てるともなく続いていたが、越後でくすぶっていた内乱の火種も大火に変わりつつあった。

八月、越後守護代・長尾能景が越中で討ち死にすることにより、守護代の座に嫡男の為景が就くが、これをきっかけとして、守護権力を強化しようとする房能との対立が表面化する。

翌永正四年（一五〇七）八月二日、越後国では、房能との軍事衝突が不可避であると覚った新守護代・為景が、先手を打って房能の府中館を急襲した。

防戦する暇もなく越後府中から自落した房能は、関東にいる兄の顕定を頼ろうとするが、信越国境で為景勢に追いつかれて自刃《じじん》する。

宿痾の争いに終止符を打った為景は、上杉分家の上条《じょうじょう》上杉家から定実《さだざね》を迎えて守護職を継承させるや、房能与党であった本庄時長《ほんじょうときなが》や、色部昌長《いろべまさなが》の掃討に移った。

本庄らは、たまらず顕定に助けを求める。

顕定は弟の弔《とむら》い合戦を宣言し、越後侵攻作戦の陣触れを関東各地に発した。

もう古河公方の内紛も関東管領としての職務も、顕定にとってどうでもよかった。同腹弟を殺された私怨だけが顕定を突き動かしていた。

越後の下剋上には、北関東の国衆もこぞって同情した。公方父子も確執を一時的に棚上げし、与党国衆に顕定に従うよう勧告した。

皆、越後で起こった下剋上を認めることが恐ろしかったのである。

これにより越後侵攻の状況が整った。関東の大軍が越後に雪崩れ込めば、結果は火を見るより明らかである。しかも季節は夏。冬の到来までには、十分に余裕がある。

いよいよ越後長尾氏の命運は尽きようとしていた。しかし為景のしたたかさは、関東諸将の想像をはるかに超えていた。

景春に為景から書状が届いたのは、そんな折のことだった。

書状には、自らの苦境と下剋上の言い訳が連綿と綴られ、景春に挙兵を促し、顕定の動きを牽制してほしい旨が記されていた。

景春は苦笑せざるを得なかった。

――わしには、もうその力も気概もない。

すべて読まずに、その長い書状を捨てようとした景春だったが、その時、目の端に一つの名が飛び込んできた。

――伊勢宗瑞とな。

景春は再び書状を手に取り、最後まで読み通した。

そこには、「挙兵が叶わぬなら、伊勢殿と渡りをつけてほしい」と書かれていた。

景春は為景の真意を見抜いた。

今、関東で為景に味方する可能性のある者は、伊勢宗瑞を措いてほかにいない。しかし、その宗瑞に為景は外交手筋を持たない。

その細い糸をつなげられる者は、関東には景春しかいなかった。

――面白くなってきたな。

景春は不敵な笑みを浮かべた。


その頃、京洛の地も大きく揺れていた。

明応二年の政変を成功させた細川政元は将軍に義澄を擁立し、幕府の実権を掌握した。しかし政元は行法に凝り、せっかく手に入れた政治権力を細川家内衆と呼ばれる家老衆に握られていた。修験道は妻帯を許さないため、政元は女色を断って修行に励んだ。それゆえ子がなく、養子を迎えることになる。

明応二年の政変から十四年後の永正四年、内衆に言われるままに、政元は養子の澄之《すみゆき》を廃嫡し、別の養子を立てようとした。そのため、それを恨んだ澄之一派により謀殺される。

この内紛に乗じた前将軍・義稙《よしたね》は同年、大内義興《よしおき》の手を借りて上洛を果たし、将軍に返り咲くことに成功する。義稙とは、かつての義材のことである。

政元殺害の二年前の永正二年、伊勢宗瑞と今川氏親は管領・細川政元と将軍義澄を見限り、義稙と誼《よしみ》を通じていた。長尾為景も同様である。

これに対して中央権力との接近を図りたい顕定は、弟の越後上杉房能と歩を一にするかのごとく、前将軍の義澄と細川政元との連携を深めていた。

この判断が明暗を分けることになる。

義稙の将軍職返り咲きを聞いた為景は、すぐさま義稙に使者を送り、自ら擁立した上杉定実の越後守護職就任と、自らの守護代職を正式なものとして認めてもらった。

これにより為景の下剋上は、幕府のお墨付きを得たことになる。

それだけでなく為景は、義稙に働きかけ、顕定討伐の将軍御教書を各地の義稙派大名に下してもらった。これで為景には大義もできた。

御教書は今川氏親、伊勢宗瑞、信濃の高梨政盛《たかなしまさもり》、出羽《でわ》の伊達尚宗《だてなおむね》らに下り、彼らは顕定討伐の大義名分を得た。

これを知った顕定の怒りは頂点に達し、将軍義稙を認めず、古河公方支持を内外に表明、関東以外のすべての国を敵に回すことさえも辞さぬ覚悟を示した。

景春は、すでに六十五になっていた。しかし、目前に迫る大波のような大乱を前にして、突き上げるような熱気が体内に渦巻いていた。

――宗瑞の申したことが、夢ではなくなったのだ。

景春には、伊豆にいる宗瑞の顔が目に浮かぶようだった。

景春は為景の要請に従い、頻繁に書状を書き、為景と宗瑞との間を取り持っていた。

双方に将軍御教書が届いた今となっては、お互いの肚を探る必要もなくなり、景春も含めた三者は、誰憚《はばか》ることなく連携することができた。

六

永正六年（一五〇九）四月下旬、景春の招きに応じた景英は、馬を飛ばして駆けつけてきた。

景春は多くを語るつもりはなかった。すでに息子は息子の人生を歩み始めており、白井長尾家を継いでいる。

一方の景春は、帰り新参として尻高長尾家を創設し、その初代となった次男の左馬頭《さまのかみ》景儀に家督を継がせていた。

むろん、景英に「ついて来い」などと言うつもりはない。

「彦四郎、いよいよ時が来た」

「そう仰せであろうと、思うておりました」

景英が笑みを浮かべた。

「それでは引き留めぬな」

「そのつもりは毛頭ありません。ただ、一つだけ――」

「何だ」と問いつつも、景春は、「聞く耳は持たぬぞ」と言わんばかりに険しい顔をして見せた。

「それがしも父上に従います」

考えてもみなかった景英の一言に、景春は唖然とした。

「いま一度、九曜巴の旗を関東に翻し、父子手を携えて殿に叛《そむ》きましょうぞ」

「それを本気で申しておるのか」

「父上、一つだけお分かりいただきたいのは、それがしは家宰職に就かせるという約束を反故《ほご》にした殿を恨み、叛旗を翻すのではありません。現にその決定の後も、それがしは殿に忠節を尽くしてまいりました。しかし、殿の此度の越後入りだけは許せないのです。この出征に大義はなく、関東管領としての職務を逸脱《いつだつ》しております」

「よくぞ申した」

「この出征は私怨から生じたもので、東国の民を呻吟させるものでしかありませぬ」

「私怨か」

景春の眼前に道灌の面影がよぎった。

道灌が、「私怨により戦う者は、いつか私怨により滅ぼされる。それが天理というものだ」と言っていたのを、景春は思い出していた。

「父上、この出征は暴挙以外の何物でもありませぬ。多大な負担は山内家の金蔵《かねぐら》を空にし、強引な陣触れに、民は怨嗟の声を上げております。関東の民のために政治を行う関東管領が、逆に民を苦しめている。これほどの非道がありましょうか。関東管領を諫めるのが白井長尾家の役目。ここで起たねば不忠と申すもの」

景英の顔は、かつての己のように自信に溢れていた。

――父子共に叛鬼となるのか。

「やはりそなたは、わが息子だ」

景春は感極まった。


七月、顕定率いる八千の兵が三国峠を越えた。管領だけに許された網代輿に乗り、管領の象徴である朱柄《あかえ》の傘、梨地の持槍を掲げさせ、四十有余年ぶりに、顕定は故郷越後の土を踏んだ。

この勢いに為景与党の国衆も動揺し、次々と顕定に従う旨の使者を送ってきた。

一方、為景は戦わずして越後府中を放棄、自らが擁立した上杉定実を担ぎ、越中国に逃れた。

春日山城に無血入城を果たした顕定は論功行賞《ろんこうこうしょう》を行った後、「越後直仕置《じきしおき》」を始める。

しかし顕定が最初に着手したのは、為景の与党国衆に対する報復措置だった。

顕定は、積極的に為景に与した者には死罪を、中立的立場を取った者には所領没収で報いた。

あまりに過酷な裁きに越後国衆の反感が高まったが、顕定は関東諸勢と共に越後府中で年を越し、関東管領の直仕置を越後国内に徹底させようとした。

顕定の越後入りと時を同じくして、景春父子が挙兵した。

父子は尻高城で旗揚げし、白井城に押し寄せた。事前に一揆衆への根回しは終わっており、山内家の留守居部隊を蹴散らした景春父子は、容易に白井城を手に入れた。

実に三十有余年ぶりの本拠復帰である。

これを聞いた顕定養子の憲房は、すぐさま平井城を出陣した。憲房が率いるのは、後詰として越後入りする予定の軍勢である。

白井城は、越後の顕定と平井城の憲房を分断する位置にあり、奪還できなければ顕定の帰路をふさぐことになる。そのため憲房も懸命だった。

憲房来襲を聞いた景春は、迷うことなく白井城を放棄、すでに奪取していた西方二里にある柏原城に拠った。

柏原城は沼尾川が吾妻川に合する崖上にある要害である。白井城よりも小規模だが、要害性は高く、寡勢での防御がしやすい。

やがて憲房勢が押し寄せてきたが、在地衆と一体になった景春の駆け引きに翻弄され、城を落とすには至らなかった。

この頃、越後にいる顕定は在地一揆の蜂起に手を焼き、憲房に越後入りを命じてきた。致し方なく憲房は柏原城の囲みを解き、越後に向かった。

遠ざかる敵を眺めつつ、景春父子は勝鬨を上げた。

景春父子と歩を一にするかのように伊勢宗瑞も旗揚げした。手薄となった相模中郡に進出した宗瑞は、高麗寺要害と住吉要害を取り立てると同時に、江戸湾の制海権奪取を目論み、神奈川湊に隣接する権現山城の上田政盛を蜂起させた。


越後の反乱は鎮火するどころか、燎原《りょうげん》の火のごとく広がり始めていた。

翌永正七年（一五一〇）三月、雪どけと同時に、顕定は積極的攻勢に出るものの、その作戦はことごとく失敗した。

これに越後国内は沸き立ち、「関東勢何するものぞ」という機運が盛り上がり始めた。これに対して関東勢は動揺し、勝手に陣払いする者も出始めた。

四月になると、越中から為景が戻り、寺泊で反撃の狼煙を上げた。

顕定の直仕置に嫌気が差していた越後の国衆は、こぞって為景の旗下に参じる。

一方、酷寒の中での越後在陣は、関東の兵を疲弊させていた。関東には田植えの季節も迫っており、兵農の分離していない兵を、いつまでも越後の地にとどめておくわけにもいかない。

伊勢宗瑞に圧迫されている扇谷朝良からも、顕定に援軍を乞う書状が連日のごとく入っていた。越後のことにかまけているうちに、本拠の関東が危うくなってきたのである。

顕定はいち早く越後を安定させ、関東に戻らねばならなかった。

六月初旬、切羽詰まった顕定は寺泊の為景勢を急襲したが、逆に撃退され、憲房と共に魚沼郡の妻有荘《つまり》まで退却した。

しかし、魚沼郡を領する上田長尾房長が為景方に寝返ったため、山内勢は恐慌状態に陥り、われ先にと逃げ出した。その結果、顕定を守るのは直属軍一千だけになっていた。

運命の六月二十日、関東に逃れるべく三国峠を目指した顕定だったが、長森原《ながもりはら》で遂に捕捉された。

顕定は自ら槍を取って縦横無尽に暴れ回った末、討ち取られた。

景春が終生の敵とした顕定は、故郷越後の地で五十七年の生涯を閉じた。

顕定敗死の一報を受けた憲房は、残兵をまとめると関東に引き上げてきた。

景春の許にも、その知らせは届いた。

「風説ではないか」

景春は顕定の死を信じなかった。希代の幸運の持ち主である顕定が、容易に死ぬとは思えなかったのだ。

「父上、白井に逃げ帰った憲房が、関東管領職を公方様より拝命したとのことです」

景英の摑んだ情報は正確だった。

——道灌殿、忠景、そして顕定までもが死んだか。

景春は己の時代の終焉を実感した。同時に、あれだけ憎んだ男の死が、景春の心に、これほどの風穴を開けるとは思ってもみなかった。

——わしの生涯は私怨によって支えられてきた。私怨がなければ、わしに生きる宛所などなかったのだ。

忠景と顕定が鬼籍《きせき》に入った今、景春は生きる目的を失いつつあった。

一方、顕定敗死を聞いた宗瑞は、景春父子を津久井に呼び寄せた。柏原城での長引く籠城に限界を感じていた折でもあり、景春は、この誘いに乗った。

永正七年初秋、憲房は二万の精鋭を伊勢方の拠点の一つ、権現山城に派遣した。

これに勇躍した朝良も、江戸城から一気に南下し、権現山城に攻め寄せた。攻防は九日間に及んだが、数に勝る上杉方が押し切り、権現山城は落城、守将の上田政盛は宗瑞の許へと逃亡した。

これにより朝良の意を受けた三浦道寸は、嫡男義意《よしおき》を大将とした部隊を相模中郡の住吉要害に派遣し、これを攻略する。

旧勢力の巻き返しに遭った宗瑞は小田原城に逼塞した。

義意の活躍に満足した道寸は軍勢を北に向けた。狙いは、景春父子の籠る津久井城だ。

相模川西岸をさかのぼり、三増方面から押し寄せた三浦勢一千と景春勢五百は、津久井山麓で衝突した。

景春勢は上州勢得意の矢戦により三浦勢を悩まし、数町も後退させるが、近隣の土豪が続々と三浦勢の傘下に集まったため、戦線を維持するのは困難となった。しかも恃みの宗瑞は小田原を守るのに汲々《きゆうきゆう》としており、後詰を期待できない。

熟慮の末、景春父子は津久井城を落去する。

「津久井城自落」を聞いた朝良は東海道を西に向かい、津久井城を制した道寸も小田原道を南下した。両軍は小田原東方の酒匂宿で合流し、一気に小田原城まで攻め寄せた。

しかし、宗瑞が手塩にかけて縄張りした小田原城は、堅固この上ない。朝良は小田原城を攻めあぐみ、結局、宗瑞と和睦する。これが後に取り返しのつかないことになるとは、この時、朝良も道寸も思っていなかったに違いない。上杉方は、せっかく小田原に追い込んだ宗瑞に、反攻態勢を整える猶予を与えてしまったのだ。

一方、上州・北武蔵国衆により編制された主力部隊を朝良に貸し与えた憲房は、手薄になった領国の守りに不安を抱いていた。その危惧は当たり、景春父子は難なく上州に入り、白井城近辺まで進出してきた。

旗本衆だけを率いて平井城を出陣した憲房は、白井城救援に向かったが、景春父子は白井城に目もくれず柏原城を占拠すると、三国峠を越えてきた長尾為景勢を迎え入れた。為景の下剋上成功は、景春父子の後方攪乱によるところが大であり、その恩に報いようというわけだ。

一方、三千の兵を率いて猿ヶ京城（宮野城）に入った憲房は、景春に先導された越後勢が猿ヶ京城に近づいたと聞き、野戦で雌雄を決すべく城下に陣を移した。

いよいよ、決戦の時が訪れた。

八月三日未明、宮野宿を中心とした一帯で両軍は激突した。

矢箭が空を暗くし、喊声が地に満ちる。鉦鼓の音が山々にこだまする中、初秋の太陽が、衝突する両軍将兵の切っ先を明滅させる。

砂塵の中を双方の旗幟が行き交い、どちらが優勢なのかも定かでない。

景春は本陣で微動だにせず、前線にいる景英からもたらされる戦況報告を聞いていた。しかし朗報は、いつまで待っても入らず、双方は一進一退を繰り返しているようである。

――容易ならざる戦いになるな。

戦は生き物だ。一気に全軍を投入して押し切れることもあるが、それで敵を崩せぬ場合、必ず息切れが生じる。それが攻勢限界点である。そこで受け身になっていた側が逆襲に転じることで、状況は一変する。

戦慣れしていない憲房は、すでに全軍を投入していたが、景春方には余力があった。

「伊玄殿、そろそろ頃合いでは」

本陣に床机を並べる為景が、痺れを切らしたように問うてきた。

「敵の精鋭は、扇谷勢と共に小田原にあります。それゆえ目前の敵は弱卒ばかり。根気よく戦えば、必ず疲弊します」

「いかにも。さすが伊玄殿、戦況を見極める目は衰えておりませぬな」

為景が黒々とした髭を震わせて笑った。

日が中天に達する頃、山内勢の攻撃が鈍ってきているという報が入った。

「為景殿、よろしいか」

「もとより」

すでに為景は兜の緒を締めていた。

「惣懸り！」

景春が軍配を振り下ろすと、為景とその馬廻衆が出陣していった。

温存していた越後長尾勢の主力が投入されたのだ。

これにより押され気味となった山内勢の一角が崩れ、半刻もしないうちに潰走を始めた。前線から走り戻る使番が、次々と「お味方勝利」を伝えてきた。

為景の手を借りたとはいえ、景春は遂に山内勢を破ったのだ。

景春は景英と為景に「深追い無用」を伝えると、ようやく安堵のため息を漏らした。

——わしは勝ったのか。

勝利に沸き立つ本陣に一人佇み、景春は勝利を嚙み締めていた。


これにより、上州北東部が景春の手に帰した。

景春はこの機に憲房を葬り去ろうとしたが、憲房は古河公方政氏派から高基派に鞍替えするという離れ業を演じ、この危機を脱する。

かねてより高基から誘いのあった憲房は、乗り換える交換条件として、後詰部隊を差し向けてくれるよう高基に懇請した。

これに応えた高基は、千葉、宇都宮、小山、結城、佐野ら、常に山内家を悩ませ続けてきた「関東諸侍」を送り出してきた。

景春と為景が平井城に向けて出撃しようとしたところ、先手を担った佐野勢が、こちらに向かっているとの知らせが入った。これにより景春は、平井城攻めを中止せざるを得なかった。

山内家の息の根を止めることはできなかったが、景春は旧領を回復した。

——長き道のりであった。

景春は勝利の美酒に酔った。この時ばかりは心の底から酔いたかった。

——道灌殿、見ていてくれたか。

おそらく生涯最後になるであろうこの勝利を、景春は道灌に捧げたかった。

景春はよく負けた。これだけ負けた武将はほかにいないくらい、よく負けた。しかし、景春は相次ぐ敗戦から学び、幾度も再起した。そして遂に、最後の勝利を手にしたのだ。

——しかし、わが生涯とは、いったい何であったのか。

勝利の余韻から醒めた景春は自問した。四十有余年、関東平野を駆け回った末に手にしたものは、父祖から受け継いだ本領でしかなかった。

私怨が景春を支えたとはいえ、結局、私怨だけで手にできた収穫は少なかった。

——これからの時代は、民のための大義を掲げる者が勝つのだ。

景春は、それぞれの大義を掲げて関東平野で衝突するであろう越後長尾勢と伊勢勢の姿を、この時、確かに見た。どちらが勝つにせよ、その戦いを経ずして、関東に静謐がもたらされることはないと確信した。

年が明けるまで上野国に駐屯した為景は、「伊玄入道に馳走できた」と喜び、梅の花が咲く頃、越後に帰っていった。景春はこの若き恩人を三国峠まで見送り、再会を約した。すでに景春は六十九になっていた。

白井城に隠居した景春は、一切の政事・軍事から手を引いた。

しかしこの頃、いったん治まっていた古河公方の後継者争いが再燃、憲房の高基派への鞍替えに激怒した公方政氏は、憲房から管領職を奪い、自らの弟の顕実《あきざね》に与えた。

この仕打ちに、憲房とその家宰の足利長尾景長は怒り、永正九年（一五一二）、憲房の意を受けた景長は顕実の拠る鉢形城に攻め寄せ、これを落とした。古河に逃れた顕実は、この後、すぐに病死したため、憲房は管領職を取り戻した。

この結果、すべての望みを絶たれた政氏は、公方職を高基に譲って退隠、永正の乱は終結する。

こうした政治状況の変化に、白井長尾家も超然としてはいられなかった。景英は、正室の実家にあたる足利長尾景人の仲立ちにより憲房と和睦し、憲房派となった。これにより新公方高基と管領憲房双方から、景英は白井城とその周辺の所領を安堵された。

景英は父と同じ叛逆者の道を歩まず、結局、旧体制側に戻ったことになる。

ようやく関東全土に平和が訪れたかに見えた永正十年（一五一三）、再び宗瑞が動き出した。

相模中郡の岡崎城、続いて東郡の住吉城で三浦勢を破った宗瑞は、四月、三浦一族を新井城に追い込んだ。九月には、援軍として駆けつけた太田資康をも、粟船（大船）で敗死させた。

いよいよ、宗瑞の時代が幕を開けたのだ。

宗瑞は自らの理想を実現すべく、着実に歩を進めていた。

景春は、遠い南関東で活躍する宗瑞の風説を楽しみに余生を送っていた。

景英の判断に反対するつもりはなかったが、結局、景英が旧態依然たる室町体制に帰属したことに深く落胆もしていた。

景春がいま少し若かったなら、宗瑞に与して新しい世の建設を手伝ったに違いない。しかし、すでに齢七十の声を聞き、余生を静かに送る身が、息子に意見するわけにはいかなかった。

永正十一年（一五一四）八月、為景の求めに応じた景春は、越後へと出かけた。

その途次、長森原に立ち寄った。

顕定が討ち死にした長森原には、朽《く》ちかけた祠《ほこら》と小さな供養塔が建てられていた。

そこには蟬の声が満ち、初秋の日差しが容赦なく照りつけていた。

――さぞや無念でありましたな。

ひとしきり経を唱えると、景春は死せる顕定に語りかけた。

心の底をさらっても、すでに私怨は残滓《ざんし》さえもなかった。

かつての仇敵は、今は骨となって地中に眠っている。

一方、すべてを奪われて関東平野を逃げ回った己は、こうして生きている。

しかし景春は、己が勝利したとは思わなかった。

――私怨に生きたわしは、しょせん時代の破壊者にすぎなかった。

この時、景春は天が己に与えた役割を、ようやく理解した。

――天は、新たな世の建設を北と南にいる二人の男に託したのだ。

蒼天を見上げると、すっかり橙色に染まった空に朱柄傘のような雲が広がっていた。

初めて顕定に会った時、その頭上には、誇らしげに朱柄傘が掲げられていた。あの敵意をあらわにした少年の瞳を、景春は思い出した。

――殿、ほどなくして、それがしもそちらに参るはず。その時は、これまでのことを忘れ、酒でも酌み交わしましょうぞ。そして道灌殿も交え、新しき世の到来をじっくりと見物いたしましょう。

景春は供養塔に付いた泥を払うと、穏やかに語りかけた。

この後、越後府中に至った景春は為景の大歓迎を受けたが、それも束の間、にわかに病を得て、そのまま越後で客死《かくし》する。遺骸は故郷に運ばれ、白井城にほど近い空恵寺《くえじ》に葬られた。
長尾景春、享年七十二。
叛鬼は、その生涯を叛鬼のまま全うした。

参考文献（著者敬称略）

『長尾景春』黒田基樹　戎光祥出版
『扇谷上杉氏と太田道灌』黒田基樹　岩田書院
『図説　太田道灌』黒田基樹　戎光祥出版
『戦国関東の覇権戦争』黒田基樹　洋泉社
『北条早雲とその一族』黒田基樹　新人物往来社
『戦国北条一族』黒田基樹　新人物往来社
『長尾氏の研究』勝守すみ　名著出版
『古河公方足利氏の研究』佐藤博信　校倉書房
『関東管領・上杉一族』七宮涬三　新人物往来社
『関東公方　足利氏四代』田辺久子　吉川弘文館
『上杉憲実』田辺久子　吉川弘文館
『万里集九』中川徳之助　吉川弘文館

『戦国誕生　中世日本が終焉するとき』渡邊大門　講談社
『奔る雲のごとく　今よみがえる北条早雲』小和田哲男監修　北条早雲フォーラム実行委員会
『北条早雲と家臣団』下山治久　有隣堂
『後北条氏』鈴木良一　有隣堂
『越後上杉一族』花ヶ前盛明　新人物往来社
『上杉氏年表　為景　謙信　景勝』池享・矢田俊文編　高志書院
『上杉謙信の夢と野望』乃至政彦　洋泉社
『中世を道から読む』齋藤慎一　講談社
『長尾景春と熊倉城』荒川村郷土研究会編
『歴史群像No.93』中の記事「長尾景春　起つ！」西股総生　学習研究社

自治体史及び断片的に利用した論文等は割愛させていただきます。

〈対談〉本郷和人（東京大学史料編纂所教授）×伊東　潤

戦国前期には歴史の面白さが詰まっている

長尾景春《ながおかげはる》らが生き抜いた時代は後世にどんな影響を与えたのか。太田道灌《おおたどうかん》は湿地帯であった江戸《えど》の地になぜ目をつけたのか。戦国時代前期に隠された謎を、歴史学者と小説家の目線から解き明かす。

――まず、本作を執筆したきっかけを教えてください。

伊東　この作品を書いた十年ほど前まで、私はお城めぐりを趣味にしていました。お城めぐりといっても山城を主にしたマニアックな方ですね。その頃の参考文献は『日本城郭大系』や『日本城郭辞典』くらいしかなかったんですが、それらを読んでいると、長尾景春の名が頻繁《ひんぱん》に出てくるんです。そこから景春に興味を持ち、『太田道灌状』が全文掲載されていた『荒川村誌《あらかわそんし》』などを入手したりして、小説に書いてみようとなったわけです。入手しやすい上に読みやすい文献が豊富な今とは、隔世《かくせい》の感があります。

本郷　歴史を生業《なりわい》にしている人間が読むと、『叛鬼』は伊東作品の中でも特に素晴らしいです。伊東さんが大きな地図に城を描いて、それがどの勢力に属しているかをメモしている姿が目に浮かびます。僕が大河ドラマ『平清盛《たいらのきよもり》』の時代考証を担当した時に、視聴者からどの登場人物も名前に「盛」の字があるので区別できない、というお叱りを受けました。長尾の一族も名前に「憲」や「景」が付いているのですが、伊東さんの手にかかると、こいつは日和見《ひよりみ》、こいつは誠実、と明確に書き分けられています。ですからキャラクターの性格を丁寧に作られたことが、よく分かります。

伊東　戦国時代前期の関東は上杉《うえすぎ》姓や長尾姓ばかりで、人名が頭に入りにくいのは確かです。だからこそ『叛鬼』では、しっかりとキャラクターを練り込みました。中でも扇谷《おうぎがやつ》上杉定正《さだまさ》のキャラクターは今でも気に入っています。

――『叛鬼』は、応仁《おうにん》の乱より早く始まった関東の大乱・享徳《きょうとく》の乱を背景にしています。日本人がイメージする戦国時代は織田信長《おだのぶなが》の登場以降なので、享徳の乱の時代は馴染みが薄いです。信長の時代との違いはどこにあるのでしょうか。

本郷　では、僕から『叛鬼』の時代を説明すると、関東では上杉とか、長尾とかの名跡が大切にされていました。上杉謙信《けんしん》の父親の長尾為景《ためかげ》は、春日山城《かすがやまじょう》を本拠地にした時に「春日山為景」に改名してもよかったのですが、長尾にこだわっています。それが信長の時代になると、名跡があまり意味をなさなくなります。

伊東　我々が考えている以上に十六世紀中盤、信長の登場以前と以後では、朝廷や幕府の権威に対する考え方が一変しています。とくに東国では朝廷や幕府の権威を重んじていますよね。室町幕府の権威が、東国にはずっと残っていたようです。関東では十五世紀終盤まで公方も管領もいまだ力を保っていて、国人《こくじん》や土豪《どごう》たちが自分たちの所領や権益を庇護《ひご》してもらっていました。要は下剋上なんてものは無用で、秩序の維持が大切だったんです。それを関東でぶち壊したのが長尾景春と北条早雲《ほうじょうそううん》ですが、それでも関東管領山内上杉氏《かんとうかんれいやまのうち》などは根強い勢力を保ち続けていました。永禄三年（一五六〇）に行われた謙信最初の関東越山の時も、謙信が朝廷や幕府から拝領した権威の数々に平伏するように、十万もの関東国衆が謙信に付き従ったのですから、まだまだ権威は使いようだったわけです。

本郷　そうなんです。だから上杉謙信ほどの武将が、関東管領になりたがる。関東管領が有名無実になっていたことは理解していたと思いますが、周囲の人間にアピールするくらいの力はあると考えていたんでしょうね。

伊東　戦国大名は戦うのが好きなわけではなく、領土を広げたいわけです。武田《たけだ》信玄《しんげん》も信濃《しなの》守護職にこだわりますし、大名や国人たちは朝廷から正式に拝領した官位官職によって、戦わずして従わせることが優先されました。謙信の場合は関東管領の権威によって東国を静謐《せいひつ》に導きたかったのです。

本郷　先ほど、信長以前、以降という質問がありましたが、信長で時代を切るのは難しく、元亀《げんき》・天正《てんしょう》くらいから権威が必要とされなくなっていきました。『叛鬼』は、まだ権威が生きていた時代に、長尾景春が権威と戦った物語、とまとめると分かりやすいですかね。

伊東　その通りです。景春は権威の内側にいたわけですから、その秩序を壊そうというのは、よほどのことがないとできません。とくに関東の戦いは「やるかやられるか」になることが多く、畿内《きない》に先駆けて戦国時代に突入するというのは、必然的な流れだったかもしれません。享徳の乱が大義を巡る争いであった一方、京都を中心に繰り広げられた応仁の乱は、家督や権益の奪い合いでした。関西と関東では戦に対する意識が違うようです。

本郷　時代を先取りするコンセプトは関西で生まれ関東に波及していますから、大義をめぐる争いというのは遅れていたと言えます。関東では相手の息の根を止めるまで合戦を続けていましたから、当時の価値観でも野蛮です。応仁の乱の指導者は、皆畳の上で死んでいますから、ガチバトルではなくプロレスみたいなものですよ。

伊東　関東では平将門《たいらのまさかど》の時代から、関東全域に縦横無尽に馬を飛ばし、あちこちで命懸けの戦いが繰り広げられているイメージがあるので、畿内の戦いとは概念自体が違う気がします。関東の戦いは荒ぶる鎌倉武士たちの流れを引き、怒りや憎悪といった感情によって相手を倒すまで戦うというイメージですが、畿内の戦いは利害や打算が働いており、馴れ合い的な印象もあります。

――関東では秩序が残っていたとのことなので、秩序を破壊する下剋上は心理的な障壁もあったはずです。その中にあって『叛鬼』の主人公・景春は下剋上を成し遂げるわけですが、景春はどのような人物だったのでしょうか。

本郷　まずは、見事な景春像を作り上げた伊東さんのお話をうかがいたいです。

伊東　誰が最初に下剋上をやったのかには諸説ありますが、その一人として必ず名が挙がるのは景春です。室町幕府の権威が弱まり、在地の国人衆の発言力が強くなったという時代背景があったのは事実ですが、景春には家柄への誇りとリーダーシップがあったのだと思います。ですが上杉顕定は家宰職を影響力の強い景春に与えたくなかった。それで叔父の惣社長尾忠景に就かせたわけですが、景春は人一倍自負心も強かったので、この不当な人事に怒り、主君に弓を引いたのでしょうね。法的には家宰職は世襲ではないので、顕定のやったことは一概に非難されるべきことではないのですが、景春には下剋上という選択しかなかった。いつの時代もそうですが、人を動かしているのは感情なのかもしれません。

本郷　その点で言うと、『叛鬼』の中で際立った対照を成しているのが、景春と太田道灌です。道灌は実力では景春に匹敵しますが、どれほど酷い目に遭っても主君の上杉家が大事で、「裏切るような奴は武士とは言えない」「自分はナンバー2でいい」という感覚が捨てられない。だから道灌は主君の定正に殺されますが、景春はしたたかに生き残っていきます。

伊東　実は『叛鬼』で描くのが一番難しかったのが道灌でした。道灌は従来のイメージ通り正義を重んじる人で、関東の秩序を守るという信念を持っていたのは確かですが、超然とした人格者というわけではありません。『太田道灌状』を読むと、道灌は短気で頑固な人物だと分かります。千葉《ちば》氏を攻めた際には、主君の定正の制止を聞かずに戦い続けたことで、自身の弟や多数の重臣たちを失います。その後、道灌は暗殺されるわけですが、もし命を落とさなかったら道灌が下剋上をやっていた可能性も否定できないと思いました。

本郷　なるほど。最後の胸アツな展開は、道灌が景春に「お前が正しかった、俺もやるよ」という可能性が生み出していたんですね。

――気に入らなければ主君を殺しても、父親を倒してもいいという下剋上のメンタリティは、室町後期になって出てきたものなのでしょうか。

本郷　『吾妻鏡《あづまかがみ》』で鎌倉武士の鑑のように書かれている畠山重忠《はたけやましげただ》が、謀反《むほん》を疑われるのは武士の誉《ほまれ》であると言ってますから、昔からあったと思いますよ。武士は相手の命を奪って偉くなっていく人たちなので、もの凄く冷めた部分があると思うんです。江戸時代の武士道は「君、君たらずとも、臣、臣たれ」ですが、中世の武士道は「君、君たらざれば、臣、臣たる必要なし」なので契約関係です。ただ無能な主君なら殺してもよいという短絡的な話にはならないので、下剋上をした人は特殊かもしれません。ただ下剋上でも親を殺した人は少なく、斎藤義龍《さいとうよしたつ》と結果的に親殺しになった大友宗麟《おおともそうりん》くらいです。義龍は道三を殺したことを悔やんでいて、斎藤姓を捨て一色《いっしき》を名乗ります。それくらい親殺しは、インパクトがあったんです。

――上杉氏といえば越後の謙信の印象が強いですが、『叛鬼』を読むと、古くから関東で重要な役を果たしていたことが分かります。謙信も元々は長尾で、関東管領を受け継いでから上杉を名乗っています。そもそも上杉氏とは何者だったのかを教えてください。

本郷　概略を説明すると、後嵯峨《ごさが》天皇の皇子・宗尊親王《むねたかしんのう》が、鎌倉幕府が待望していた六代将軍になります。宗尊親王は母親の身分が低く僧侶になるしかないと思われていたので、幕府が将軍に欲しいといってきたのは渡りに船でした。宗尊親王の家臣として鎌倉に下ってきた下級貴族の一人が上杉です。その後、経緯ははっきりしていませんが、足利《あしかが》家の家臣になって、上杉の娘が足利の子供を産むケースが増えるほど信頼されるようになります。尊氏《たかうじ》を産んだのも、上杉清子《きよこ》です。室町時代になると将軍の外戚として力を持った上杉は、鎌倉公方の第一の家臣・関東管領として、関東全域の政治を担うようになります。時代が下ると本家が三つに分かれるのですが、最初に犬懸《いぬがけ》が潰れ、山内、扇谷が残る。これが『叛鬼』の時代です。その後、北条早雲の孫の北条氏康《うじやす》が起こした河越《かわごえ》夜戦で、当主が戦死して扇谷が滅び、山内も北条に追い詰められて越後に落ち延び、生活の面倒を長尾に見てもらう代わりに上杉の名跡を譲る。こうして誕生したのが、上杉謙信です。

伊東　疑問なのは、謙信は姓を上杉に変えますが、関東管領の権威がなくなった後、長尾に戻すこともできたのに上杉を名乗り続けましたね。後継者の景勝も上杉のままで、結果的に明治まで続いていきますよね。

本郷　それどころか越後の各地にいた長尾一族が謙信が上杉に改姓すると、皆な上杉を名乗っています。武士は家名を重んじるので、何を考えているんだと思いますよ。

伊東　一方で足利姓は関東で重んじられませんでした。逆に足利家の家臣にすぎない上杉姓が幅を利かせていたというのは面白いですね。

本郷　そうですね。鎌倉時代の北条みたいな存在が上杉なので、関東の人間にとってはブランドになっていたはずです。権威は重要で、武田信玄も有能な家臣を見つけると、甲斐《かい》や信濃の名家へ養子に出し、皆を納得させてから重臣にしています。馬場信春《ばばのぶはる》は、その典型ですね。そう考えると、どこの馬の骨か分からない人間を重臣に抜擢《ばってき》した信長は、本当に変わっていたと思います。

伊東　信長については従来のイメージが随分と書き換えられてきましたが、実力主義人事や抜擢人事に関しては画期的ですね。また、北条早雲を見ていると、徒手空拳であることが強みになってる部分があります。権威に寄らないと、軍人も官僚も有能なら身分を問わず登用できます。そうした形で勢力を拡大したところは、信長に似ています。

――『叛鬼』には、景春の宿敵として太田道灌が登場します。江戸城は道灌が築き、それを徳川家康《とくがわいえやす》が引き継いで大都市に発展させ現代に繋がります、道灌の時代の江戸は湿地帯が広がる片田舎でした。道灌は、なぜ江戸に着目できたのでしょうか。

伊東　道灌の頃の江戸は大半が湿地帯で、わずかに田畑が散見される程度だと思われてきましたが、港では船が往来し、交易が盛んだったという記録もあります。おそらく道灌は江戸を商都として発展させ、扇谷上杉家の経済基盤を強化していく構想を持っていたのではないかと思います。その点、江戸は関東各地へと物資を輸送できる好立地にあり、関東全域を支配するには最適です。私は北条氏が滅んだ最大の原因は、小田原《おだわら》から本拠を江戸に移せなかったことにあると思っています。江戸は河川を使った交易網が築けるという経済的な側面はもとより、軍事的な面でも関東各地に後詰勢を送りやすい要地です。一方、関東の南西端にある小田原では、豊臣《とよとみ》勢のような大軍に多方面から侵入された時、手も足も出ません。氏康の代で思い切って本拠を江戸に移していれば、北条氏はもっと粘り強い抵抗ができ、もしかすると滅亡を免れていたかもしれません。

本郷　僕が疑問に思っていたことを、伊東さんが説明してくれました。確かに地政学的な重要性を見抜き、居城を江戸に定めたのは道灌の慧眼《けいがん》でしたが、道灌の力では江戸を大きな街にできたかは疑問です。何といっても、江戸は井戸を掘っても出るのは塩水だけでした。だから家康は、利根川を曲げて鹿島灘にそそぐようにし、井の頭から上水道を引いています。こうした大土木工事は、家康が天下人になったから可能になったもので、道灌では無理だったと思います。

伊東　井戸を掘っても海水しか出なかったというのは盲点でした。道灌の時代ならまだしも、北条氏が本拠を移すのは無理ですね。やはり江戸に本拠を移すとしたら、江戸幕府が行ったように利根川の東遷《とうせん》事業とセットなんでしょうね。だとしたら北条氏は、江戸ではなく千葉県北部の関宿《せきやど》あたりに本拠を移しておけばよかったかもしれません。

本郷　なるほど。ただ関宿は海に面していないので、経済発展が難しいかもしれませんね。家康の時代になると、於大《おだい》の方《かた》の子どもで家康の異父弟にあたる松平康元《まつだいらやすもと》が関宿城の城主になっています。家康が一族で固めたほどなので、重要な街ではあったはずです。

伊東　そう考えると、関宿に本拠を移しても北条氏が生き残るのは難しかったかもしれませんね。北条氏は後の江戸幕府と比べると、はるかに権力基盤は弱いので、利根川流域の国人たちをどこかに移封し、利根川の東遷事業を行うことなどできませんしね。

本郷　関宿も大工事を行えば拠点たる街になったかもしれませんが、同じ費用をかけるなら江戸だったんでしょう。江戸湾の防衛を考えた家康は、巨大な船を使う朱印船貿易は浦賀で行うつもりでした。だからペリーが江戸ではなく浦賀《うらが》に来たのは、必然です。そうした知恵は受け継がれるものなので、道灌が見つけ家康が完成させたのが江戸という街なんです。

――この時代には、まだ知られていない面白い部分がたくさんありますね。

伊東　『叛鬼』からは、戦国時代に突入していくというダイナミズムを感じていただきたいです。本書から、北条早雲を題材とした『黎明《れいめい》に起《た》つ』（講談社文庫）、亡くなった火坂雅志《ひさかまさし》さんの後を引き継いで書き上げた『北条五代（上・下）』（朝日新聞出版）をはじめとした、一連の北条家を題材とした作品へと進んでいただければ、関東戦国史が手に取るようにわかると思います。小説で楽しみながら学んでいきましょう。

本郷　北条家、とりわけ早雲においては学会でも人物観について議論になる、興味深い題材です。伊東さんの描く北条早雲像はぜひ読んでみたいです。

ほんごう・かずと
一九六〇年東京都生まれ。東京大学史料編纂所教授。文学博士。専門は日本中世政治史、古文書学。近著に『日本史の論点』（扶桑社新書）『日本中世史最大の謎！　鎌倉13人衆の真実』（宝島社）『日本史の法則』（河出新書）など。

『叛鬼』二〇一四年八月刊　講談社文庫

中公文庫

叛《はん》鬼《き》

2021年9月25日　初版発行

著　者　伊《い》東《とう》潤《じゅん》

発行者　松田陽三

発行所　中央公論新社
〒100-8152　東京都千代田区大手町1-7-1
電話　販売 03-5299-1730　編集 03-5299-1890
URL http://www.chuko.co.jp/

ＤＴＰ　平面惑星
印　刷　大日本印刷
製　本　大日本印刷

Published by CHUOKORON-SHINSHA, INC.
Printed in Japan　ISBN978-4-12-207108-7 C1193

中公文庫既刊より

い-132-1
走狗
伊東潤
西郷隆盛と大久保利通に見いだされ、幕末の表舞台に躍り出た川路利良。警察組織を作り上げ、大警視まで上り詰めた男が見た維新の光と闇。〈解説〉榎木孝明
206830-8

さ-45-11
武揚伝 決定版（上）
佐々木譲
海軍伝習所を経てオランダへ留学した釜次郎は、観戦武官としてデンマークとプロシアの近代戦争に臨場し、己が国と欧米列強とのあまりの格差に驚愕する！
206488-1

さ-45-13
武揚伝 決定版（下）
佐々木譲
榎本総裁のもと箱館に共和国樹立！ だが、海峡を突破し上陸した新政府軍の圧倒的な攻勢に、土方は倒れ、武揚は……。著者畢生の歴史巨篇、ついに文庫化！
206490-4

さ-45-12
武揚伝 決定版（中）
佐々木譲
最新鋭艦「開陽丸」を操り帰国した武揚らは幕府海軍創設に参加。だが世界情勢に背を向け内紛を続ける日の本では遂に幕府が崩壊。苦悩する幕臣榎本だが……。
206489-8

と-26-26
早雲の軍配者（上）
富樫倫太郎
北条早雲に見出された風間小太郎。軍配者となるべく送り込まれた足利学校では、互いを認め合う友に出会い――。新時代の戦国青春エンターテインメント！
205874-3

と-26-27
早雲の軍配者（下）
富樫倫太郎
互いを認め合う小太郎と勘助、冬之助は、いつか敵味方にわかれて戦おうと誓い合う。扇谷上杉軍へ攻め込む北条軍に同行する小太郎が、戦場で出会うのは――。
205875-0

と-26-28
信玄の軍配者（上）
富樫倫太郎
駿河国で囚われの身となったまま齢四十を超えた山本勘助。焦燥ばかりを募らせていた折、武田信虎による実子暗殺計画に荷担させられることとなり――。
205902-3

各書目の下段の数字はISBNコードです。978-4-12が省略してあります。

と-26-29
信玄の軍配者（下）
富樫倫太郎
武田晴信に仕え始めた山本勘助は、武田軍を常勝軍団へと導いていく。戦場で相見えようと誓い合った友たちとの再会を経て、「あの男」がいよいよ歴史の表舞台へ！
205903-0

と-26-30
謙信の軍配者（上）
富樫倫太郎
越後の竜・長尾景虎のもとで軍配者となった曾我（宇佐美）冬之助。自らを毘沙門天の化身と称する景虎の前で、いま軍配者としての素質が問われる！
205954-2

と-26-31
謙信の軍配者（下）
富樫倫太郎
冬之助は景虎のもと、好敵手・山本勘助率いる武田軍を前に自らの軍配を振るい、見事打ち破ることができるのか⁉「軍配者」シリーズ、ここに完結！
205955-9

と-26-40
北条早雲1 青雲飛翔篇
富樫倫太郎
一代にして伊豆・相模を領する大名にのし上がる風雲児の、知られざる物語が幕を開ける！ 備中での幼少期から、幕府の役人となり駿河での密命を果すまで。
206838-4

と-26-41
北条早雲2 悪人覚醒篇
富樫倫太郎
再び紛糾する今川家の家督問題を解決するため、後の「北条早雲」こと伊勢新九郎は、駿河への下向を決意する。型破りな戦国大名の原点がここに！
206854-4

と-26-42
北条早雲3 相模侵攻篇
富樫倫太郎
この世の地獄を減らすため、相模と武蔵も自分が支配するべきではないか――僧になった〝悪党〟が、途方もない夢に向かい、小田原城奪取に動く緊迫の展開！
206873-5

と-26-43
北条早雲4 明鏡止水篇
富樫倫太郎
宿敵・足利茶々丸との血みどろの最終戦と悲願の伊豆統一、再びの小田原城攻め……己の理想のため鬼と化した男にもはや安息はない。屍が導く関東への道！
206882-7

な-65-1
うつけの采配（上）
中路啓太
関ヶ原の合戦前夜――。誰もが己の利を求める中、ただ一人、毛利百二十万石の存続のため奔走した男・吉川広家の苦悩と葛藤を描いた傑作歴史小説！
206019-7

各書目の下段の数字はISBNコードです。978－4－12が省略してあります。

な-65-2
うつけの采配（下）
中路啓太
小早川隆景の遺言とは正反対に、安国寺恵瓊の主導により天下取りを狙い始めた毛利本家。はたして吉川広家は家を守り抜くことができるのか？〈解説〉本郷和人
206020-3

な-65-3
獅子は死せず（上）
中路啓太
加藤清正ら名だたる武将にその武勇を賞賛された武将・毛利勝永。関ヶ原の合戦で西軍についたため、領地没収をされた男が、大坂の陣で最後の戦いに賭ける！
206192-7

な-65-4
獅子は死せず（下）
中路啓太
誰より理知的で、かつ自らも抑えきれない生命力を有し、家族や家臣への深い愛情を宿した戦国最後の猛将の生涯。『うつけの采配』の著者によるもう一つの傑作。
206193-4

な-65-5
三日月の花　渡り奉公人渡辺勘兵衛
中路啓太
時は関ヶ原の合戦直後。『もののふ莫迦』で「本屋が選ぶ時代小説大賞２０１５」に輝いた著者が描く、反骨の武将・渡辺勘兵衛の誇り高き生涯！
206299-3

な-65-6
もののふ莫迦
中路啓太
豊臣に故郷・肥後を踏みにじられた軍人・岡本越後守と、豊臣に忠節を尽くす猛将・加藤清正が、朝鮮の戦場で激突する！「本屋が選ぶ時代小説大賞」受賞作。
206412-6

な-65-7
裏切り涼山
中路啓太
羽柴秀吉が包囲する播磨の三木城。その壮絶な籠城戦を舞台に、かつて主家を裏切って滅亡させた男・涼山が、唯一の肉親を助けるために、再び立ち上がる！
206855-1

み-36-7
草原の風（上）
宮城谷昌光
三国時代よりさかのぼること二百年。劉邦の子孫にして、勇武の将軍、古代中国の精華・後漢王朝を打ち立てた光武帝・劉秀の若き日々を鮮やかに描く。
205839-2

み-36-8
草原の風（中）
宮城谷昌光
三国時代に比肩する群雄割拠の時代、天下に乱立する英傑と鮮やかな戦いを重ね、天下統一へ地歩を固める劉秀。天性の将軍・光武帝の躍動の日々を描く！
205852-1

み-36-9 草原の風（下） 宮城谷昌光

いよいよ天子として立つ劉秀。その磁力に引き寄せられるように、多くの武将、知将が集結する。光武帝の後漢建国の物語、堂々完結！〈解説〉湯川 豊

205860-6

み-36-10 歴史を応用する力 宮城谷昌光

中国歴史小説の第一人者が、光武帝や、劉邦ら中国史上名高い人物の生涯をたどりつつ、ビジネスや人間関係における考え方のヒントを語る。文庫オリジナル。

206717-2

み-36-11 呉漢（上） 宮城谷昌光

貧家に生まれた呉漢は、運命の変転により、天下統一を目指す劉秀の将となるが……。後漢を建国し、中国統一を果たした光武帝が最も信頼した武将を描く。

206805-6

み-36-12 呉漢（下） 宮城谷昌光

王莽の圧政に叛旗を翻す武将たちとの戦いの中で、光武帝・劉秀の信頼を得た呉漢。天下の平定と光武帝のためにすべてを捧げた生涯を描く。〈解説〉湯川 豊

206806-3

み-36-13 新装版 奇貨居《お》くべし（一） 春風篇 宮城谷昌光

秦の始皇帝の父ともいわれる呂不韋。一商人から宰相にまでのぼりつめた波瀾の生涯を描く。十五歳の少年・不韋は、父の命により旅に出ることになるが……。

206981-7

み-36-14 新装版 奇貨居くべし（二） 火雲篇 宮城谷昌光

藺相如と共に、趙の宝玉「和氏の璧」を大国・秦の手から守り抜いた呂不韋。乱世に翻弄されながらも、荀子、孟嘗君らの薫陶を受け成長する姿を描く。

206993-0

み-36-15 新装版 奇貨居くべし（三） 黄河篇 宮城谷昌光

斉と魏の謀略により薛は滅びた。孟嘗君らが作り上げた理想郷・慈光苑に暮らす人々を救い出した呂不韋は、商人として立つことを考え始めるが……。

207008-0

み-36-16 新装版 奇貨居くべし（四） 飛翔篇 宮城谷昌光

あれは奇貨かもしれない——。秦王の信を得た范雎の台頭から生じた政変に乗じ、呂不韋は、趙で人質生活を送る安国君の公子・異人を擁立しようとするが。

207023-3

各書目の下段の数字はISBNコードです。978－4－12が省略してあります。

み-36-17
新装版 奇貨居くべし（五）天命篇
宮城谷昌光
民意が反映される理想の王朝の確立を目指して呂不韋は奔走するが、即位したばかりの子楚・荘襄王の思わぬ訃報がもたらされ……。完結篇。〈解説〉平尾隆弘
207036-3

み-36-18
孟嘗君と戦国時代
宮城谷昌光
智慧と誠実さを以て輝ける存在であった孟嘗君を通して、波瀾の時代、古代中国・戦国時代を読み解く。書き下ろしエッセイ「回想のなかの孟嘗君」を付す。
207037-0

み-36-19
窓辺の風 宮城谷昌光 文学と半生
宮城谷昌光
中国歴史小説の大家はなぜ中国古代に魅せられたのか。文学修業の日々とデビューまでの道のりを描く。書き下ろしエッセイ「私見 孔子と『論語』」を付す。
207050-9

み-52-1
ドナ・ビボラの爪（上）帰蝶純愛 篇
宮本昌孝
蝮と恐れられた斉藤道三の娘であり、あの織田信長の妻となり愛されながらも、突如歴史上から忽然と姿を消した女・帰蝶。その隠された生涯に迫る本格歴史伝奇小説！
206770-7

み-52-2
ドナ・ビボラの爪（下）光秀死闘 篇
宮本昌孝
信長の勘気を被り死した帰蝶。幾重にも重なる復讐の影、さらには死んだはずの帰蝶の残像が信長に襲い掛かり、全ては本能寺へと結集していく……。歴史巨篇、堂々完結！
206771-4

み-52-3
武商諜人
宮本昌孝
徳川家康最大の窮地を救った商人・茶屋四郎次郎の生涯を描いた表題作を始め、書き下ろしを含む珠玉の十作品を収録。ファン待望の文庫オリジナル作品集。
206861-2

や-67-1
鬼 神
矢野隆
陰謀渦巻く平安時代。源頼光率いる武人たちと、鬼と呼ばれた大江山の民。二つの思いが交錯するとき、歴史を揺るがす戦が巻き起こる！
206740-0

や-58-1
役小角絵巻 神 変
山本兼一
七世紀後半、中央集権の国造りを着々と進める女帝・持統。役小角は山の民を率い、強大な支配者に戦いを挑む！ 著者唯一の古代長篇。〈解説〉安部龍太郎
205959-7